악의 뿌리

악의 뿌리

발행일	2020년 2월 19일

지은이	장수영		
펴낸이	손형국		
펴낸곳	(주)북랩		
편집인	선일영	편집	강대건, 최예은, 최승헌, 김경무, 이예지
디자인	이현수, 김민하, 한수희, 김윤주, 허지혜	제작	박기성, 황동현, 구성우, 장홍석
마케팅	김회란, 박진관, 조하라, 장은별		
출판등록	2004. 12. 1(제2012-000051호)		
주소	서울특별시 금천구 가산디지털 1로 168, 우림라이온스밸리 B동 B113~114호, C동 B101호		
홈페이지	www.book.co.kr		
전화번호	(02)2026-5777	팩스	(02)2026-5747

ISBN	979-11-6539-084-6 03810 (종이책)	979-11-6539-085-3 05810 (전자책)	

이 도서의 국립중앙도서관 출판예정도서목록(CIP)은 서지정보유통지원시스템 홈페이지(http://seoji.nl.go.kr)와
국가자료공동목록시스템(http://www.nl.go.kr/kolisnet)에서 이용하실 수 있습니다.
(CIP제어번호: CIP2020006533)

(주)북랩 성공출판의 파트너

북랩 홈페이지와 패밀리 사이트에서 다양한 출판 솔루션을 만나 보세요!

홈페이지 book.co.kr • **블로그** blog.naver.com/essaybook • **출판문의** book@book.co.kr

악의 뿌리

벗어날 수 없는 부모의 흔적을
지니고 살아가는
자식들의 이야기

장수영 장편소설

북랩 book Lab

2015년

≫ 준걸

중요한 것은 다른 텃밭을 가꾸지 않는 것이 아니라 씨앗을 들키
지 않는 것이다.

주인도 종업원도 나타나지 않는 갈빗집에 10분째 앉아 있다. 원탁
으로 된 고기 테이블을 기웃거렸지만 호출 벨은 없는 모양이다. 옆
테이블에서 풍기는 고기 냄새를 맡으니 허기가 밀려왔다. 마른 입술
에 침을 묻히며 후각신경을 자극하는 쪽으로 고개를 돌렸다.

평범하게 보이는 것을 못 견디는 듯 조야한 옷차림의 아줌마가 시
야에 들어오자 머리끝부터 스캔해 내려갔다. 악성 곱슬머리가 만들
어낸 뻣뻣한 모발에 앞머리를 둥글게 세워서 스프레이로 꼼짝 못하
게 고정을 시켰고 진한 마스카라는 눈가 주변에 점점 번져가고 있었
다. 검정 시스루 카디건 안에는 구겨진 빨간색 원피스를 입었고 은

은한 자줏빛이 번들거리는 스타킹을 신고 있었다. 나는 한참 동안 스타킹에 시선을 고정하다 다시 고개를 들어 얼굴까지 훑었다. 허공에서 아줌마와 눈이 마주쳤다. 그녀가 소주병을 들고 우리 자리로 걸어온다. 그녀의 달구어진 광대뼈가 취기를 말해 주듯 비틀거리고 있다. 아줌마는 우리 테이블 앞에 멈춰 서더니 소주병을 힘껏 들어 올렸다. 워낙 순식간에 일어난 일이라 나는 아내를 보호하지 못하고 내 얼굴만 양손으로 가린 채 고개를 숙였다. 아내가 비명을 지르려는데 그녀가 병을 아래위로 현란하게 흔들어대더니 테이블에 내려놓았다.

"한 잔 하이소."

놀란 토끼 눈에서 빠르게 벗어난 아내를 보며 나는 가슴을 쓸어내렸다. 아내를 보호하지 못한 군색함에 아줌마의 광대뼈만큼이나 내 귓바퀴도 데워지고 있었다.

두 명의 늙다리 아저씨와 술을 마시던 그녀는 이미 거나하게 취해서 연신 흥얼거리며 바닥에 침을 뱉고 있다. 거의 5분에 한 번꼴로 뱉는다. 또 언제 바닥을 공격할까? 나도 모르게 시간을 재고 있으니 내 입 안에도 침이 고인다. 뱉을까 말까?

아줌마는 침 뱉을 때마다 흐느적거리는 몸짓에도 흔들림 없이 고정되어 있는 머리칼이 나의 시선을 붙잡는다. 저 스프레이 세척하려면 샴푸값이 더 들겠네.

나와 아내 일매는 건너편 벽에 걸린 TV 화면으로 시선을 돌렸다. 유명한 여배우가 백화점 주차 요원을 폭행하는 CCTV를 공개한 뉴스다. 일매와 나는 누가 먼저랄 것도 없이 화면을 노려보았다. 나는 주문을 받으러 나오는 사람이 없다는 것에 마음이 상했다는 사실도 잠시 잊고 직업 정신이 동하여 화제를 전환했다.

"자존감이 너무 낮아서 저런 행동을 하는 거다. 저 사람은 감독이나 작가 앞에선 혀가 짧아지면서 굴신거리잖아. 저런 사람들이 힘없는 약자는 공격하고 강자 앞에선 지나치게 비굴해지는 케이스다."

일매가 눈썹을 모으며 고개를 갸우뚱했다.

"선배, 저 여자는 자존감이 너무 높아서 저런 거 아닌가?"

아내는 아직도 남편인 나를 선배라고 부른다.

"아니, 자존감이 높으면 저런 식으로 약자를 공격하는 행동은 안하지. 지나치게 낮은 자존감이나 지나치게 높은 자존감은 결국 같은 성향을 나타낸다. 결론은 자존감이 낮기 때문에 자신의 힘을 과시하는 걸로 자존감이 높다고 착각하는 거다. 음, 그리고 이런 말도 들어 봤제? 자존심이 너무 센 사람은 오히려 자존감이 너무 낮은 거라고."

"좀 어렵다."

일매는 머리카락을 귀 뒤로 넘겼다.

"우리 일매는 심리학과를 들어가 놓고 그 정도도 모르면 안 되지."

"어? 금방 선배가 나한테 자존감 낮추는 발언한 거 맞제?"

"인정. 사과할게."

나는 손을 뻗어 일매의 머리를 쓰다듬었다.

"졸업을 못해서 그른가? 내가 대학을 다녔나 싶다. 그것도 부산 최고의……"

일매가 짧은 한숨을 내쉬며 말꼬리를 흐렸다.

우리는 둘만의 비밀을 공유하는 눈빛을 주고받으며 이내 웃음을 되찾았다. 옆 테이블 아줌마가 둔기처럼 가져다준 소주를 일매는 내 잔에 따라주며 모기만 한 소리로 주인을 불렀다.

"여기요?"

나는 그런 일매가 귀여워서 소리 없이 웃었다. 잠시 후 주인이 몸에 숯 냄새를 잔뜩 묻힌 채 나타나서 사과 대신 변명을 한다.

"착화기가 고장 나서 토치로 숯을 붙이니까 시간이 오래 걸리네요."

주인은 젓가락과 소주잔 그리고 윤기 없는 편마늘, 시들한 오이, 그나마 멀쩡해 보이는 당근, 삶은 메추리알이 담긴 접시를 놓고 사라졌다. 잔반찬도 가게 분위기에 맞게 매너 없이 접시 위에 널브러져 있다. 오픈한 지 얼마 안 된 가게가 왜 이 모양이지? 주인이 다시 나타나서 숯을 넣어 주었고 주문도 받지 않은 채 또다시 사라졌다. 그때마다 주인은 옆 테이블의 아줌마를 사정없이 노려보았다. 정말 위험인물인가? 나는 경계 태세를 갖추고 일매의 눈을 응시하며 나가자는 신호를 보냈지만 일매는 배시시 쪼개며 눈웃음으로 화답했다. '나도 사랑해'라는 눈빛이었다. 그리고 또 5분 정도 시간이 흘렀다. 자리에서 슬쩍 일어나려는데 일매가 말린다. 아무튼 맹한 마누라 덕에 타들어가는 숯만 바라보며 소주를 삼켰다.

곧이어 주인이 갈비 3인분을 외치며 불판 위에 던지듯 올려놓았다. 양념 갈비는 지글지글 혼자서 타기 시작했고 일매가 집게를 들자 주인이 잰걸음으로 와서 집게를 빼앗다시피 해서 고기의 집도를 맡았다.

"오늘 알바생이 갑자기 안 와서 급히 일일 알바를 구했는데, 노래방 도우미가 오는 바람에."

주인은 좀 전에 소주를 가져다준 아줌마를 향해 턱으로 가리켰고 나와 일매는 동시에 그녀를 향해 고개를 돌렸다. 세 사람의 시선이 허공에서 마주치자 일매는 터져 나오는 웃음을 두 손으로 막았다.

주인은 입가에 걸쳐놓았던 비웃음을 거둔 채 고기를 잘랐다.

"아, 진짜 어이없네."

옆 테이블에 앉은 사내 중 머리가 벗어지고 흰자위가 노르끄름한 아저씨가 흥미로운 표정으로 볼멘소리를 했다.

"사장님, 이 알바 언니가 우리 술 다 마셨소. 아예 들이붓네, 부어. 오늘 술값은 이 언니가 계산할 겁디더."

비틀거리며 일어선 알바 아줌마가 중간에서 두 남자의 팔짱을 낀다.

"아, 몰랑. 2차 가자 오빠들. 내강 죽이는 데 알고 있지롱."

머리가 벗어진 아저씨는 신나 죽겠다는 표정으로 그녀의 말을 받아쳤다.

"진짜 죽이는 데 맞나? 안 죽이기만 해 봐라. 내가 언니를 고마 쎄리 죽여 줄 기다. 알그쩨?"

두 사람 중 인상이 순하게 생긴 아저씨가 테이블 위에 7만 원을 올려놓고 밖으로 나가려는데 아줌마가 2만 원을 집어 들고 흔들어 보인다.

"사장 오빠, 요건 내 알바비."

요란스레 세 사람이 빠져나가고 갈빗집엔 고기를 굽는 주인과 나와 아내만 남았다. 나는 소주를 한 잔 비운 뒤 열심히 고기를 자르는 주인한테 소주잔을 내밀었다.

"사장님, 한잔하실래요?"

"주이소."

주인이 소주잔을 단숨에 비웠다.

"그런데 아까 그 아주머닌 어디서 일하는 분인데요?"

나는 소주잔을 채우며 물었다. 그러자 일매가 내 다리를 툭 치면서 눈을 살짝 흘겼다.

"선배, 그런 건 왜 물어보노?"

"아, 그 도우미 아줌마요? 요 앞 대연 사거리에 있는 수연 노래방에서 일하는 도우미예요. 서빙하라고 불러 놨더니만 자기가 손님보다 더 많이 마시고 노래방으로 데리고 가 버렸네."

남한테 싫은 소리를 못하는 일매는 고기를 바짝 태우며 자르고 있는 손님에 대한 기본도 모르는 주인의 얼굴을 그저 상냥하게만 바라보고 있다. 주인이 가위와 집게를 내려놓고 주방으로 들어가자 일매는 모기보다는 큰 소리로 말했다.

"잘 먹겠습니다."

일매가 내 귀에 대고 속삭인다.

"선배, 근데 그 아줌마 진짜 웃긴다. 무슨 알바가 손님 테이블에서 먼저 취해 버리노?"

"그러게, 누가 봐도 손님이지, 알바라고 예상이나 했겠나?"

"선배, 그럼 그 아줌마는 무슨 심리고?"

일매는 골똘히 생각하는 시늉을 하다 호기심 어린 눈으로 물었다.

"음, 투철한 직업의식."

나는 무심한 표정으로 대답했다. 일매는 내가 진지한 표정으로 농담을 할 때 더 크게 웃어 준다. 난 그런 일매의 반응이 재미있어서 농담을 할 땐 웃음을 참고 말하다가 더 크게 웃음보가 터지곤 한다. 나는 일매와 그렇게 한참을 웃다가 타고 있는 고기를 집어 먹었다. 소주 한 잔 못 마시는 일매는 고기의 탄 부분을 가위로 잘랐고 나는 혼자서 소주를 두 병이나 비워 냈다.

일매는 피곤했는지 집에 와서 씻자마자 고른 숨을 쉬며 깊은 잠으로 빠져든 것 같다. 나는 쉽게 잠이 오지 않아 일매의 가슴을 더듬었다. 그런데 스타킹 아줌마가 머릿속을 맴돌았다. 빨간색 원피스를 입은 그녀는 딱 봐도 가슴보다 배가 더 나온 볼품없는 중년의 여인일 뿐이다. 그런 스타킹은 대체 어디서 산 거지? 이상하게 그녀 생각에 피가 아래로 몰리고 있었다. 지금 곁에 누워 있는 아내 일매는 누가 봐도 근사한 몸매를 가진 여자다. 이런 아름다운 여자를 두고 대체 나는 왜 볼품없는 아줌마가 머릿속에서 떠나질 않는지 이해가 안 된다. 일매는 내 손길에 반응했고 잠결에도 자동 반사적으로 팬티를 내렸다. 나는 아내의 팬티를 보자 발기가 서서히 죽어 갔다.

"미안하다. 나도 하고 싶은데 요즘은 술 마시면 잘 안 되네."

"숙제할 때도 아닌데 왜 건드리는가 싶었다."

일매는 잠꼬대 같은 목소리를 내더니 엉덩이에 팬티를 걸쳐 둔 채 다시 깊은 잠으로 빠져든 것 같다.

나는 옷을 입고 밖으로 나왔다. 그리고 발걸음을 대연 사거리로 향했다. 사거리 앞 편의점에서 캔 맥주 하나를 사서 그 자리에서 단숨에 비우고 시선은 수연 노래방을 향하고 있었다. 다 마신 캔을 손으로 찌그러뜨린 후 캔 수거함으로 한 방을 노리며 힘껏 내질렀다. '골인. 아, 아까비.' 모서리에 맞고 튕겨져 땅으로 굴렀다. 나는 뛰어가서 캔을 주워 수거함에 넣었다. 어리석은 도전은 일을 꼭 두 번 하게 만든다.

무겁게 내려앉은 밤공기를 가르며 나도 모르게 지하에 있는 수연 노래방을 향해 걸어 내려갔다. 입구에서 문을 당기고 들어서니 갈빗집에서 만났던 알바 아줌마가 앉아 있다. 눈가에 번진 마스카라 자국은 지워졌는데 피부 화장은 더 두꺼워져 있었다. 아까 갈빗집은 주인이 안 나타나던데 여기 노래방은 도우미가 주인처럼 앉아있네.

"이모, 맥주 좀 주세요."

나는 아줌마를 처음 본 사람인 듯 주문을 하고 그녀의 안내에 따라 세 번째 룸으로 들어갔다. 맥주 세 병과 말라비틀어진 쥐포와 새우깡을 들고 룸으로 아줌마가 들어왔다. 나는 이미 눅눅해진 새우깡을 입 안에 넣고 녹을 때까지 노래책에서 시선을 떼지 않았다. 다 알아들을 만큼의 혼잣말로 떠드는 그녀의 감탄사가 내내 거슬렸다. 아줌마는 내 옆자리에 앉아서 맥주를 잔에 부었다.

"오빠야, 진짜 잘 생겼네. 얼굴은 조막티만 한데 어깨는 허덜시리 너르고 다리는 끝없이 길어삐네. 이리 잘난 오빠야가 우찌 이리 누추한 데까지 행차하셨을꼬? 아까 그 잘생긴 오빠 맞제?"

나는 잠시 머릿속이 암전된 듯 어리둥절한 표정을 숨길 수 없었다. 분명히 갈빗집에선 만취했던데 어떻게 기억하지?

"네? 저요? 절 아십니까?"

"아까 돼지갈비 집에 이쁜 언니랑 같이 왔었다 아니가. 귀신은 속여도 내 눈은 못 속인데이."

그녀는 눈을 가늘게 뜨고 귀신같은 미소를 흘렸다.

"저는 노래 부르려고 왔는데요."

묻지도 않은 변명을 했다.

"근데 그 이쁜 언니는 어디다 흘리고 혼자 왔노?"

"노래방에 다른 손님은 없어요?"

아줌마의 질문에 나는 질문으로 대답했다. 그러거나 말거나 아줌마는 내 옆자리에 엉덩이를 딱 붙이고 내 팔에 자기 팔을 욱여넣었다. 너무도 다정하게 팔짱을 끼는 그녀의 행동에 당황해서 옆으로 비켜 앉았다.

"이모, 왜 이러는데요?"

"이모라니? 수연 씨라고 불러라 자기야. 수연 노래방에 왔으면 내 이름 정도는 눈치채야지."

"노래방 사장님이세요? 도우미 아니고요?"

"장사가 하도 안 돼서 내가 도우미 일까지 직접 하는데 왜? 내가 마음에 안 드나? 다른 이모 불러 줄까?"

수연 씨가 답이 필요치 않은 질문을 던진 채 내 어깨에 머리를 기댔다. 스프레이로 고정한 딱딱한 앞머리가 내 턱을 찔렀다. 수연 씨 머리에서 익숙한 냄새가 났다. 밤꽃 향과 스프레이의 무스크 향이 뒤엉켜 있다. 아까 그 두 놈 중 한 놈의 정액일 것이다. 어쩌면 두 놈 다일 수도 있겠지. 나는 아랫도리에 피가 몰리는 것을 느꼈다.

이 감정은 동정이다. 한눈에 봐도 밑바닥 인생을 살아왔을 중년 여인에 대한 동정일 뿐이다. 처음 보는 낯선 남정네의 아랫도리에 고개를 박아야 하는 늙은 창녀를 동정하고 있다. 동정의 사전적 의미를 속으로 되뇌었다. '동정이란 가여운 처지에 있거나 고통을 받고 있는 사람과 유사한 감정을 느끼는 것이다. 동정이란 타인의 고통을 차마 외면할 수 없다는 뜻이다. 동정이란 생명을 가진 존재에게 감정을 이입하여 적극적으로 공감……' 그런데 내 아랫도리가 적극적으로 공감하고 있다. 걷잡을 수 없이 흥분되는 몸을 진정시키기 위해 다시 속으로 되뇌었다. '똘똘아, 그만하면 됐다. 제발 좀 쑤구리라.'

요즘엔 숙제에 대한 부담감 때문인지 아침에 일어나도 텐트가 안 쳐질 때가 잦아서 나이를 탓하며 걱정이 앞섰다. 아직 창창한 나이라고 위로라도 해 주고픈 나의 똘이는 하필 지금 몰빵으로 대형텐트를 치고 있다. 나는 바지 안에서 일어서기 위해 힘겨운 사투를 벌이고 있는 아랫도리를 수연 씨에게 들킬까 봐 노래방 책을 허벅지 위에 올려놓고 텐트를 철거하기 위해 부단히 노력했다. '동정이란 라틴어에서 파생된 걸까? 그리스어에서 파생된 걸까? 아, 모르겠다. 노래방에서 파생된 거다.'

수연 씨가 코는 들어 마시고 가래는 끌어 올려서 목젖에서 만나게 한 뒤 재떨이에 힘껏 뱉어 냈다.

"자기야, 오늘 돈 좀 있나?"

"저요? 10만 원 정도 있는데요. 왜요?"

"그거면 충분하데이."

그녀는 맥주 한 모금으로 가글을 하고 재떨이에 뱉어낸 뒤 남은 잔을 단숨에 비워 버렸다. 그리고 잽싸게 내 위로 올라타서 왼손으로 내 어깨를 짓누르며 오른손으로 바지 버클을 열고 지퍼를 순식간에 내렸다. 내가 아내의 브래지어 후크를 한 손으로 단번에 푸는 데 두 달이라는 시간이 걸렸다. 이 아줌마는 도대체 얼마나 단련했으면 바지 버클과 지퍼를 브래지어 푸는 시간만큼 단축시킬 수 있는 것일까?

"아, 왜 이러세요? 전 노래만 부르려고 온 거예요."

나는 수연 씨를 밀어내려 했지만 결국 소파에 길게 누운 자세가 되어 버렸고 그녀는 졸지에 발견한 산삼을 반드시 캐겠다는 결의에 찬 표정으로 내 바지춤을 양손으로 움켜쥐고 있었다.

"자기야, 괜찮다. 10만 원 다 안 줘도 된다. 맥줏값까지 해서 5만 원만 줘도 최고로 서비스 해 줄게. 백만 년 만에 이리 이쁜 오빠야를 봤는데 내도 몸보신 좀 하자."

열 여자 마다하지 않는 게 남자의 생리적 기제, 특성이라지만 나의 명예와 도덕성, 가정의 평화와 아내에 대한 의리를 지키려 노력했다. 그래서 나는 한 번도 내가 먼저 도발한 적은 없다. 오늘도 못 이기는 척 낯선 여인의 손에 팬티를 내주었다. 그녀는 재빠르게 텐트를 걷어 내고 입으로 나의 똘똘이와 조우했다. 고달파 보이는 여인을 동정하고 그녀의 삶에 연민으로 다가서는 건 그렇게 나쁜 것 같지는 않다. 노블레스 오블리주를 실현하기 위해 그녀에게 잠깐의 유희를 주는 것뿐이니까.

"옴마야, 떠거버러. 자기 토끼띠가?"

이 아줌마가 내 정액을 입에 물고 한참을 웃어재낀다. 아내와 성관계를 할 때는 딜도의 성능을 능가하는 테크닉으로 홍콩행 롤러코스터에 탑승했는데 어찌 절정에 오르기도 전에 사정을 해 버린 걸까? 그것도 수자라는 이름이 더 어울리게 생긴 수연이란 이름을 가진 아줌마 입 안에다가.

재떨이에 정액을 뱉어낸 아줌마는 김빠진 맥주로 입 안을 헹구어 냈다.

"뭐 한 게 있다고 눈물부터 흘리노?"

그녀가 나의 아랫도리를 향해 타이르듯이 말하고 따스한 미소를 지어 보였다. 그녀의 미소에 열패감을 느낀 음경이 빠르게 고꾸라졌고 음낭이 탄식하며 잽싸게 몸 안으로 숨어 버렸다. 폭우에도 끄떡없을 것만 같았던 대형 텐트는 처참히 붕괴되고 말았다.

"괜찮데이. 난 토끼가 더 좋다. 너무 오래 하면 턱이 빠질 것 같은데 오히려 고맙다니까."

볼일이 끝난 그녀는 맥주병을 들고 밖으로 나갔고 나는 두루마리 화장지에 맥주를 묻혀 얼굴에 묻었을지도 모를 아줌마의 화장품을 닦아내고 정액까지 닦은 후 바지를 추스르고 노래방 안을 면밀히 살폈다. 갑자기 문이 열리더니 수연 씨가 한마디 한다.

"뭘 그렇게 찾노? 와, 몰카라도 있을까 봐?"

'아줌마 귀신이네.' 자위하다 걸린 고등학생처럼 얼굴이 빨개진 나는 아무 일 없었다는 듯 껌을 씹고 있는 아줌마에게 10만 원을 내밀고 계단을 올라왔다.

"반만 줘도 되는데, 오늘은 맛만 봤으니까 다음에 한 번 더 온나. 다음엔 같이 울어 보자."

허스키해진 수연 씨, 아니 아줌마의 목소리가 노래방 계단을 타고 올라와 내 귀에 꽂혔다. '아, 쪽팔린다.'

노래방을 나온 나는 아는 사람이 없는지 한 번 더 주변을 살핀 뒤 집으로 걸음을 재촉했다. 그리고 재킷 안주머니에서 고성능 음질을 자랑하는 볼펜형 녹음기를 꺼냈다.

자신이 짝사랑했던 남자에게 고백을 했다가 거절당하자 앙심을 품고 성폭행 신고를 한 여자의 사연이 뉴스를 탄 적이 있었다. 무고죄로 수갑을 찬 그녀는 기자와의 인터뷰에서 '무고죄가 뭔데요?'라고 질문했었다. 그날부터 무려 이틀이나 무고죄가 실시간 검색어 1위 자리를 지켰다.

그 후로 나는 상담실 밖에서도 항시 녹음기를 켜고 다니는 습관이 생겼다. 노래방에서의 녹음을 듣자 하니 누가 들어도 강제로 유사성행위를 당한 것도 나고 돈까지 뜯긴 것도 나다. 누가 봐도 난 피해자였으니 안심하고 내일 회사에 가서 녹음 내용을 백업만 시키면 된다. 최악의 경우 적어도 나는 성을 훔치는 남자는 아닌 증거가 될 것이다.

》 일매

비옥한 토양으로 옮겨진 잡초는 척박한 토양을 그리워한다.

"오빠야, 대연 사거리 오른쪽으로 들어가니까 준오 사우나 옆 건물에 국가돼표 갈빗집이 보인다. 이따 우리 선배하고 들를게."

"선배?"

"응, 우리 남편 사람 좋다. 같이 갈게."

"아니, 일매야, 혼자 온나. 남편을 왜 데리고 오는데?"

"같이 팔아 주면 좋잖아."

"일매야, 그러면 안 와도 된다. 혼자 올 거 아니면 오지 마라."

오빠 말이 끝나기도 전에 나는 전화를 끊었다. 오빠가 고마워하는 게 느껴졌다.

준걸 선배는 내 손에 이끌려 민수 오빠가 오픈한 갈빗집으로 들어 왔다. 선배는 손님이 와도 주인이나 종업원이 반기지 않는 이상한 고 깃집이라 생각이 들어 기분이 상했나 보다. 나는 아예 나타나지도 않 는 민수 오빠 때문에 선배 앞에서 초조했지만 참고 기다리기로 했다.

선배는 옆 테이블, 바닥에 자꾸 침을 뱉는 술 취한 아줌마와 고기 를 굽는 아저씨를 번갈아가며 쳐다보고 있다. 아줌마의 다리는 마치 양파망을 입은 조선무 같은 모양새를 하고 있었다. 우스워서 보는 건 지 신기해서 보는 건지 선배의 시선은 온통 조선무에 고정되어 있다.

그 아줌마가 소주 한 병을 들고 우리 테이블로 다가왔다. 힘껏 내 려칠 것 같은 행동에 깜짝 놀랐다. 소주병을 우리 테이블에 올려놓 고 비틀거리며 자기 자리로 돌아갔다. 뿌루퉁한 선배의 얼굴을 보니 곧 일어설 것 같아서 TV를 보며 손짓을 했다.

"저 사람 영화배우 조현미 아니가?"

화제를 돌리는 데 성공한 나는 소주를 선배의 잔에 따라주었다. 20분 정도 지나자 슬슬 불안해진 나는 직접 주방으로 들어가서 주문을 할까 생각한 찰나에 민수 오빠가 나타났다. 오빠는 숯을 넣어주며 어색하게 인사를 했다.

"어서 오세요. 숯부터 넣어 드릴게요."

민수 오빠는 또 사라졌다. 숯이 타오르자 불판이 그을기 시작했고 급기야 선배는 자리에서 일어서려는데 내가 붙잡고 소주를 한 잔 더 따라주었다. 민수 오빠가 미안한 표정으로 다가와서 불판 위에 갈비를 올려놓았다.

"오늘 알바생이 갑자기 안 와서 급히 일일 알바를 구했는데, 노래방 도우미가 오는 바람에."

선배는 갈비가 입에 안 맞았는지 소주로 허기를 채우고 자리에서 일어섰다.

집으로 가는 길에 선배에게 물었다.

"선배, 아까 그 도우미 아줌마 바닥에 침 뱉는 거 봤제? 그거 신체 망상이제? 목에 혹이 있다고 느끼고 침을 뱉지 않으면 혹이 커져서 목구멍을 막아 버린다고 착각하는 일종의 불안증세 맞제?"

"아니, 그냥 오럴 섹스를 하기 위한 일종의 루틴 같은데."

나는 선배의 말에 귀를 기울였다.

"루틴? 최고의 능력을 끌어올리기 위한 자신만의 의식을 말하는 거제?"

"그렇지. 운동선수들이 최상의 성과를 위해 자신만이 치르는 일종의 습관 같은 건데, 그 아줌마도 최상의 성과를 끌어내겠지."

선배는 진지한 표정으로 농담을 했다. 그런 선배가 귀여워서 활짝 웃어 주면 선배는 아이처럼 신나 했고 나는 아낌없이 웃어 주었다.

"그럼 나도 침 좀 뱉어 보까?"

"우리 일매, 많이 컸다. 그런 야한 농담도 잘 받아 주네."

"그럼 선배랑 살아온 세월이 있는데 이 정도는 기본이지."

나는 샤워를 마치고 일찍 잠자리에 들었다. 민수 오빠 생각이 밀려와 목덜미가 뻐근해졌다. 금방이라도 눈물이 쏟아질 것 같아서 잠든 척 눈을 감았다. 선배가 내 작은 가슴을 더듬는다. 나는 팬티를 내렸다. 그런데 선배는 팬티를 엉덩이에 걸어둔 채 밖으로 나갔다. 대문을 닫는 소리가 들려서 나는 일어섰다.

베란다를 보니 선배가 터벅터벅 걸어가는 모습이 보인다. '술 깨려고 산책하러 가나 보다.' 나는 선배가 돌아오는 걸 확인하려 베란다 벤치에 걸터앉은 채 민수 오빠에게 전화를 걸었다.

≫ 민수

이웃집 정원이 되기 전엔 나의 작은 텃밭이었다.

일매가 가게에 들른다는 전화를 받고 내심 반가웠다. 유부녀가 된 한때 내 쪼가리를 다시 만난다니 설레기까지 했다. 아마도 오늘은 일찍 문을 닫아야 할 것 같다. 나는 꼬롬한 생각에 웃음이 새어 나온다.

아, 그런데 남편하고 같이 온단다. 그녀는 발랄한 목소리로 전화를 끊었다. 나는 화가 치밀어서 숯에 토치를 붙이다 말고 담배를 물었다. '겁나 눈치 없는 년.'

곧 일매가 남편을 데리고 가게 안으로 들어와 자리를 잡았다. 나는 주문 받으러 나가는 발걸음이 왜 이렇게 무거운지 모르겠다. 주방에서 손님 테이블에 앉아 있는 알바 아줌마를 향해 노려보았다. '가서 주문 좀 받아라. 아줌마.' 나와 눈이 몇 번이나 마주쳤지만 아줌마는 술만 마신다. 벽거울에 비친 일매의 표정이 눈에 들어왔다. 초조해하고 있다. 소심한 목소리로 나를 부른다. 에라이 모르겠다. 일단 나가자.

"어서 오세요."

나는 고기를 구웠다. 일매 남편이 주는 술도 마셨다. 다시 주방으로 들어와 담배를 물기까지 뻘쭘한 시간이었다. '가스나 땡잡았네. 저런 잘생긴 놈을 어떻게 건졌노?' 나는 주방에서 벽거울로 일매의 남편을 뚫어지게 쳐다봤다. 술 마시는 폼도 멋지다. '그런데 어디를 저렇게 쳐다보노?' 그는 아줌마가 바닥에 침 뱉는 게 불쾌해서 노려보는 것 같다. 나도 바닥 청소할 생각을 하니 불쾌해졌다. 저 아줌마 오늘 일당은 좋이다. 그런데 아줌마는 자기 일당을 자기 마음대로 도우미 팁으로 계산해서 챙겨 갔다.

이제 가게에 일매와 그녀의 남편과 나만 남았다. '오픈발도 안 받는 이유가 뭐꼬? 손님이라도 있으면 덜 어색할 텐데.'

일매의 남편이 계산을 마치자 일매가 내 눈을 지그시 바라보더니 남편의 팔짱을 끼고 사라졌다.

휴대폰에서 벨이 울린다. 액정 화면을 보니 고시원 쪼가리한테서 걸려온 전화였다.

"오빠야, 내다. 일매."

"안다."

"손님 있나?"

"아니, 혼자 술 마시고 있다."

"그러다 손님 오면 어쩔라고?"

"손님은커녕 개미 새끼 한 마리도 안 온다. 우리 집 고기 맛 없드나?"

"아니, 바짝 타서 맛있었는데."

"그게 맛있는 거 맞나?"

"어. 근데 오빠는 그동안 뭐하고 지냈는데? 국가돼표 오픈 전에도 계속 고깃집 했었나?"

나는 일매를 처음 봤을 때 사슴을 실제로 본 적은 없었지만 '아, 저 눈이 바로 사슴이구나'를 느끼게 했던 물기 젖은 눈빛에 매혹당했다. 사슴 같은 눈망울을 가진 백설 공주가 독이 든 사과를 먹지 못하게 지키는 일이 하루 일과가 되었던 시절이 있었다.

그러다 뒤통수 맞았단 사실을 상기시켰다. 그런데 그 뒤통수라는 것도 나만의 착각이었다. 일매는 자신이 난쟁이를 만난 적이 없는 순백의 백설 공주라고 말한 적이 없었고 왕자의 근처에도 가 본 적이 없다고 말한 적도 없었다. 나 혼자 숲속을 헤매던 공주를 발견했다 믿었고 이미 독이 든 사과를 씹어서 무리 없이 삼키며 수많은 왕자들과 백마 위에서 놀아난 여자라는 것을 나중에 알고 혼자 실망을

했을 뿐이었다. 그 생각이 들자 휴대폰을 들고 있는 손끝이 미세하
게 떨려왔다.

"아니, 호떡집 하다가 망했다."

"호떡은 겨울에만 팔리나? 그럼 여름엔 힘들었겠네. 팥빙수도 같
이 하지."

"그 호떡 말고 호스트바. 호빠 모르나?"

내숭 덩어리 일매에게 정말 호빠를 모르냐는 듯이 쏘아붙였다.

"아, 남자들이 접대하는 술집?"

"그래, 호빠에 여배우들이 왔는데 씨바, 선수들이 술잔에 물뽕 타
고 몰카 찍고 협박하다가 들켜서 문 닫았다. 그라다 겨우 빚내서 차
린 집이 갈빗집이다."

"무슨 말인지 잘 모르겠지만 이번엔 대박 나서 줄 서는 맛집이 되
길 기도할게."

"내 비록 물장사는 했지만 공사 치는 것도 막아 주고 나름 규칙도
지키면서 쎄빠지게 노가다 뛰었는데 결국 선수들이 진상 떨어서 말
아 묵었다."

"오빠 생수 배달도 하고 공사판에서도 일했나? 힘들게 산다고 연락
도 못했나 보네."

"뭐라 처 씨부리 샀노? 마, 됐다. 내숭 백단한테 뭔 소릴 하겠노?"

수많은 세상 풍파를 겪고 결혼까지 한 일매가 정말 내 얘길 못 알
아듣는 건지 내숭을 떠는 건지 나는 헷갈리기 시작했다. '그래, 남자
혼을 빼놓는 게 니년 매력이었지. 어쨌든 니 남편도 니한테 뻑이 가
서 몸도 마음도 다 바쳤을 거다.'

"오빠야, 오빠 힘든데 내가 도와줄 수 있는 게 없어서 미안하다."

과거로 돌아가 사색에 잠기려는 순간, 백설 공주의 끈적한 목소리가 찬물을 끼얹었다.

"니가 뭘 도와주노? 그리고 너거 남편 눈치 까면 우짤라고 같이 오노?"

내가 버럭 소리를 질렀지만 그녀는 다시 밝아진 목소리로 말했다.

"눈치 볼 게 뭐 있노? 그냥 고기 먹으러 가는 건데. 신경 안 써도 된다."

내가 아무리 개떡같이 얘기해도 찰떡처럼 받아들이는 그녀의 천사 같은 목소리에 또 넋을 잃을 뻔했다. 나는 더 거칠게 말을 뱉었다.

"그래도 혼자 올 거 아니면 다신 오지 마라. 닭대가리도 아니고 내가 얼마나 불편할지 생각 안 해 봤나?"

일매와 통화를 하는데 가래가 끓었다. 침 뱉는 소리를 그녀가 들었는지 호기심 가득한 목소리로 물어온다.

"오빠야, 지금 침 뱉었제?"

"어, 와?"

"오빠도 혹시 루틴 하는 거가?"

"눈팅은 무슨 눈팅? 여자 한 명도 안 지나가는데, 니랑 폰팅이나 하까?"

그러고 보니 나는 일매와 대화가 통한 적은 단 한 번도 없는 것 같다. 그런데도 일매는 나를 애틋하게 생각하는지 가게에 왔을 때 나를 보는 사슴 눈이 젖어 있었다. 일매가 갑자기 차분한 목소리로 물었다.

"오빠야, 내 아직도 궁금한 게 있다. 그때 고시원에서 왜 말도 없이 사라졌는데?"

"……"

난 일매가 목소리를 깔면 무섭다. 지은 죄가 있어서 대답을 하지 못하고 있었다.

"난 오빠가 다시 올 것 같아서 한동안 고시원을 못 떠났는데."

"언제 적 얘기하노? 기억도 안 난다."

이번엔 내가 목소리를 내리깔았다.

"그렇게 오래된 것도 아닌데 진짜 기억 안 나나?"

그녀는 지은 죄가 없는지 대답을 잘했다.

"일매야, 어서 자라. 그리고 이젠 안 와도 되니까 행복하게 잘 살아라."

전화기 너머로 일매의 울먹이는 소리가 들린다. 나는 짜증이 나서 일매의 대답도 듣지 않고 전화를 끊어 버렸다. 배 속에 들어찬 열기를 식히려 소주를 병째 들이켰다. 그런데 낯익은 얼굴이 보인다. 일매의 남편이 사거리를 지나쳐 간다. 나는 담배를 들고 밖으로 나와 일매 남편의 뒷모습을 쫓는다. 수연 노래방 앞에서 일매 남편이 머뭇거리자 나는 담배에 불을 붙이고 깊이 한 번 빨아들이며 노래방을 응시했다. 계단 아래로 내려가는 일매 남편의 뒷모습에 내 동공이 커진 사이 한 줄기 담배 연기가 왼쪽 눈으로 들어갔고 충혈된 눈을 비비며 노래방으로 사라지는 그를 놓치지 않았다. 확인하기 위해 휴대폰을 꺼내 고시원 쪼가리의 번호를 눌렀다.

"여보세요."

"일매야, 신랑은 뭐 하노?"

"울 선배? 병원에서 일하는데, 왜?"

"아니, 지금 뭐 하고 있냐고?"

"지금? 잠시 나갔는데."

"어디 갔는데?"

"몰라, 아마 술 깬다고 산책하러 갔을 거야. 왜? 나한테 할 말 있나? 얘기할 시간 있으니까 괜찮다. 말해 봐. 이제 기억났나? 그때 고시원에서 왜 말없이 떠났는데?"

"아니, 근데 병원에서 뭐 하는데? 설마 의사가?"

"아니, 심리 상담사."

"그게 뭔데?"

"정신건강의학과에서 심리 상담해 주는 사람."

'전신곤좌이악좌 씽늬 상담?' 내가 술이 취했나? 아님 담배 연기가 귓구멍까지 막았나? 그것도 아님 남편이 중국 사람인가?

"무슨 의학과? 뭐를 상담한다고?"

"정신건강의학과에서 심리 상담 해 준다고."

정신과는 안 가 봤지만 알고 있고 대출 상담은 많이 받아 봤는데 심리 상담은 상당히 고급스러운 단어다. 그래도 우리 동네 똘만이들 중에선 내가 제일 박식하다고 추대받았는데 밖에만 나오면 무식한 티가 그렇게 나는 모양이다. 그런데도 새대가리인 나에게 짜증 한 번 내지 않고 차근차근 설명해 주는 일매는 오래전 고시원에서 만난 여자였다. 그녀의 맹한 백치미에 가려져 잊고 있었는데 그녀가 가방끈이 길었다는 사실이 이제야 떠올랐다.

"한국 사람은 맞제?"

"당근이지."

"근데 그런 직업도 다 있나? 근데 어떤 사람인데? 근데 니한테 잘해 주나?"

"응, 근데 좋은 사람이다. 근데 오빠만큼 좋은 사람이다."

일매는 '근데'를 따라 하며 배시시 웃는 게 느껴졌다. 가방끈이고 나발이고 그냥 맹한 여자다.

"그럼 됐다. 잘 살아라."

나는 담배를 바닥에 비벼 끄고 뇌까렸다. '근데 나만큼 좋은 사람? 그럼 양아친데.'

1972년 준걸

경제개발 5개년 계획이 한창 추진되면서 전국이 산업화 열풍과 건설 현장으로 들썩이던 시절, 울산에서 준걸은 태어났다.

준걸 아버지는 울산에서 건설 현장 근로자로 일을 하면서 고된 노동에 시달렸지만 그럭저럭 아버지와 어머니, 준걸까지 입에 풀칠할 정도는 되었다.

준걸이 여덟 살이 되던 해에 아버지는 건설 현장에서 오른쪽 엄지발가락을 잃었고 근로 수칙이 미흡하던 시기라 산재 처리도 받지 못한 채 준걸의 집안은 생활고에 시달려야 했다.

준걸이 아홉 살이 되던 해에 준걸 어머니는 동네 목욕탕에서 청소일을 했다.

어느 날 어머니는 새벽에 집을 나섰고 아버지는 아침이 되어도 점심이 되어도 눈을 뜨지 못했다. 준걸은 배가 고파서 아버지를 깨웠지만 아버지는 말없이 누워만 있었다. 세 시쯤 되어 어머니가 집으로 돌아왔을 때 그녀의 울음소리와 함께 아버지가 돌아가셨다는 것을 알았다.

동네에서 저렴한 가격에 염습을 잘한다는 염장이를 불렀는데 핏기 하나 없이 누런 고무줄 같은 아버지를 향나무 삶은 물로 꼼꼼하게 닦은 뒤 머리를 빗기고 있었다. 어머니는 망연자실한 표정으로 멍하니 허공에 시선을 고정하고 있었다. 염장이가 새 솜으로 귓구멍과 콧구멍을 막았을 때 갑자기 아버지 손이 꿈틀거렸다.

"엄마, 아부지 손이 움직인다."

준걸은 죽었다 살아난 사람을 본 듯 흥분을 감추지 못했다. 염장이는 시체를 건드리면 자동 반사적으로 움직이는 부분이 있다고 했다. 대수롭지 않게 염장이가 아버지의 손을 잡아서 차려 자세를 만들고 있는데 갑자기 아버지가 벌떡 일어났고 콧구멍을 막은 솜뭉치가 간지러웠는지 크게 재채기를 했다. 재채기와 함께 솜이 코에서 빠져나왔고 더 빠른 속도로 아버지의 안색이 붉어지고 있었다. 귀신이라도 본 듯한 얼굴로 혼비백산 도망치는 염장이를 보내고 어머니도 뒤로 크게 자빠졌고 철이 없던 준걸은 입에서 날숨이 새어 나오는 아버지를 꼭 끌어안았다.

"봐라, 내가 아부지 움직인다 켔잖아."

그 뒤로 아버지는 믿을 수 없는 영통한 능력이 생겼다. 신령이 몸에 들어왔다. 만나는 사람들마다 과거를 봐 주고 미래를 점쳐 주는데 미래는 모르겠으나 과거는 귀신같은 점사로 입소문을 타게 됐고 사람들이 줄을 이었다. 어느 누가 와도 막힘없이 구술하였고 산자와 죽은 자 사이를 오가는 무당, 점쟁이, 무속인이라고 불리게 되었다. 좀 더 정확하게는 동자 영이 들어와서 아버지를 아이로 만들었다고 했다. 그 덕에 준걸 가족은 매일 밤 하루에 벌어들인 액수가 얼만지 돈을 세다 잠드는 기쁨을 누렸다.

어머니는 부엌에서 3천 원을 받은 뒤 명단에 순번을 적었고 아버지는 안방에 신당을 차려놓고 순번에 맞게 들어온 사람들에게 점사를 봐 주었다.

벽에는 색동저고리 두 벌이 걸려 있었고 교자상 위에는 천주떡 대신 초코파이를 겹겹이 탑을 쌓아올렸으며 부러진 오른쪽 다리를 실로 감아서 고정시킨 로봇 태권브이 장난감과 맥콜, 맛살구 사탕, 빠다볼, 신화당, 뉴슈가 등 각종 과자와 사탕이 가득 올려져 있었다.

아버지에게 들어온 동자신은 준걸 나이쯤에 죽었던 남자아이가 구천을 떠돌다 망자가 된 지 하루도 안 된 아버지 몸으로 들어온 거라 했다. 어쨌든 준걸은 상 위에 쌓여 가는 과자와 사탕 때문에 죽었다 살아난 아버지가 그렇게 고마울 수가 없었다.

어머니가 방문을 열고 3번 번호를 외치자, 앞머리를 펑클 파마로 어색하게 부풀린 단발머리 아줌마가 방 안으로 들어왔다. 아줌마는 눈이 다 드러나는 연갈색 뿔테 선글라스를 끼고 조심스레 아버지와 자개상을 사이에 두고 방석 위에 엉덩이를 내려놓았다. 뿔테

안으로 보이는 의구심 가득한 눈빛으로 신당 안을 빠르게 훑다가 허공에서 아버지와 눈이 마주치자 아줌마는 가르뎅 재킷을 두 손으로 여미었다.

마흔 넘은 아버지가 색동저고리를 입고 열 살 정도의 어린 남자아이의 목소리를 흉내 내며 뽈테 아줌마에게 야비한 웃음을 흘렸다.

"아줌마, 우리 늙은 아줌마하고 그 누나하고 비슷하게 생겼네."

동자신이 들어서 아이처럼 점을 친다는 소문을 익히 듣고 온 터라 아이 흉내를 내는 건 알고 있었지만 자기보다 더 늙은 아저씨가 아이 목소리로 늙은 아줌마라고 한다. 듣는 아줌마는 소름이 돋아서 속으로 되뇌었다 '이런 영감탱이가 누구보고 늙었다 카노? 아무리 봐도 저런 면상으로는 점을 못 치지 싶은데.' 목구멍으로 올라오는 영감이란 말을 참느라 콧구멍에서 거친 숨이 새어 나왔다.

"누가 내하고 비슷하다고예?"

"누구긴 누고? 아줌마 남편이 만나는 여자지. 취향이 비슷하네. 남편 눈이 제법 높은 갑네."

아버지는 헛기침을 하고 대답했다.

뽈테 아줌마는 남편이 바람피우는 것 때문에 점집을 찾은 참이라 바람피우는 여자의 외모까지 맞추는 것이 신기해서 흥분을 감추지 못했다. 그리고 남편이 눈이 높다는 말에 조금은 위로를 받았고 영통한 아버지에 대해 의구심을 거둬들인 자세로 급전환하고 방석 위에 무릎을 꿇었다.

"그럼 선생님, 이제 내는 우짭니꺼?"

옆에서 준걸 어머니가 뽈테 아줌마 귀에 대고 속삭였다.

"선생님이 아니고 동자보살님이라고 부르시면 됩니다."

아버지는 눈깔사탕을 입에 넣어서 오른쪽으로 한 번 왼쪽으로 한 번 굴리더니 다시 오른쪽 볼 안쪽에 사탕을 밀어 넣고 약간의 침을 흘리며 말을 했다.

"아줌마, 우선 초코파이 사 온나. 그라모 얘기해 줄게."

뽈테가 주춤거리는 사이에 엄마가 다가와서 그녀를 일으키고 얼굴을 가까이 대고 얘기했다.

"동자보살님이 초코파이가 드시고 싶으시대요. 우선 집 앞 모퉁이를 돌아가면 삼오상회가 있는데 그 점빵에 가서 초코파이 한 통 사 오시면 됩니다."

뽈테는 서둘러 일어서며 종종걸음으로 삼오상회를 찾았다.

점빵 앞에는 아이들이 둘러앉아 연탄불 위에 쇠로 된 국자를 올려서 족자(달고나)를 만들고 있었다. 연탄과 함께 타고 있는 달달한 설탕 냄새가 골목 바닥으로 서서히 가라앉고 있었다.

"아줌마, 초코파이가 뭔데요?"

초코파이는 1974년 즈음 오리온 회사 직원이 외국에서 초콜릿으로 만든 과자를 먹어 보고 응용한 것이라는 얘기를 어디선가 주워들은 삼오상회 주인은 굳이 설명을 해 주진 않았다. 그저 초코파이 손님이 익숙하다는 듯 초코파이 한 통을 계산대 아래 큰 서랍에서 신줏단지를 다루듯 조심스레 꺼내서 뽈테의 손으로 옮겨 주었다. 먹어 본 적도 가격도 모르는 뽈테는 1,200원이라는 말에 비싸다는 표정을 지으며 1,500원을 내밀었다. 잔돈을 기다리며 서 있는데 주인 아줌마가 멍한 표정으로 아폴로를 송곳니로 물어뜯고 있었다.

"아줌마, 주리 안 줍니꺼?"

"주리? 내가 안 주든교? 아까 준 거 같은데."

"뭐라카노? 일부러 안 줄라고 개기는 거 아니가?"

"일부러예? 아닙니더. 내가 만날 천날 연탄 냄새를 맡아서 정신이 없어가 글치. 일부러 주리 땡가 묵는 여편네 아닙니더."

삼오상회 아줌마는 띠꺼운 표정으로 300원을 거슬러 주었다.

뿔테는 초코파이를 가슴에 품고 신당으로 들어왔고 동자보살에게 두 손으로 전달했으며 방석에 무릎을 꿇고 앉았다. 아버지는 초코파이 한 통을 끌어안은 채 앉아서 신나게 어깨춤을 추다가 다시 예리한 눈빛으로 돌변했다.

"아줌마, 그냥 헤어지뿌라, 우리 늙은 아줌마는 그 어리고 이쁜 누나 못 이겨 먹는디. 벌써 살림 차릿뿟네. 이래서 떡정이 무섭따카이."

"떡정이 뭡니꺼?"

"뭐겠노? 떡치다 보니 정이 붙으가 떼놓을수록 더 달라붙는다고. 그라이 살림 차리지."

뿔테는 뒤로 벌렁 자빠지려는 걸 두 손으로 바닥을 지탱했다.

"그럼 그 인간이 외박하는 것도 출장 가는 것도 다 두 집 살림 때문입니꺼?"

아버지는 또다시 사탕을 이리 옮기고 저리 옮기다 흐르는 침을 손으로 쓱 닦고는 다시 야비한 웃음을 지었다.

"이것 봐라. 아줌마. 아줌마네 아저씨가 출장을 왜 가노? 출장 가는 일을 하는 것도 아니제?"

그녀 남편의 직업은 국민학교 선생님이다. 촌지를 더럽게 밝혀서 소문이 더 더럽게 나 있는 지갑 사정이 두둑한 국민학교 선생님이었다.

그녀는 선글라스를 벗고 무릎을 세워서 고개를 아버지 쪽으로 쭉 빼며 물었다. 너무 흥분한 탓인지 아버지를 이렇게 불렀다.

"동자 어르신, 그걸 어떻게 아십니꺼?"

아버지는 입에서 반쯤 녹아 작아진 눈깔사탕을 뒤로 물러나라는 뜻에서 그녀 얼굴에 퉤 하고 뱉었다.

"그걸 왜 모르노? 지금도 보인다. 아줌마 눈 안에 다 있다. 아줌마네 아저씨랑 그 누나랑 서로 붙어먹고 있다니까."

그녀는 이마로 날아온 사탕에는 전혀 괘념치 않았다. 이미 분노로 일그러진 낯빛으로 깊은 생각에 잠겼다. 언젠가 남편이 어린 여자와 함께 있는 걸 본 적이 있었다. 단발머리에 앞머리는 닭 벼슬처럼 고정시켰는데 스프레이를 얼마나 뿌려 재꼈는지 허연 가루가 이마에 비듬뭉치처럼 붙어 있었다. 미니스커트를 입은 호리호리한 몸매는 아줌마의 젊은 시절보다 더 늘씬한 허리를 갖고 있었다.

그때 남편은 그 여자가 교생 실습을 나온 학생이라고 둘러댔는데 남편이 바람난 걸 눈치챘을 때도 그 여자가 내연 관계라고는 전혀 의심을 하지 않았다. 그런데 점쟁이 말을 듣고 보니 진짜 교생 선생인지는 몰라도 그 여자가 자신의 외모와 비슷하다고 느껴졌다. 어리다는 것만 빼고.

그런데 1980년대는 유행에 민감해서 누구나 다 비슷한 스타일을 고수했다는 걸 이미 흥분해서 눈이 돌아버린 아줌마에게는 전혀 인지할 수 없는 사실이었다. 그러니 아버지 말이 곧 법이고 진리가 되었다.

"그렇게 멍 때리고 있을 거면 나가 봐라."

가래 끓는 아버지의 본래 음성과 동자의 앙탈이 섞여 둔탁한 소리를 내자 뿔테의 의식이 숨 가쁘게 돌아왔다.

"남편이랑 헤어지는 건 말도 안 됩니더. 그럼 내보고 이혼녀가 되라는 건교? 여자가 이혼하고 혼자서 어떻게 사노? 우리 애들은 어떡합니꺼?"

"안다. 우리 아줌마는 못 헤어질 기야. 그렇다모 방법이 하나 있지롱."

"그게 뭔데예?"

그녀의 어조에 조급함이 묻어났다.

"그 어린 누나를 아줌마 아저씨한테서 떨어지게 만들어야지."

"그게 가능합니꺼? 어떻게 하면 되는데예? 시키는 건 다할게예. 굿이라도 해야 하는교?"

"동자신은 그런 거 안 한다. 아이가 무슨 굿을 하노? 그라고 아줌마, 굿은 돈 먹으려고 점쟁이들이 신하고 짜고 한바탕 신나게 노는 거다. 그러니까 앞으로도 굿하는 점집은 가지 마라."

아버지는 동자신이 어려서 굿을 하지 않는다는 변명만 하면 되는데 굿하는 무당이 사기라는 근거 없는 얘기로 목에 핏대를 세운다. 발가락 하나를 잃어서 중심 잡기 힘들어져 굿을 하지 않는 건 아니라고 언젠가 어머니한테 변명하는 걸 준걸이 들은 적이 있다. 그 덕에 더욱더 신뢰가 쌓인 뿔테는 엉거주춤 일어서서 아버지의 방울을 쥐고 두 손을 모으며 마치 동령(動鈴)하듯 간절하게 흔들었다.

아버지가 귀찮은 듯 그녀를 뒤로 밀어 버렸다.

"부적 하나 쓰고 다음에 와서 치성 드리라."

"치성이 뭡니꺼?"

"그냥 3일 동안 와서 내하고 같이 절하모 된다."

아버지는 홀라당 드러누우며 손끝으로 안에서 밖으로 두 번을 탁탁 털자 어머니가 달려와서는 뽈테를 데리고 나갔다. 아버지가 뱉었던 사탕이 그녀의 이마에 맞고 승마바지에 떨어져서 그대로 붙어 있었다.

"부적값은 15만 원이고 절값은 한 번에 5만 원씩 해서 세 번이니까 총 30만 원이고 오늘 점사 값은 1만 5천 원입니다."

뽈테는 지갑에서 3만 원을 꺼냈다.

"오늘은 이게 답니더. 내일 올 때 나머지 돈 들고 올게예."

누워서 초코파이를 한입 베어 문 아버지가 예전엔 한 적 없는 이상한 욕을 뱉었다.

"떠그랄, 아줌마, 누가 내일 오라카드노? 다음 주부터 온나. 내 피곤해서 내일은 몬 한다."

머리를 조아리며 뽈테는 뒷걸음질하는 시녀처럼 유유히 사라졌다. 초코파이 하나를 맛있게 먹은 아버지는 다음 사람을 불렀고 어머니는 4번을 들어오라 손짓했다.

준걸은 얼른 아버지의 일이 끝나기만을 기다렸다. 며칠 전 일이 끝나기도 전에 초코파이에 손을 댔다가 아버지한테 싸대기를 맞았다. 죽기 전엔 한 번도 손찌검을 한 적이 없었는데 다시 살아나자 변한 게 한두 가지가 아니었다. 일이 끝나야만 그 귀한 초코파이를 한 개 먹을 수 있었다. 이 동네에서 초코파이를 먹어 본 아이는 준걸이 처음이라 그것만으로 무당의 아들이라는 손가락질도 피해 갈 수 있었다.

대기실인 부엌을 보니 마지막 대기자인 40대 중반의 흰색 정장에 커피색 스타킹을 신은 아줌마가 초조하게 기다리고 있었다.

아버지가 마지막 사람을 피곤하다고 그냥 보내려고 했는데 돈을 두 배로 줄 테니 오늘 꼭 봐야 한다고 고집을 피워 겨우 신당으로 입성했다. 스타킹 아줌마는 무릎부터 조심스레 방석 위에 올려놓았다.

"보살님이 하도 용하다 하셔서 아들놈 때문에 제가 오늘 부산에서 여기까지 왔는데요."

"안데이, 아줌마 아들이 짝대기 들고 데모하제?"

"그걸 어떻게?"

스타킹 아줌마 입에서 짧은 탄식이 나왔다.

"아줌마 아들한테서 최루탄 냄새가 안 사라지네."

스타킹은 두 눈에 눈물이 그렁그렁 맺혔고 타는 속을 누르며 물었다.

"그럼 우짜면 됩니까? 이번에 잡혀가면 정말 인생 끝날지도 몰라요."

"아줌마 어깨가 만날천날 안 무겁드나?"

"네? 제 어깨요?"

아줌마는 오른손으로 왼쪽 어깨를 왼손으로 오른쪽 어깨를 더듬으며 어깨를 꾹꾹 눌러 보았다.

"어릴 때 죽은 아이가 어깨에 매달려 있구먼."

아줌마는 어깨를 감싸 쥐고 앞으로 고꾸라지는 시늉을 하며 눈이 더 커져 버렸다.

"어떻게 아세요? 우리 첫째 아가 죽었어요. 그 아는 딸이었는데 백일도 안 돼서 죽었다 아입니까."

"그 한을 안 풀어 주니 아줌마 어깨에 매달려서 자꾸 지 동생 괴롭히고 있는 거디."

아버지는 왼편에 애기씨와 오른편에 동자씨가 나란히 그려진 부채를 크게 펼쳤다가 딱 소리 나게 접어서는 자리에서 일어서 무릎을 세웠다. 그리고 그녀의 오른쪽 어깨를 한 번 왼쪽 어깨를 두 번씩 탁탁 치면서 옹알이하듯 이야기했다.

"안다, 안다, 누나 마음 다 안다, 억울한 거 와 모르겠노? 그래도 죽었으면 저승을 가야 다시 사람으로 태어나지, 이렇게 구천을 떠돌다 엄마 등에 업혀 있으면 어떡하노? 누나가 억울하다꼬 동생까지 괴롭히면 쓰나? 얼른 돌아가서 극락왕생하자."

아줌마는 옹알이 같은 아버지 소리를 다 알아듣고는 오열하기 시작했다. 눈물이 화장을 지우고 검고 누런 물이 방석 위로 떨어졌다. 이제 아줌마한테 아버지는 하나님이나 부처님보다 더 높고 전능하신 신으로 추대된 것이 분명하다. 죽으라면 죽는시늉까지도 할 태세를 갖추고 아버지의 명을 기다리고 있었다.

"굿을 할까요?"

"아줌마, 동자신은 굿 같은 건 안 한데이. 그냥 부적이나 쓰모 된디. 그라고 다음에 태아령 천도제나 지내구로 배냇저고리랑 천 기저귀나 가지고 온나."

그녀는 지갑에 있는 돈 3만 2천 원을 꺼내서 아버지에게 내밀었고 자리에서 벌떡 일어섰다.

"제가 돈을 더 가져올게요. 빨리 부적 좀 써 주세요. 천도제는 언제 하면 되나요?"

어머니는 눈물자국이 번진 아줌마의 얼굴을 종일 돈을 만지던 손으로 닦아 주며 부적은 5만 원만 더 가져오면 된다고 했고 천도제 날짜는 다시 알려 준다고 했다.

아버지가 쓰는 부적은 닥나무로 만든 괴황지 대신 누런빛이 도는 창호지에 구하기 쉬운 닭 피를 찍어 붓으로 그렸다. 준걸의 눈엔 글씨도 아닌 그림도 아닌 괴상한 낙서 같았다.

아버지는 창호지에 쓰인 빨간 글씨가 전체로 퍼져 나가면 부적을 불에 태워 버려야 된다고 했다. 사람의 과거를 저렇게 잘 맞추는 걸 보니 진짜 아버지한테 전지전능한 동자 영이 들어온 게 맞는 건가 싶다가도 어린아이 낙서 같은 부적을 보면 사기 치는 게 아닌가 싶기도 했다. 이런들 어떠하고 저런들 어떠하리. 준걸은 귀한 초코파이를 매일 밤 하나씩 먹을 수 있었고 아버지가 산 기도를 다녀올 때면 바나나 한 개를 다 먹게 해 주었다. 아버지 몸에 들어온 동자신의 영통력 덕분에 준걸의 집안 형편은 지긋지긋한 가난에서 빠르게 벗어나고 있었다.

1980년 일매

부산 범내골에 위치한 정관욱 외과에서 근무하는 원무과장인 일매 아버지와 같은 병원 간호보조원인 일매 엄마가 눈이 맞아 임신을 하자 일매 엄마가 병원을 그만두었다.

그 후 이란성 쌍둥이가 태어났는데 쌍둥이 중 첫 번째로 태어난 아이가 딸 일매다. 5분 간격으로 두 번째로 태어난 아이가 아들 이현인데 태어날 때부터 몸이 약했고 시댁 어른들은 백일을 넘기지 못할 거라고 하필 첫째로 나온 아이가 딸이어서 두 번째 나온 아들의 건강을 다 빼앗아 태어난 거라고 일매에게 저주를 퍼붓는 말들을 곧잘 하곤 했다.

시댁에서는 이현이 잘못되면 딸도 같이 묻어야 한다며 이현이 무사하게 백일을 넘길 때까지는 딸은 이름도 지어 주지 않고 호적에도 못 올리게 했다. 다행히 백일이 지났고 이현이 돌까지 무사히 버텨내자 딸에게도 일매라는 촌스러운 이름을 지어 주었고 이현과 함께 호적에도 나란히 오를 수 있게 해 주었다. 하지만 이현은 감기만 걸려도 폐렴으로 발전해서 정관욱 외과에 자주 신세를 지었다. 정 원장은 이현이 앞가슴이 함몰되는 오목가슴이라고 진단을 내렸다. 오목가슴은 어릴 때 수술을 해야 하지만 이현의 경우는 커 가면서 서서히 정상을 되찾아 갔다.

시댁 식구들은 몸에 좋은 보약과 보양식으로 지극정성 장남의 건강에 매달렸고 그럴 때마다 깡마른 체격에도 병치레를 하지 않는 일매를 첫째로 낳은 엄마를 탓하며 서러운 시집살이를 시켰다.

그 후로 건강한 아들이 둘이나 태어나자 엄마는 시댁에서도 꽤 당당해진 듯했고 시댁 식구들에게 구박받는 일매를 첫 딸은 살림 밑천이라고 편들어주는 듯했지만 엄마는 오히려 일매에게 동생들을 키우는 보모의 직함을, 희생이라는 강요를, 착한 장녀의 의무를, 무언의 협박으로 일매를 괴롭히는 주동자가 되었다. 엄마는 일매에게 일을 시킬 때는 칭찬화법으로 명령 아닌 명령을 했다.

"매야, 우리 막둥이 기저귀 빨라고 아침 일찍 일어났나?"

소변이 마려워 아침 일찍 눈을 뜬 일매가 변소에 들어가기도 전에 엄마의 명령이 떨어졌다. 일매는 똥 기저귀가 담긴 다라이를 들고 변소에 들어갔다. 엄마 눈에 다라이가 안 보여야지 저 냉기 가득한 칭찬이 멈추기 때문이다. 급히 소변을 본 일매는 변의를 느꼈지만 똥까지 누게 되면 엄마는 더 큰소리로 '우리 매야. 이쁜 우리 딸, 큰딸아 어디 갔노?'라고 변소 앞에서 노래를 부를 사람이라 항문에 힘을 주고 기저귀부터 빨고 난 뒤에 똥을 누기로 했다.

"매야, 달걀이 두 개밖에 없는데, 이현이랑 세현이한테 양보할 거지요? 우리 매야는 김치 찢어가 밥 묵는 게 더 맛있지요?"

일매는 고소하고 향긋한 계란 프라이 냄새를 맡으며 쉬어빠진 김치를 찢어서 입 안에 욱여넣었다. 그나마 국민학교에 입학한 후엔 학교 가는 시간만큼은 일매에게도 식모살이에서 벗어날 수 있는 유일한 해방 시간이었다.

일매의 필통에는 동생들이 쓰다 남은 몽당연필을 모나미 볼펜 몸통에 끼워서 만든 연필 세 자루와 조각난 지우개 서너 개가 들어있었다.

어느 날 일매를 좋아하던 남자 짝이 일매에게 새 연필을 두 자루

나 선물했는데 다음 날 학교에서 필통을 열어 보니 모나미 뚜껑조차
끼워져 있지 않은 몽당연필 두 자루로 바뀌어 있었다. 처음 가져 보
는 새 연필에 설렘 가득했던 미소는 땅바닥에 떨어진 유리잔처럼 산
산조각 난 표정이 되었다. 일매가 잠들었을 때 엄마가 필통을 열어
본 것일까? 일매의 작은 손에도 쥐어지지 않는 몽당연필 중에 몽당
연필을 보고 있자니 눈물이 들어찰 것 같았다. 짝에게 들키기 전에
필통을 가방 안에 숨겼다.

일매가 열세 살이 되던 해에 정관욱 외과 원장의 하나뿐인 아들
주원은 열네 살이었고 어릴 때부터 일매를 좋아했다. 일매가 원무과
장인 아버지일로 병원에 심부름을 올 때면 주원은 평소에 일매가 먹
어 보지 못한 귀한 음식을 나누어 주곤 했다.

일매의 엄마가 동생들에게 만들어 주는 걸 본 적은 있지만 일매는
맛도 못 보게 했던 오양맛살부침과 줄줄이 비엔나소시지를 주원은
일매가 온다는 소식을 들은 날엔 도시락 통에 넣어서 따로 보관했다
가 일매에게 몰래 주곤 하였다.

또래에 비해 지나치게 비만이었던 주원을 동네 아이들은 병원에서
키우는 돼지 새끼라고 놀렸다. 일매도 마음속으론 뚱뚱하다고 생각
했지만 너무나 잘해주는 주원이 점점 귀엽게 느껴졌다. 그리고 주원
에게 부잣집에서 너무 잘 먹어서 살이 찌는 건데 가난해서 못 먹는
애들이 시기해서 놀리는 거라고 주원을 위로해 주었다.

병원 1층은 진료실과 검사실 원무과가 있었고 2층은 입원실, 3층
은 가정집이었다. 3층엔 주원의 부모님 방과 주원의 방, 그리고 직원

들이 식사할 수 있는 큰 식당과 거실 그리고 파출부 방이 있었다.

어느 휴일 원장 내외는 부부 모임에 참석하기 위해 외출을 했고 파출부 아줌마도 장을 보기 위해 병원을 나서자 집에는 주원만 남게 되었다. 입원 환자 때문에 간호원은 1층 간호원실에 있었고 주원은 일매 집에 전화를 걸었다.

"여보세요. 아줌마, 주원인데요."

"오야, 우리 주원이가 웬일이고?"

"아줌마, 우리 집에 일제 제도 샤프하고 미국 쪼꼬렛이 선물로 들어왔는데요. 울 엄마가 일매도 주라고 했어요."

"옴마야, 그 귀한 걸 우리한테도 줄 게 있드나?"

"일매는 집에 있어요? 일매 보내주시면 제가 일매한테 줄게요."

"아이고야, 고마브라. 알았데이, 지금 일매 보내께."

일매네 반 친구들 중 반 이상이 제도 샤프를 가지고 있었지만 그중 물 건너온 진짜를 갖고 있는 애들은 다섯 명도 채 안 되었다. 진짜는 노브를 누르면 일정한 간격을 유지하며 심이 나왔고 진짜를 본떠 만든 가짜는 노브를 누르면 심이 뚝뚝 끊어지거나 한 번에 쑥 빠지곤 했다. 일매는 가짜 제도 샤프도 없는데 진짜 제도 샤프를 본인도 가질 수 있다는 희망에 잠깐 설레었지만 동생들 몫이 될 거란 자각에 금세 시무룩해졌다.

일매는 얼마 전 사촌언니한테 물려받은 노란색 바탕에 주황색 땡땡이가 그려진 원피스를 입고 변변한 구두가 없는 관계로 전혀 어울리지 않는 운동화를 꺾어 신은 뒤 10분 거리에 있는 병원을 향해 달려갔다.

"오빠, 진짜 제도 샤프기? 일제 맞나?"

주원은 병원 입구에서 일매를 기다리다가 일매의 손목을 잡고 3층으로 올라갔다.

"내 방에 있으니까 가서 구경하자."

일매는 3층까지 계단을 성큼성큼 올라갔고 주원은 헐떡거리며 올라왔다.

주원의 책상 위에는 제도 샤프가 반짝반짝 빛을 내며 아름다운 자태를 뽐내고 있었고 그 옆에는 검정 포장지에 흰색 영어로 글자가 새겨진 허쉬 초콜릿이 있었다. 확실히 한국에서 파는 초콜릿보다 몇 배는 크고 두꺼운 것 같았다.

"오빠, 근데 이게 무슨 글잔데?"

"허씨 쪼꼬렛이라고 영어 대문자다."

"아, 허씨? 이름도 정말 멋지다."

"일매야, 오빠 방엔 처음 들어오는 거제?"

"어, 진짜 신기하다. 엄청 좋은 거 같다."

"구경시켜 줄게. 이쪽으로 와 봐."

방 안쪽에는 완성된 프라모델이 찬장 가득 진열되어 있었다. 그리고 창가 쪽엔 침대가 있었다. 일매가 침대를 뚫어져라 응시했다.

"니, 설마 침대도 처음 보나?"

"아니 친구 집에서 본 적 있다. 근데 이 침대는 진짜 크네. 혼자 쓰면서 와 이리 크노?"

"앉아 봐라. 진짜 푹신하다."

주원은 일매의 손목을 이끌고 침대에 앉혔다. 침대에 앉은 일매는 조심스레 엉덩이로 침대를 굴렸다. 그러자 주원이 벌떡 일어서더니 침대를 힘차게 굴렸다.

"그래도 되나? 오빠야?"

"어, 안 무너진다. 니도 일라 봐라."

두 사람은 신나게 침대를 굴렸다.

"오빠야, 꼭 방방이에서 뛰는 것 같다. 진짜 신난다."

2층 입원실을 돌며 링거 체크를 하던 간호원은 쿵쿵거리며 울리는 소리에 천장을 바라보았다.

"저 돼지 새끼가 또 뛰는 갑네. 오늘은 뭐를 처먹었길래 저래 날구지가 심하노?"

구시렁대던 간호원은 볼일을 끝내고 1층으로 내려갔다.

땀이 흥건히 배도록 실컷 뛰던 두 사람은 숨을 헐떡거리며 침대에 나란히 누웠다. 처음 침대에 누워 보는 일매는 그 포근함에 몸을 맡긴 채 잠시 눈을 감았다. 곧 낮게 들리는 일매의 코 고는 소리와 터질 듯 두근거리는 주원의 심장소리만 방 안을 가득 채우고 있었다.

이마에 와닿는 선뜩한 기운에 일매는 순간 눈을 번쩍 떴다. 일매의 눈앞엔 주원의 큰 얼굴이 가까이 닿아 있었고 그는 곧 그 육중한 몸을 일매 몸에 포개었다. 일매가 무슨 말인가 하려 했는데 주원이 일매의 입술을 덮쳤다. 일매는 코로 크게 숨을 몰아쉬었고 곧 일매의 입 안으로 주원의 혀가 들어왔다. 일매는 입가의 근육이 마비된 듯 굳어지고 있었다.

"일매야, 입 좀 벌려 봐라. 오빠가 기분 좋게 해 주께."

일매는 순간 두려움으로 온몸이 떨려 왔다. 앞은 깜깜해지고 머릿속은 새하얘졌다. 손발이 바들바들 떨리면서 언이 중추가 마비된 듯 침묵 외엔 할 수 있는 게 없었다. 가장 큰 고통은 주원의 육중한 무게가 일매의 숨통을 조이고 있는 것이었다.

일매가 정신을 차리자 가슴 깊이 짓누르던 뜨거운 것이 눈가로 밀려나왔다. 정신없이 울고 있는 일매에게 주원은 티슈를 뽑아서 눈물을 닦아 주었다.

"울지 마라. 내가 니 임신하면 책임질 기다."

일매는 지옥의 나락으로 빨려 들어간 듯 무서운 공포가 온몸으로 파고들었다. 옷매무새를 단정하게 정리했다. 그 사이에도 눈물은 멈출 수가 없었고 일매는 콧물을 입으로 빨아들이며 울음소리를 삼키려고 가슴을 들썩거렸다.

일매의 손에 제도 샤프와 초콜릿을 들려주고 주원은 방을 빠져나왔다. 일매는 지옥의 문을 열고 거실을 지나 계단으로 내려왔다. 병원 밖으로 나오니 태양은 서쪽으로 기울었고 길가에 제멋대로 피어 있는 쑥대머리 이파리들은 바람 소리에 맞춰 춤을 추고 있었다.

무슨 일이 일어난 건지 무슨 생각을 해야 하는지 도무지 알 수 없는 일매는 땡땡이 문양의 소맷자락으로 눈물과 콧물을 훔치며 집으로 들어갔다.

대문 안으로 들어서니 이현과 세현이 달려들어 샤프와 초콜릿을 낚아챘다. 서로 샤프를 갖겠다고 싸웠고 엄마는 당연히 이현에게 주었다.

"그 대신 행님이 쓰던 흔들 샤프, 니가 쓰면 되겠네."

엄마는 세현을 설득했다.

"흔들 샤프는 흔들면 안에서 심이 다 뿌사진단 말이야. 내도 필요 없다. 차라리 몽당연필이 낫지."

잔뜩 뿔이 난 세현이 악다구니를 썼다.

"안 된다. 몽당연필 쥐면 손가락 안 자란다. 그리고 흔들 샤프는 살살 흔들면 안 뿌사진다."

엄마는 세현을 달래주었다.

이현이 손 안에 들어온 샤프를 감상하는 동안 세현과 사준 사이에는 초콜릿 쟁탈전이 시작되었다.

"서이 똑같이 노나 먹어라."

엄마는 초콜릿을 정확히 삼등분해서 이현과 세현 그리고 사준에게 똑같이 나눠주었고 제법 크게 조각난 부스러기는 자신의 입속으로 넣었다. 녀석들은 녹여 먹거나 갈아 먹거나 아껴서 천천히 먹거나 각자의 방식대로 맛있다는 표현만으로는 설명할 수 없는 달콤하고 부드러운 맛에 사로잡혔다. 엄마의 노나 먹으라는 등분 안에 일매의 것은 없었다.

일매는 퉁퉁 부은 눈을 가리려고 고개를 숙이고 방으로 들어섰지만 제도 샤프와 초콜릿에 눈이 먼 가족들은 일매의 눈알 한쪽이 빠졌다 해도 눈치 채지 못할 거란 사실에 오히려 안심이 되었다.

그 사건 후로 두 달 정도 시간이 흘렀고 일매는 부쩍 말라갔다. 세상 시름을 혼자 짊어진 듯한 표정은 위태로워 보였다. 그런 일매에게 엄마는 이따금 칭찬을 했다.

"우리 매야가 요즘 많이 날씬해졌네. 동생들 챙기다 보니 자연스레 이뻐지고 있다 아이가? 장녀는 원래 그런 기다."

일매는 참고 또 삼켜 왔던 말을 엄마의 뒷모습에 대고 겨우 입을 열었다.

"엄마, 내 아무래도 임신한 거 같다."

빨래를 널던 엄마는 바구니에 담긴 빨래를 쳐 박듯이 던져 버리고 일매의 손목을 잡고 안방으로 끌고 갔다.

"니 그게 무슨 소리고? 임신이 뭔 줄이나 아나?"

"안다. 애기……"

일매는 뒷말을 삼켜버렸다.

"누가 그라대?"

"주원이 오빠가."

"뭐라고? 주원이가 우찌 아는데? 니 주원이랑 무슨 일 있었나?"

일매는 벌겋게 달구어진 얼굴로 고개를 끄덕였다.

"그런데 주원이 오빠가 책임진단다드라. 근데 뭐를 책임지는데?"

일매에게 엄마라는 존재는 우아하게 명령하고 칭찬으로 강요하며 눈은 매섭지만 입꼬리는 올라가서 얼핏 보면 우는 것 같기도 하고 자세히 보면 웃는 것 같기도 한 어찌 됐건 차분한 모습만 보면서 자랐는데 그런 자태는 온데간데없고 태어나서 처음 보는 툽상스러운 모습으로 전투적인 폭언을 퍼부었다.

"이 미친년아. 책임은 무슨 책임? 원장님하고 사모님 아는 날엔 너거 아부지도 모가지 날아가고 우리도 길바닥에 나앉는다. 가시나가 행실이 우쨌길래 그 돼지 새끼한테 따이고 댕기노? 이 써거 문드러질 년아."

일매는 임신의 두려움보다 엄마의 분노에 기가 눌려 더욱더 기어들어가는 목소리로 숨 가쁘게 말을 이어 갔다.

"따이는 게 뭔데? 내 행실이 뭐가 어때서? 엄마 심부름 갔다가 그리된 건데 왜 내보고 뭐라 하노?"

엄마는 일매의 머리끄댕이를 잡고 목이 뒤로 꺾이도록 힘껏 잡아당겼다.

"이년이 어디서 말대꾸하노?"

목이 꺾이자마자 바닥으로 주저앉은 일매는 콩벌레처럼 몸을 웅크렸다.

"임신인 거 우예 알았노? 멘스도 없는 년이 임신부터 할 수가 있나? 니, 이 사실 누가 또 아노? 그 돼지 새끼도 아나?"

"아직 아무도 모른다. 근데 주원 오빠가 임신하면 책임진다고."

엄마는 흰자위에 번개 같은 핏발을 세우고 눈이 찢어지도록 딸을 째려보았다.

엄마는 범일동에 있는 최수산나 산부인과 의원으로 일매를 끌고 갔다. 일매는 앉지도 서지도 못한 엉거주춤한 자세로 소파 손잡이에 기대었다. 주변의 시선이 자동적으로 일매의 고개를 바닥으로 끌어내렸다. 접수를 하고 간호원과 대충 상담을 끝낸 엄마는 구시렁거리며 종이컵을 내밀었다.

"가서 오줌 받아 온나."

일매는 종이컵을 받아서 간호원을 따라 화장실로 들어갔다.

"최수산나라 케서 여의산 줄 알았는데 하필 왜 할배 의사고?"

아직 어린 딸의 수치심을 그나마 줄이기 위해 평소 지나가다 본 기억이 있는 여자 이름의 산부인과를 찾아서 급히 들어왔는데 남자 의사임에 화가 난 엄마는 급하니까 어쩔 수 없이 진료를 보기로 했다. 어차피 딸의 수치심보단 본인의 체면이 더 중요했고 소문나는 게 겁이 나서 빨리 진료를 끝내고픈 생각뿐이었다.

　피 같기도 하고 고름 같기도 한 지저분한 얼룩이 군데군데 묻어 있는 불결한 하늘색 치마를 입고 팬티를 벗은 뒤 강제로 다리를 벌리게 만드는 괴기스러운 의자에 일매는 올라갔다. 온몸을 사시나무 떨듯 덜덜거리며 멍하게 허공만 쳐다보는 일매를 두고 의사와 엄마는 언쟁을 이어 갔다. 권위의식 같은 게 묻어 있는 굵은 저음의 의사는 어이없다는 듯 고개를 저었다.

　"소변검사에서 음성이 나왔는데 왜 자꾸 고집 피우세요?"

　엄마는 조금도 물러설 생각이 없었다.

　"선생님, 분명히 임신 맞다니까요. 확인해 보면 알 거 아닙니꺼?"

　철거덕거리는 소리와 함께 차가운 느낌이 아래쪽에서 느껴졌다.

　"힘 빼라. 힘 빼라고."

　긴장에 의해 하체에 잔뜩 힘이 들어간 일매에게 의사가 날카롭게 명령했다.

　"힘 빼라면 힘 빼라."

　엄마의 비틀린 입술에서 낮은 명령이 잇따랐다.

　극심한 공포와 통증이 시작되는 찰나에 의사는 삽입했던 질경을 급히 빼내고 자리에서 벌떡 일어섰다.

　"처녀막이 있는데 무슨 임신입니까?"

옷을 갈아입고 나온 일매의 손목을 잡은 엄마는 차분하게 병원을 나섰다. 다시금 우아해진 표정과 침묵으로 집을 향해 걸어가고 있었다. 한참을 걷다가 인적이 드문 시민회관 뒷길에서 엄마는 멈춰 섰고 왼손으로 일매의 오른뺨을 후려쳤다. 바람 빠진 기다란 풍선처럼 중심을 잃고 바닥으로 내동댕이쳐졌다. 일매는 잠시 머리와 몸통이 분리가 된 기분이 들었다. 엄마의 오른손이 쓰러져 있던 일매의 멱살을 잡아서 일으켰다. 일매의 머리와 몸통이 분리되지 않았다는 걸 확인이라도 시켜 주듯 덜렁 들어올려졌다. 또다시 폭군의 자세를 취하는 엄마의 눈을 일매는 똑바로 올려다보았다. 무릎 꿇고 싹싹 빌 거라고 믿었던 엄마의 예상이 빗나가자 눈썹이 미세하게 떨리더니 급기야 얼굴 전체에 경련이 일었다.

"야, 이년아. 눈깔 안 내리까나?"

일매가 시선을 바닥으로 떨어뜨리자 누군가 뱉어놓은 가래가 일매를 조롱하듯 바닥에 붙어서 누렇게 노려보고 있었다.

"몸가짐 똑바로 하고 다니라. 우리 가족 얼굴에 먹칠할 생각하지 말고 주원이 새끼가 무슨 짓을 했는지는 모르지만 죽을 때까지 입 다물고 살아라. 누구의 귀에라도 들어가는 날엔 니는 그날로 콱……."

엄마는 날이 선 쉿소리가 끝나자 일매의 멱살을 살며시 풀어 주고 옷을 단정하게 매만져 주었다. 그리고 우아한 모습으로 뒤돌아서 집으로 향했다.

엄마의 뒤를 따르던 일매의 머릿속을 떠다니는 질문들이 여릿한 현기증을 유발했다. '주원 오빠의 축축한 혀가 내 입 안에 들어왔고 잠시 기절한 것 같기도 하고 아닌 것 같기도 한데 일단은 오빠가 나보고 임신이라 했고 책임진다고 했다. 그런데 나는 왜 임신이 아닌 걸까? 임신이 아니어서 엄마한테 맞은 건지 주원 오빠한테 당했다고 맞은 건지, 대체 뭘 잘못했다고 몸가짐을 똑바로 하라는 걸까?'

이제 겨우 국민학교 6학년인 일매에겐 모든 것이 의문투성이였다. 확실한 건 엄마는 일매를 보듬어 줘야 하고 주원을 야단쳐야 하고 엄마로써 딸을 보호해야 할 의무가 있는데 쌍욕만 했다는 사실이다. 다시는 엄마의 상스러운 모습을 보고 싶지 않았다. 엄마의 눈을 똑바로 쳐다본 것이 가장 큰 잘못이었단 결론을 지었다.

중학생이 되는 해에 일매는 첫 생리를 시작했고 생리대도 혼자서 샀고 피 묻은 팬티도 몰래 빨아서 널어야 했다. 가슴이 작다는 이유로 고등학생이 될 때까지도 엄마는 일매에게 브래지어를 사 주지 않았다. 체육 시간엔 체육복 위로 돌출된 유두 때문에 두 팔로 가슴을 감싸 쥐고 뛰어야 했고 남자 선생님 앞에선 고개조차 들지 못했다. 가뜩이나 작은 가슴을 더 이상 나오지 못하게 쥐어박기도 하고 바늘로 찔러서 유두라도 터뜨리고 싶은 마음이 간절했지만 여름에도 티를 두 벌씩 껴입는 걸로 버티며 중학생 시절을 보냈다.

1986년 준걸

준걸이 중학생이 되던 해, 준걸 아버지의 영험함은 입소문을 타고 전국으로 퍼져 갔고 한 달 전에 예약을 해야지만 겨우 신당 문턱을 넘을 수 있었다.

점발은 3년이면 다 떨어진다는데 동자신은 어려서 그 영험함이 오래간다는 입소문도 따라다녔다. 물론 그 소문의 주범은 준걸 어머니였다. 준걸 아버지도 액수를 정확히는 모르지만 그녀는 많은 재산을 모았고 준걸과 아버지는 어머니의 검소한 성품이 만들어 낸 열 개가 넘는 통장을 바라보며 큰 집으로 이사 갈 꿈에 부풀었다.

준걸에게 초코파이 따위는 지나가는 개에게 던져 줄 만큼 아무것도 아닌 먹거리가 되었다. 점쟁이 아들이라 천대받는 동시에 부잣집 아들로서 동경을 받는 애매한 존재가 되었다. 대놓고 점쟁이 아들이라 멸시하지 못하는 건 친구들에게 돈가스라는 귀한 음식을 사 주는 준걸의 넉넉한 주머니 사정 때문이었다.

그해의 더운 여름이었다. 일요일은 손님을 받지 않기 때문에 세 식구가 휴일을 만끽할 수 있는 날이었다. 준걸은 친구들과 축구를 하다 더위에 지쳐 집으로 돌아왔다. 대문을 열고 들어서니 마당은 여름 햇살의 공격으로 녹아들 것만 같았다. 준걸은 갈색 고무 다라이에 가득 채워진 물을 한 바가지 떠서 벌컥벌컥 들이켰다. 햇살에 데워진 미지근한 물이 갈증을 해소시키지 못하자 땀에 젖은 회색 면티를 벗고 다라이에 채워진 물이 바닥을 보일 때까지 등목을 했다. 열기를 식힌 후 신당과 작은 방이 연결된 부엌문을 열었다. 작은 방으로 들어가서 옷을 갈아입은 준걸은 희미한 소리를 들었다. 분명 신당에서 나는 소리였다. 이상하게도 준걸은 소리의 출처로 의심되는 신당 문을 벌컥 열 생각을 못했다. 작은방 벽 쪽에 귀를 대고 신당에서 들리는 소리에 집중하기 위해 잠시 숨을 멈추었다.

아버지는 토요일 날 기도하는 사람들을 따로 받기는 했는데 일요일에 손님을 받은 건 처음 보았다. 아마도 신도가 치성을 드리기 위해 방문한 모양이었다. 그런데 묘한 소리가 났다. 아기울음 소리 같기도 하고 고양이 소리 같기도 했다. 그런데 곧 아버지의 탁한 목소리를 듣고 준걸은 허공을 떠다니던 흰자위가 벽에 초점을 맞추었다. 마치 벽이 뚫려 있어서 아버지와 신도가 함께 있는 모습을 목격이라도 한 듯 동공이 얼어 버렸다.

"아줌마, 걱정 마라. 동자신한테 몸보시하고 나면 귀신이 남편한테서 떨어져 나갈 기다."

"정말이죠? 귀신만 떨어져 나가면 우리 남편 병이 고쳐지는 거 믿어도 되죠?"

"아줌마가 몸보시하고 나서 구병시식하면 곧 좋아진다니까."

구병시식은 아버지가 점볼 때 많이 쓰는 단어지만 몸보시는 처음 들었다. 준걸은 몸보시라는 단어를 귓가에 매달고 조용히 작은방을 빠져나왔다. 부엌 문턱을 넘어 마당으로 나오니 어머니가 알 수 없는 표정으로 평상에 앉아 있었다.

어머니는 작은방에 누워 있다가 얇은 벽을 통해 신당에서 교성이 들려올 때쯤 밖으로 나와서 동네를 한 바퀴 돌다가 집으로 돌아오곤 했다. 마당 평상에 앉아 있다가 부엌문을 열고 나오는 준걸을 보고 어머니는 흠칫 놀라며 준걸에게 5천 원을 쥐어 주었다.

"걸아, 나가서 친구들하고 쭈쭈바라도 사 먹어라. 어서 나갔다 온 나."

흠칫 놀란 어머니보다 더 소스라치게 놀란 준걸은 자신이 왜 나쁜 짓 하다 걸린 것 같은 기분이 드는지 알 수 없었다. 다만 조용히 돈을 받아 잰걸음으로 대문을 빠져나왔다.

신당에서 교성이 잦아들자 어머니는 까치발을 하고선 작은방으로 들어가 구멍 난 창호지가 발려 있는 미닫이문을 최대한 소리 없이 닫아 버렸다.

신당 문이 열리고 또각또각 구두소리가 마당 밖으로 사라졌다. 곧이어 아버지가 어머니를 불렀고 어머니는 아버지와 함께 외출 준비를 했다. 분노를 가두었던 어머니의 표정은 진분홍색 립스틱에 어울리는 다감한 눈빛과 상냥한 미소로 바뀌었고 어머니는 아버지의 팔짱을 끼고 택시를 잡았다.

그 시간 준걸은 집 앞 삼오상회에서 부라보콘을 사 먹고 삼오상회의 여섯 살 된 막둥이 영식이랑 쫀득이를 굽고 있었다. 쫀득이 한 개를 빼서 연탄구멍으로 넣고 있는데 아버지와 어머니가 팔짱을 끼고 나가는 모습을 발견하자 준걸은 자신도 모르게 몸을 숨겼다. 부모님의 뒷모습이 골목을 빠져 나간 후 쫀득이를 건져내니 연탄색처럼 새까맣게 타 버렸다. 족자(달고나)를 만들기 위해 국자를 연탄불 위에 올렸다. 설탕이 녹아들자 소다 한 꼬집을 넣었고 나무젓가락으로 휘젓다가 영식이에게 넘겼다.

"니 다 먹어라."

준걸은 집으로 향했고 부엌 안으로 들어서니 아버지가 외출할 때는 늘 잠가 두었던 신당 문에 자물쇠가 열려 있었다. 준걸은 한 치의 망설임도 없이 신당 문을 열었고 발을 들여놓았다. '도대체 아버지는 손님하고 여기서 무슨 짓을 했지? 몸보시는 무슨 뜻이며 구병시식하고는 무슨 상관이 있노?'

방 안을 쭉 둘러보는데 벽에 걸려 있는 색동저고리 아래로 무언가 눈에 띄었다. 준걸은 자석에 이끌리듯 저고리 아래에 시선을 고정시켰고 자세히 보니 여자들이 신는 스타킹이었다. 오른손 엄지와 검지로 스타킹을 집어 들었다. 그리고 떨어진 돈을 주워 주머니에 넣듯 스타킹을 오른쪽 바지 주머니에 넣고 신당을 빠져나왔다.

작은 방으로 들어온 준걸은 스타킹을 꺼내서 자동 반사적으로 냄새부터 맡았다. 엉덩이 쪽에 크게 구멍이 뚫리고 아래로 올이 풀린 커피색 팬티스타킹이었는데 발 쪽에는 꼬릿한 냄새가 났고 코를 킁킁거리며 위로 올라올수록 며칠을 안 빨고 신었는지 땀에 쩐 냄새가 났다. 간장 냄새 같기도 하고 오징어 냄새 같기도 했다. 준걸은 쓰레기통에 버리려다가 다시 신당으로 들어가 색동저고리 밑에 그 자리 그대로 놓아두었다.

준걸 부모는 울산 시내에 도착하자 택시에서 내렸다. 비싸기로 소문난 삼오정으로 들어서며 불고기 3인분과 맥주 두 병을 주문했다.

아버지는 바람기 가득한 동자 덕에 마누라를 돈방석에 앉힐 수 있었다고 자부하며 허세와 오만이 가득 담긴 눈빛으로 어머니를 바라보았고 어머니는 한 시간 전에 동자를 핑계 삼아 다른 여자와 정사를 벌인 남편에게 가식이 가득한 미소로 화답했다. 열 살에 머물러 있는 동자가 과연 여색을 밝힐 수나 있을까? 어린아이 귀신을 덮어쓰고는 자신의 욕정을 맘껏 휘두르고도 뻔뻔하게 마누라 앞에서 고개를 쳐드는 교만함에 눈깔을 뽑아 버리고 싶다는 생각을 했다. 어머니는 식탁 아래로 두 주먹을 불끈 쥐었다가 다시 맥주잔을 들었다.

아버지는 어머니와 외식을 할 때는 주로 꿈 이야기를 했다. 꿈에서 본 귀신들에 대해 자세히 묘사하기도 하고 표정을 그대로 흉내 내기도 했다. 어머니는 심각한 내용에서는 웃음을 터뜨렸고 시시한 내용에서는 눈물을 흘리기도 했다. 평소에는 머릿속에 장착한 계산기의 발동으로 시의적절한 몸짓과 손짓으로 장단을 맞추었는데 맥주 한 병이 전두엽의 진로를 방해한 탓에 어머니의 흐트러진 내면이 계산기를 제멋대로 두드리며 엉뚱한 방향으로 반응하고 있었다.

1989년 준걸

준걸이 고등학생이 되던 해에 부산 대연동으로 이사를 했다. 작은 정원까지 포함해서 50평이 넘는 2층짜리 단독주택은 믿기지 않을 만큼 근사한 집이었다. 1층에는 방 두 칸과 화장실, 주방과 연결된 거실이 있었는데 방 한 칸은 신당으로 사용하고 한 칸은 창고로 사용했다. 점을 보러 오는 손님들은 거실에서 번호표를 받고 소파에서 대기해야만 동자를 만날 수 있었다.

2층으로 가는 계단은 밖에 나 있었고 굉장히 가파르고 한 계단 한 계단이 매우 높았다. 2층에도 방 두 칸과 화장실 주방이 있었는데 하나는 안방, 하나는 준걸의 방으로 사용했다. 엄마는 항상 준걸에게만 밤에는 특히 계단을 조심하라고 당부했다.

준걸은 공부도 잘했고 인물도 좋아서 점을 보러 오는 단골 신도들이 준걸의 안부를 자주 물어보았다.

"그래서 우리 보살님 아드님은 대학은 오데 간다대요?"

"공부를 그리 잘해가 서울로 간다든데 어느 학곤지 딱 나오겠네요?"

학력고사 시기에 어머니가 번호표를 나눠 준 뒤 종이컵에 믹스커피를 타고 물을 붓고 있으면 자주 듣는 질문이었다. 그럴 때면 그녀는 손사레를 치며 나직이 말했다.

"아니요, 그냥 부산에서 보내려고 부산으로 이사 왔는데요."

"아, 그래도 부산에서 제일 좋은데 가는 거 보이 공부 욱수로 잘하는 거 맞네요."

"우리 머스마도 거기 보내고 싶은데 부적이라도 쓰면 갈 수 있습니꺼?"

어머니는 종이컵에 커피를 수저로 계속 저으며 한숨 같은 소리로 대답을 했다.

"우리는 공부하라고 강요한 적도 없고 방법도 가르쳐 준 적도 없습니다. 좋은 대학을 가려면 지가 알아서 공부를 해야지 부적 쓴다고 좋은 대학을 어찌 갑니까?"

대기실에 있던 사람들 중 공부 못하는 자녀를 둔 엄마들은 웃음기를 걷어낸 채 뜨끔한 표정으로 고개를 돌렸다. 준걸 어머니는 돈을 세고 있을 땐 돈에 환장한 점쟁이 마누라라고 아줌마들의 입방아에 오르내렸다. 이렇게 한숨 쉬며 낮은 목소리로 말할 땐 마치 점쟁이 마누라의 위치를 망각한 듯 환멸을 씹는 듯한 표정이 되기도 했다.

"동자님, 몸보시라는 걸 들었는데에. 내도 그거 하고 나면 집나간 며느리가 돌아올까예?"

족히 팔십은 넘어 보이는 노쇠한 할머니는 신당에 앉아 허리를 펴는 시늉을 하다 포기하고 다시 꼬부라졌다.

"할매, 어디서 들었노? 몸보시 한 거 소문내면 점발 다 떨어지는데."

준걸 아버지는 부채를 크게 한 번 펼쳤다가 다시 접는 동작을 반복했다.

"아이고, 내는 비밀 지킬 거니까 걱정 마이소. 내도 몸보시 날짜 받아 보까예? 치마 한 번 덮어 쓰모 되는데 그거 뭐시라꼬."

할머니는 자신의 치마를 들추며 말을 받았다.

"할매는 신당에서 보시할 생각하지 말고 밖으로 나가서 해라."

준걸 아버지는 동자도 아닌 자신의 목소리도 아닌 중간쯤에서 내는 볼멘소리로 고개를 저었다.

"오데서예? 몸보시는 동자한테 몸 바치는 거 아니라예?"

할머니는 한 번 더 자신의 치마를 들추었다.

"할매요, 치마 좀 그만 들씨라. 먼지 날린다. 몸보시도 종류가 많다. 할매 같은 경우는 봉사하는 걸로 몸보시를 해야 복 받는다. 젊은 시절 애기 놓친 적 있제?"

"아이고야, 그걸 우째 아는교? 첫째랑 둘째까지 백일도 안 되가 저 세상 갔으예. 우짜다 그리 갔는지는 아직도 모르겠네예. 와 그리 명이 짧았을고?"

할머니의 주름이 자글한 눈가에 눈물이 맺혔다.

"고아원 가서 봉사해라. 그것도 몸보시다. 할매는 봉사 보시를 해야 집나간 며느리도 돌아오고 아들도 효자 된다."

준걸 아버지는 본인의 욕정을 몸보시로 둔갑시키고 탐욕을 풀고 있었다는 걸 들킬까 봐 다소 불안한 마음이 들었다. 더 이상의 소문이 퍼져 가지 않도록 보시녀들의 입막음을 단단히 해야겠다고 마음먹었다.

들떠 있는 공기를 가르고 신당 문이 열렸다. 할머니가 꼬부라진 허리에 뒷짐을 지면서 들어갔다가 나올 땐 두 손을 모으고 나왔다.

"아따, 진짜 귀신이네. 용하다 용해. 내도 잊고 있던 내 과거를 다 맞차삐네."

대기실에 있던 사람들은 기대감에 부푼 초롱초롱한 눈으로 자기 순번을 다시 한 번 더 확인하고 있었다.

외출하기 위해 2층에서 내려오던 준걸은 충격적인 장면을 목격했다. 다홍색 슈트와 흰색 치마를 입고 금색 테두리 안경을 낀 50대 중년의 아줌마가 다홍색 구두를 신고 대기실로 성큼성큼 걸어 들어왔다. 그리고 거칠게 신당 문을 열어 재꼈다. 갈기갈기 찢어지고 구겨진 열 장이 넘는 부적을 들고 와서 아버지 얼굴에 냅다 던져 버렸다. 그리고 아버지 멱살을 사정없이 잡고 흔들었다.

"이 사기꾼 새끼야. 내가 네 놈한테 쓴 부적 값이 자그마치 오백만 원이 넘는다. 그런데 그 인간이 정신을 차리기는커녕 애새끼까지 싸지르고 살드라. 우째서 그것도 못 맞추는 게 점쟁이를 한다고 돈을 뜯어 가노? 내 돈 물리라. 내 오백 내놔라. 이 부적만 아니었어도 내가 벌써 달려가서 애새끼라도 못 낳게 막았을 긴데 네 놈만 믿다가 내 인생 조졌다. 정신적 피해 보상까지 해서 천만 원 내놔라. 아니면 고소한다. 이 돌대가리 사기꾼 새끼야."

대기실에 있던 사람들은 수군대기 시작했고 하나둘 바닥에 번호표를 내려놓고 밖으로 나가 버렸다. 아버지는 방울과 부채를 들고 금테 아줌마에게 계속 흔들어 댔다.

"아줌마, 그 아이는 아줌마 남편 아이가 아니다. 여기서 지랄하지 말고 어서 가서 확인해 봐라."

갑자기 순한 양으로 변한 금테는 눈이 커졌다 작아졌다를 반복하며 일말의 기대를 가진 눈빛으로 돌변했다.

"뭐라고? 뭐라고요? 진짭니까? 그 인간 씨가 아니라고요?"

의기양양한 표정으로 변한 금테는 냅다 줄행랑을 치듯 밖으로 뛰어 나갔다.

"오늘은 그만 쉬자. 문 걸어 잠가라."

아버지는 옷을 추스르며 자리에서 벌떡 일어나서 2층으로 올라갔다. 준걸 어머니의 머릿속에서 아버지에게 들어온 동자의 영통함이 모두 소멸된 건 아닌가 하는 두려움과 흰자위에 붉은 실금이 그어질 만큼 멱살을 잡히는 봉변을 당한 남편이 꼬시다는 생각이 교차되었다. 어머니는 빠른 손놀림으로 신당을 정리하고 2층으로 올라갔고 준걸은 안도의 한숨을 내쉬며 밖으로 나갔다.

1998년 일매

일매는 고등학교 다닐 때도 1등을 놓쳐 본 적이 없었으니 당연히 대학 갈 생각으로 열심히 공부에 매진했었다. 그런데 성적표를 받을 수록 엄마는 표정이 어두워졌고 일매가 밤에 불을 켜고 공부하는 날엔 말도 안 되는 핑계로 짜증을 냈다.

"매야, 전기세 아깝다. 이현이도 없는데 와 자꾸 불을 키노?"

이현은 엄마의 권유로 야간자율학습을 마치면 곧장 독서실로 가서 새벽까지 공부하고 집으로 왔다. 이현이 P대학에 붙으면 그다음 해엔 일매도 수능을 칠 수 있게 해 준다는 비 오는 날에 내일 비가 그치면 성지곡 수원지에 가자와 같은 맥락으로 지킬 생각이 전혀 없는 약속만 한 채 이현의 수능 결과를 기다렸다. 이현이 떨어지자 일매를 바로 취직시켰고 일매에게 대학의 문턱은 더욱 높아져만 갔다.

이현은 재수생이 되었고 일매는 대학 시험 한 번 못 치르고 엄마의 강요로 삼교라는 학습지 회사에서 경리 일을 했다. 삼교 사장은 일매의 실력이 학습지 선생으로도 손색없다며 일매의 엄마를 설득해서 선생 일을 맡기려 했지만 선생들의 인센티브 뒤에 숨어있는 영업 실적 강요에 대해 익히 알고 있었기에 경리 외엔 어떤 일도 시키지 못하게 했다. 그리고 월급도 엄마의 이름으로 만든 통장으로 입금받았다. 영업 실적 강요가 오히려 낫지 않을까를 잠시 고민한 일매는 딸을 향한 엄마의 노동력 착취가 더 무섭다고 느꼈다.

어느 날 일매의 아버지는 아이들을 불러 모아 일장연설을 했다.

"세현이랑 사준이는 잘 들어라. 고 3때까지 성적표를 보고 가망이 있는 자식은 대학에 보낼 것이고 어중간하면 아예 공장을 보낼 기다. 일등 할 자신 없으면 아싸리 공부 때려치우고 돈 벌 생각이나 해라. 알긋나? 우리 집에서 재수는 이현이가 처음이자 마지막이다. 더이상의 재수는 없다."

그러자 엄마가 거침없이 끼어들어 사과를 반토막 내듯 아버지의 말을 잘라 버렸다.

"일매는 대학 가고 싶으면 이현이 성적 올려 놔라. 부산에서 최고 높은 대학 들어갈 수 있게 만들면 니도 같이 수능 볼 수 있다. 이현이는 거기 못가면 삼수를 하든 사수를 하든 갈 때까지 수능 볼 기다."

엄마의 폭탄 같은 발언에 아버지의 발언은 힘을 잃고 어리둥절한 표정으로 아이들은 서로를 번갈아 보며 이게 무슨 소린가 멀뚱거리고 있었다. 순간 일매는 눈이 커졌다.

"엄마, 그럼 나 이번엔 진짜 진짜 수능 볼 수 있어요?"

"그래, 이현이를 니만큼만 성적 나오게 해 봐라."

"네, 자신 있어요. 열심히 할게요. 그럼 회사는 그만 다녀도 되나?"

"아니, 이현이 합격 때까지 회사 다니면서 공부시켜야지."

화가 난 이현이 소리를 질렀다.

"그럼, 내가 일매한테 과외라도 받으라고?"

"그래, 우리 집 기둥인 니가 그 정도 간판은 걸어 주야 안 되겠나? 그래야 니 동생들도 줄줄이 좋은 간판을 걸 수 있다. 그랄라면 일매한테 배울 건 좀 배우고 그래야지."

"싫다. 차라리 과외를 시켜 도. 일매한테 무슨 공부를 배우노?"

"현아, 우리 형편에 그건 힘드니까 니가 조금만 참고 배워 보자. 그래야 삼수는 면하지."

이현은 벌떡 일어나서 방문을 차고 밖으로 나가 버렸다.

이현의 눈에 일매는 대충 공부해도 반에서 일등을 도맡아하는 듯 보였다. 반면 이현은 죽어라 공부해도 반에서 십 등 안에 겨우 들었다. 그 자격지심이 일매를 구박하는 엄마를 응원하는 원동력이 되었다. 하지만 세현과 사준은 공부와는 거리가 멀었다. 엄마는 동생들이 아직 어려서 공부에 뜻이 없는 거라고 분명 때가 되면 이현만큼은 아니어도 우수한 성적을 낼 수 있을 거라 호언장담을 하였다.

그리고 엄마는 이현을 필두로 아들은 모두 대학을 나와야 하고 딸은 뒷바라지를 해 줘야 한다고 주장해 왔다. 그런데 오늘은 파격적인 발언을 하고 만 것이다. 이현의 삼수를 막기 위한 차선책이었다.

이현이 밖으로 나가자 엄마는 일매를 불렀다.

"매야, 니 공부하기 전에 동생들 먼저 좀 봐 주라."

공부에 뜻이 없는 동생들과 마주앉아 영어 단어 몇 개를 가르쳐 주고 숙제를 내 준 뒤 일매는 설레는 마음으로 자기 방으로 들어왔다.

책가방을 열면 습관적으로 주변을 살펴본 뒤 아무도 없는 것을 확인한 후엔 작은 주머니를 열어보았다. 늘 무음이라 가족 누구에게도 들킨 적 없는 삐삐였다. 삐삐의 액정 화면엔 8282라는 숫자가 여러 번 찍혀 있었다.

일매는 100원을 들고 밖으로 나갔다. 공중전화로 삐삐의 음성을 확인했다.

"내다, 옥상으로 온나."

"당장 안 튀어오나?"

"30분 안에 안 오면 다시는 안 본다."

연이어 녹음 된 주원의 음성 메시지였다.

일매는 급히 집으로 와서 동생들에게 숙제 검사는 내일 할 거라고 말하고 자율학습용 문제지를 펼쳐놓은 뒤 운동을 다녀온다고 했다. 동생들은 누나가 나가자 신나게 만화책을 보았고 일매는 주원의 병원으로 향했다.

병원 입구에서 야간 당직 간호원 언니와 마주쳤다.

"주원 오빠한테 뭐 좀 물어보러 왔어요."

묻지도 않았는데 일매는 간호원에게 보고를 한 뒤 옥상으로 올라갔다.

'출입 금지! 의대 합격에 방해되는 자는 목을 칠 것이니'

옥상 문에는 이렇게 살벌하게 쓰인 글자가 붙어 있었다. 주원 아버지 정 원장은 주원을 의대에 보내기 위해 수단과 방법을 가리지 않는 사람이다. 이미 삼수 중인 아들이 의대에 자꾸 떨어지자 초조함이 극에 달했기에 다른 사람 눈에는 살벌하고 저급한 글귀임에도 주원 아버지는 마음에 꼭 들어 하며 그 글귀를 문에 붙였다. 마치 의대 학생증이라도 되는 양 입꼬리가 올라가는 흐뭇한 글귀였다.

일매는 문 앞에서 똑, 똑똑, 똑똑똑 주원이 알려 준 일매만의 암호로 문을 두드렸다.

기다렸다는 듯이 주원은 일매를 옥상으로 들였다. 옥상 안쪽을 주원 아버지가 인부들을 시켜 컨테이너로 방을 만들어 주었다. 방 안엔 책장과 책상 그리고 침대가 있었고 소형 냉장고가 있었다. 의대에 가지 않으면 아버지한테 맞아 죽을지도 모른다는 공포에 휩싸인 삼수생의 스트레스는 비만으로 직결되었다. 주원은 볼 때마다 살이 더 불어나 있었다.

주원은 일매를 보자마자 침대로 끌어들여 바지와 팬티를 벗겼고 자신의 위로 그녀를 올렸다. 어떤 전희의 과정도 다 생략하고 바로 삽입해 버렸다.

한번은 주원이 일매 위에 올라갔다가 사정과 동시에 쌀 한 가마니가 푹 하고 쓰러지듯 그 육중한 몸으로 일매의 상체를 덮쳤고 숨이 턱 막힌 일매의 눈은 잠시 초점을 잃어버렸다.

그때 주원은 일매가 오르가즘을 느끼는 줄 알고 뿌듯해했는데 일매는 눈에 핏대를 세우고 "살려 줘, 돼지 새끼야!"라고 창자가 터져버릴 듯한 단발마의 비명을 질렀기에 그는 벌떡 일어날 수 있었다.

마음속으로 외친 돼지 새끼가 입 밖으로 새어 나왔다는 사실에 당황한 일매는 주원에게 쫓겨났고 한동안 호출기는 잠잠했다. 그러다 공부로 인해 스트레스를 받자 다시 삐삐를 쳤고 그 후론 일매를 항상 상위 자세로 만들어 관계를 했다.

그녀에게 주원과의 관계는 고통만 있을 뿐 쾌감을 느끼거나 즐거

윘던 적이 없었다. 오직 자신에게 결혼 가능성을 열어 둔 남자의 마음을 붙잡기 위해 주원의 욕정을 채워 줄 뿐이었다.

일매는 바지 뒷주머니에서 생리대를 꺼내 팬티에 고정시켰다. 사정 후엔 시간이 지날수록 정액이 흘러나와 팬티가 홍건해지는 게 찝찝해서 주원을 만날 때면 늘 팬티라이너를 챙겨 왔다.

"오빠야, 대학 가면 정말 원장님한테 허락받을 거제?"

침대에 대자로 누워 천장만 멍하니 응시하며 주원이 대답했다.

"그래, 그니까 니도 공부 열심히 해서 사년제만 꼭 가라."

바지를 입은 일매가 의자에 걸터앉아서 그의 얼굴을 바라보았다. 자신이 들어도 간절한 목소리로 주원의 귓가에 대고 속삭였다.

"오빠야, 내 공부 잘하는 거 알잖아. 내가 이번에 대학 못 가고 취직한 건 성적이 안 되는 게 아니라 학비 때문이지. 근데 울 엄마가 이현이를 집에서 원하는 대학 보내면 나도 같이 가게 해준다 했다. 이제 나보다 이현이한테 더 신경 쓸 거다. 나도 꼭 오빠야랑 같은 대학교 갈 수 있다. 울 아빠도 공부 잘하면 얼마든지 대학 보내 준다 했고."

주원은 여전히 벌거벗을 채 두 눈을 감았다. 졸음기 가득한 목소리로 잠꼬대처럼 말했다.

"안다. 누가 오기 전에 어서 나가 봐라. 대학교 가기 전에 우리 이짓 하는 거 들키면 니도 내도 다 끝인 거 알제?"

일매는 진심으로 온 마음을 다해 들키지 않겠다는 굳은 결심을 하고 스파이 같은 태도를 몸에 두른 채 조심스레 컨테이너 문을 열었다. 불을 끈 뒤 문을 닫을 땐 안에서만 잠글 수 있는 잠금 버튼을 잊지 않고 눌렀다. 손바닥에 진득한 땀이 고인 채 까치발로 계단을 내려와 병원 문을 나섰다.

스산한 바람이 부는 후미진 골목을 지나 집 앞 대문에 도착한 일매는 멍하니 서 있었다. 입에서 날숨이 새어 나오자 정액이 흘러나와 팬티라이너를 적셨고 생리 때와는 다른 찝찝함에 익숙해지는 자신을 느꼈다.

어렸을 때 주원은 일매를 몰래 훔쳐보다 들키면 수줍어하기도 하고 사랑스러워하는 표정이었는데 성인이 되고 결혼 얘기를 하고 관계를 하는 사이가 된 후로는 자신을 바라보는 주원의 홍채는 늘 꽁꽁 얼어 있는 듯 했다. 그 생각을 하니 목젖에 걸려 있던 무언가가 울컥하고 올라왔다. 눈물은 소리 없는 비명을 지르며 볼을 타고 흘렀다.

'정주원은 정말 날 사랑하는 걸까? 아니 나는 정주원이 진짜 좋은 걸까?'

1999년 일매

이현은 수능 치르기 한 달 전에 원하는 점수를 얻지 못할 듯하여 아예 수능을 포기한다고 폭탄 발언을 했다. 아버지의 반대에도 불구하고 삼수를 하겠다고 고집을 피웠고 엄마는 수능부터 보고 결정하자고 설득에 나섰다. 일매는 엄마의 허락 없이는 삼교의 경리 일을 그만둘 수 없었다.

"매야, 매야, 우리 장녀 그동안 적금 붓는다고 수고 많았제. 엄마가 우리 매야 월급 더 많이 주는 일자리 소개받았다. 다음 주에 옷 한 벌 사 주께. 면접 보러 가자."

일매의 엄마는 온화하고 자상한 목소리로 일매에게 다정하게 얘기를 꺼냈다. 하지만 일매는 목에 걸쇠라도 걸린 듯 무거운 침을 삼키고 입을 열었다.

"엄마, 내 이번엔 수능 볼 기다. 아빠도 허락해 줬다."

"매야, 이현이 점수도 못 올려놓고 무슨 수능이고 수능이?"

"아무리 가르치려고 해도 안 듣는데 내가 더 이상 어떻게 하노? 그러니까 같이 수능 볼게. 아빠가 그랬잖아. 공부 잘하면 대학교 보내준다고. 내 회사 다니면서도 꼬박꼬박 공부했다. 그라고 형편 어려우면 아빠가 학비 안 보태 줘도 된다. 적금 깨서 등록금 내면 된다. 그 돈이면 내 힘으로 대학 갈 수 있다. 그라고 아르바이트 해서 용돈 벌이 하면 충분하다."

"이현이 삼수할 수도 있는데 니라도 보탬이 돼야지. 그라고 세현이도 좀 있으면 대학 가야 되는데 우리 장녀가 동생들 학비 보태주야지."

"이현이랑 세현이는 아빠가 학비 내주면 되잖아. 내가 모은 돈으로 내가 갈게."

"매야, 우리 매야는 장녀지요? 우리 집안을 일으키고 동생들한테 보탬이 돼야지. 니가 먼저 대학 가서 뭐 할라고?"

"안 되는데. 꼭 대학 가야 되는데."

"엄마가 안 된다고 하면 바로 수긍하면 되지 어디서 말대꾸를 하노? 내가 닐로 그리 키웠나?"

우아하고 온화한 엄마의 표정은 이내 단호하게 변했다. 일매는 두 번 다시 보고 싶지 않은 표독스러운 엄마의 얼굴과 마주하게 되자 고개를 떨구었고 엄마는 눈꼬리가 더욱 사나워졌다.

"야, 이 써글 년아, 이현이 성적 올리라고 하니까 그것도 못 지킨 년이 수능 친다꼬? 우리 형편이 딸년 대학 보낼 형편이가? 너거 할매 살아 계실 때 내가 딸 낳았다고 지독시리 구박받고 시집살이 서럽게 하면서도 첫딸은 살림 밑천이라고 지금까지 곱게 키워 줬으면 은혜를 갚아야. 가스나가 무슨 대학을 가노? 계속 일해서 돈 좀 벌다가 사준이까지 대학교 마치고 나면 시집이나 가라."

어릴 때부터 엄마가 주장하던 여자와 장녀의 역할이 있었다. 여자는 평소엔 조신하고 장녀로서 나서야 할 땐 대담해지며 날씬한 체형을 유지하면서도 몸매가 드러나지 않는 헐렁한 옷을 입고 처가를 도와줄 만한 재력을 가진 남편감이 나타나면 꽁꽁 숨기고 있던 성적 매력을 발산해야 한다고 우아하지만 단호한 명령투로 얘기했다.

이런 엄마의 주장은 어릴 적 일매의 귀엔 못이 박혀 버렸지만 스무 살이 되었을 땐 오른쪽 귀로 듣고 박힌 못까지 빼서 왼쪽 귀로 흘려보냈다.

일매의 눈빛만 보아도 자신의 말을 귀담아 듣지 않는다는 걸 눈치챈 엄마는 표독한 이빨을 드러낸 맹수로 돌변해서 악다구니를 썼다.

"동생 복까지 빼앗아 태어난 딸년이면 그 대가를 치러야지. 여자는 몸뗑이 아무데서나 굴리지 말고 아끼고 있다가 처가를 도와줄 재력가가 나타나면 머리가 홀랑 벗겨졌든 손찌검을 하든 꽁꽁 숨기고 있던 처녀막을 갖다 바쳐야 여자 팔자가 피는 거다. 팔자 피는 게 딴 데 있는 줄 아나? 돈 걱정 안 하고 사는 게 최고의 팔자지. 알긋나? 귓구녕 막지 말고 새겨들어라. 써글 년아."

일매는 써글 년이란 소리만 들어도 귀가 썩을 것 같아서 평소엔 아무런 대꾸도 하지 못했다. 그런데 이번엔 일매도 굽히지 않고 힘겹게 입을 열었다. 엄마가 화를 내면 자동적으로 존댓말이 나온다. 일매는 기어들어가는 모기 소리로 엄마를 더욱 집중하게 만들었다.

"내 꼭 대학 가서 주원이 오빠한테 시집가야 되는데요."

엄마는 왼손을 들어 일매의 오른뺨을 후려쳤다. 다시 오른손을 들어 왼뺨을 치려는데 일매가 엄마의 손을 붙잡고 무릎을 꿇었다. 일매는 불에 덴 표정으로 얼얼해진 오른 뺨을 오른쪽 어깨에 부볐고 이내 참아왔던 눈물이 왈칵 쏟아졌다.

"이 미친년이 무슨 말이고? 주원이 얘기가 와 나오노? 어릴 때 장난친 거 가지고 아직도 입에 올리나? 우리 가족 다 길바닥에 나앉는 꼴 보고 싶나?"

"주원이 오빠가 내 대학만 가면 원장님한테 허락받는다고 했어요. 오빠는 의사 되고 내는 의사는 못 돼도 같은 대학 가기로 약속했어요."

"둘이 사귄단 말이가? 주원이가 진짜 그런 약속을 했다고? 근데 그 돌대가리가 무슨 의사가 되노? 삼수 아니라 사수를 해도 갸는 의대 근처도 몬 간다."

"이번엔 꼭 갈 거예요. 비싼 과외도 하고 공부도 진짜 열심히 하는데, 그리고 우리 계속 만나고 있었어요. 아니 진짜 우리 사랑한다고."

엄마는 자리에 철퍼덕 주저 앉아 버렸다. 잠시 의사와 사돈이 된다는 상상을 했다가 세차게 고개를 저었다. 그리고 다시 상냥한 말투로 돌아왔다.

"주원이가 니를 좋아한다 치도 그 집이 어떤 집인데 우리 같은 집안하고 사돈을 맺겠노? 매야, 원장님이 얼마나 무서운 사람인데 절대 닐로 허락해 줄 리 없다."

"대학만 보내 도. 그럼 주원이 오빠랑 바로 결혼할 거니까."

일매는 잠자리에 누워서 계속 생각했다. 가슴에 폭탄 하나를 안고 살아왔는데 뜻하지 않게 터져 버린 오늘이 꿈만 같았다. 시원함은 조금도 없고 끝없는 두려움이 몰려와 심장 쪽에 바늘 하나가 박혀서 콕콕 찌르고 있었다.

엄마도 이불 안에서 한숨을 내쉬었다. 정 원장이 이 사실을 알게 되면 남편까지 병원에서 쫓겨나는 건 아닐까 하는 두려움과 어쩌면 의사 사돈이 될지도 모른다는 헛된 희망이 머릿속에서 뒤엉켜 서로 줄다리기를 하고 있었다. 현기증에 눈을 감았지만 잠이 들었는지 깨어있는지도 모를 밤의 무게에 눌리고 있었다.

일매 엄마는 이른 아침부터 용하다는 점쟁이를 찾아갔다. 울산에서 온 동자 보살을 익히 소문을 들어 알고 있었고 동네 아줌마들이 몰려 갈 때도 그런 건 미신일 뿐이라고 전혀 동요하지 않았는데 지푸라기라도 잡는 심정이란 게 이런 걸까? 기독교 집안에서 점쟁이를 찾아가다니.

대연동 37번지 알루미늄으로 만든 나무색 격자무늬의 대문이 있는 집. 입소문만으로 손님을 받기에 집 밖에선 점집이라는 표지판이나 팻말은 찾을 수가 없었고 그 흔한 깃발 하나 꽂혀 있지 않았다. 겉으로 보기엔 그냥 대문이 높은 부잣집일 뿐 소문대로 주소만 보고 찾아가야 하는 곳이었다.

번호표를 받아야 한다고 들었는데 1층에 들어서니 사람들이 별로 없었다. 준걸 어머니는 일매 엄마에게 바로 들어가도 된다는 말을 하며 늘 선불로 받던 점사비 3만 원을 받았다.

신당에 들어선 일매 엄마는 조심스레 방 안을 둘러보았다. 준걸 아버지는 부채로 교자상을 탁 치며 입을 열었다.

"아줌마, 그렇게 못 믿는데 와 기어 들어왔노?"

일매 엄마는 본인보다 열 살은 더 들어 보이는 외모에 아기 목소리로 아줌마라고 말을 하는 동자를 보고 적잖이 놀랐지만 조심스레 방석 위에 무릎부터 내려놓았다.

"아줌마는 딸이 문제네. 그냥 두면 집안을 말아먹겠네."

그 말만 하고 준걸 아버지는 뒤로 벌러덩 드러누웠다. 그리고 방울을 들고 벽을 탁탁 쳤다. 딸랑거리는 소리가 나자 준걸 어머니가 신당 문을 열었다.

준걸 어머니는 채 놀라움이 가시지도 않은 채 멍하니 얼어 있는 일매 엄마를 일으키며 대기실로 데리고 나왔다.

"밖으로 나가서 오른쪽 모퉁이를 돌면 신라당이라는 양과점이 나옵니다. 거기 가서 제일 크고 비싼 케이크 하나 사오세요. 동자님이 단 게 땡길 때는 점사가 안 나옵니다. 아, 동자신은 초코 케이크를 좋아하십니다."

그녀는 미간을 찡그리며 눈으로는 양과점을 찾고 있었지만 '딸이 집안을 말아먹겠네, 딸이 집안을 말아먹겠네' 동자신의 말끝에 바늘이 달렸는지 귓속을 콕콕 찌르고 있었다.

그녀는 신라당에서 가장 작은 초코 케이크를 손에 들고 다시 신당문을 열었다. 준걸 아버지는 앉아서 부채로 교자상을 탁탁 치며 케이크를 내려놓으라고 눈으로 지시했다. 일매 엄마는 케이크를 내려놓는 동시에 방석에 무릎을 철퍼덕 내려놓았다.

"도사님, 아니 보살님 아까 뭐라고 하셨습니까? 우리 매야가, 우리 딸내미가 집안을 우찌 한다고요?"

준걸 아버지는 다소 작은 케이크에 실망감을 감추지 못하는 아이의 표정으로 오직 케이크에만 집중하며 귀를 닫아 버린 사람 같았다. 다섯 손가락을 이용해서 케이크를 듬뿍 퍼서 입으로 가져갔다. 면도되지 않은 지저분한 수염에 초콜릿이 이리저리 묻은 모습이 치매 걸린 노인 같아 보였다. 일매 엄마는 속이 새까맣게 타들어갔지만 더 물어본들 지금은 어떠한 대답도 얻을 수 없을 거란 짐작에 조급증을 삼키며 잠시 입을 닫았다.

케이크를 실컷 먹고 난 준걸 아버지는 손가락을 쪽쪽 빨았고 준걸 어머니가 다가와서 입을 행주로 닦아 주었다. 준걸 아버지는 행주임을 눈치 채고 이마에 주름을 모으더니 행주를 빼앗아 아내의 얼굴에 턱하니 던져 버렸다. 준걸 어머니는 민망한 표정 하나 없이 입꼬리에 웃음을 매단 채 행주를 들고 신당을 빠져 나갔다.

"행주에서 와 걸레 냄새가 나는데?"

준걸 아버지는 가래 끓는 탁한 목소리로 아내를 탓한 후 다시 동자의 목소리로 돌아왔다.

"오랑캐한테 끌려갔다가 환향녀로 돌아왔는데 성노리개로 손가락질 받다 자결한 손각시 귀신이 붙어 있다. 아주 딱 붙어가 안 떨어지네."

"화냥년이요? 손각시라고요?"

"화냥년이 아니고 환향녀라고. 손각시는 처녀귀신이고."

준결 아버지는 끄억 하고 트름을 했다.

"그 귀신이 딱 붙어가 남자들만 보면 해코지 한다 아이가. 아버지도 남자, 남동생들도 남자, 남자들한테 한이 맺히가 집안을 통째로 말아먹는데이. 보통 처녀귀신은 시집이 가고 싶어가 영혼결혼식이라도 올려 주면 조용히 떨어져 나가는데, 자결한 귀신은 남자들 때문에 죽었다고 생각을 해서 남자들만 보면 복수한다. 갸 밑으로 아들만 줄줄이 낳았네."

"그라면 우찌 해야 됩니까?"

일매 엄마는 마른 입술에 침을 묻히고 물었다.

"죽이야지."

"예? 우리 매야를요? 우리 딸을 죽이라고요?"

그녀는 버럭 따지듯이 물었다.

"아니 귀신을 지기야지 와 딸내미를 지기노?"

"일찍 시집을 보내면 우리 가족은 괜찮겠습니까?"

그녀의 목소리가 떨려 왔다.

"시집가도 마찬가지다. 시아버지, 남편 다 잡아 묵을 기다."

"그람, 대학은요? 대학 가면 좋은데 시집갈 수 있는지 그게 궁금해서 왔는데 무슨 그런 무서븐 소릴 하십니까?"

그녀의 입에서 짧은 탄식이 나왔다.

"아줌마, 딸년 고집이 보통이 아니제? 일단 시험 치게 하고 그 뒤로 신당에 매일 와서 기도 올리라 케라. 내가 귀신 떼 주께. 귀신을 떼야지 시집을 가든지 말든지 하지."

"고집은 무슨 고집에? 이번에 대학 간다고 욕심을 부리가 그렇지 그만치 어질고 참한 가스나도 없습니다."

그녀는 흥분해서 목소리가 갈라졌다.

"참한 기 다 얼어죽어 삔나?"

준걸 아버지는 껄껄껄 자지러지게 웃다가 갑자기 정색을 했다.

일매 엄마는 넋이 나간 낯빛으로 신당을 나왔다. 집으로 오는 내내 지난 기억의 파편들이 하나둘 모아져서 머릿속을 헤집고 있었다.

막둥이 사준이 다섯 살 때 일매가 주원이네에서 돼지머리 눌린 고기를 얻어왔는데 너무 맛있게 보였지만 사준에게 먹이려고 본인이 먹고 싶은 걸 꾹 참았다고 했다. 일매 엄마는 일매에게 칭찬을 하며 그 고기를 사준에게 먹였고 상한 고기였는지 사준은 밤새 토사곽란으로 죽다 살아난 적이 있었다.

세현이 네 살 때는 일매가 눈깔사탕을 빨고 있었는데 세현이 자꾸 달라고 조르자 반쯤 녹은 눈깔사탕을 세현의 입에 넣어 주는 바람에 목에 걸려서 숨을 못 쉰 적이 있었다. 그때 엄마가 달려들어 세현을 뒤에서 들어 올린 뒤 등을 탁탁 쳐서 겨우 사탕을 뱉어낸 적이 있었다.

지난 생각들이 내놓은 결론은 일매 때문에 이현이 P대학을 못 간다는 확신이었다.

그 모든 게 우리 집 남자들을 죽이기 위한 계략으로 느껴지기 시작하자 가슴에 못 하나가 박혀 버린 느낌이었다. 더구나 일매는 168㎝의 키에 팔다리가 길쭉해서 쓸데없이 늘씬했고 이현도 같은 키로 남자치고는 작은 편이었다.

8㎝의 키만 이현에게 떼 주었어도 이현이 땅꼬마라는 별명으로 놀림 받진 않았을 텐데, 이제는 키가 큰 일매를 원망하기에 이르자 일매 엄마는 고개를 세차게 흔들었다. 딸은 엄마의 몸매를 닮는다는데 일매 엄마가 늘씬하게 키가 큰 편이었고 아빠 땅딸막한 체형이었다.

그렇담 제 아빠가 머리가 좋아서 공부를 잘했는데 그 좋은 머리도 일매가 받은 건 무엇 때문일까? 어린 시절부터 이현에게만 공부를 시켰는데도 일등은 일매가 했다. 좋은 머리까지도 이현의 것을 빼앗기 위해 먼저 태어난 걸까?

그녀는 시끄러운 내면을 아무리 정리해 보아도 자결한 처녀귀신이 일매에게 붙은 게 아니라 일매의 출생 자체가 우리 가족을 해치기 위해 태어난 게 아닌가 하는 생각에 머물렀다.

하지만 일매는 엄마 말을 잘 듣는 착한 딸이고 동생들에게는 양보 잘하는 너그러운 누나다. 아니 그래야만 했다. 그 어질고 깊은 딸아이를 악귀에 쓰이거나 악마가 태어난 거란 생각을 하게 만든 점쟁이를 원망했다. 엄마는 찬물을 벌컥벌컥 들이켰지만 가슴에 들어앉아 불을 피워대는 연기는 쉬이 꺼지지 않았다.

집에 도착했을 때 일매가 눈에 보이자 엄마의 눈빛은 더 냉랭해지고 앞니로 아랫입술을 잘근잘근 씹으며 힘겹게 입을 열었다.

"일매야, 수능 보자. 우선 시험부터 보고 생각하자."

일매는 기뻐서 공부에만 매진했다. 회사도 당장 그만둘 수 있었고 이현을 공부시키지 않아도 혼자서 밤에 마음껏 불을 켜고 공부할 수 있음에 행복했고 밤새워 공부하면 어쩌면 목표한 것보다 더 좋은 성적을 거둘 수 있을 거란 기대에 졸린 줄도 몰랐다.

불이 켜진 일매의 방을 응시하는 엄마의 칼날 같은 눈빛은 방문을 뚫어 버릴 것 같았다. '참한 기 아니라고? 그래서 어릴 때 주원이 아를 가졌다고 그 난리를 지긴나? 그라모 그때부터 주원이를 매야가 꼬신 기가?' 일매와 관련된 모든 기억은 얼키고설켜 미움의 눈덩이는 점점 크게 불어났다. 원래도 딸에게만 부족했던 엄마의 모정은 처참히 붕괴되고 있었다.

이현과 일매가 수능을 치르는 날 엄마는 신당에서 기도를 올렸다. 동자신이 좋아하는 초코 케이크와 떡과 엿을 자개상에 올리고 끊임없이 기도를 올렸다. 준걸 아버지는 어린아이가 신령님과 대화하듯 기도문을 읊었고 일매 엄마는 떡과 엿을 신령님 삼아 마음속으로 되뇌었다. 두 손을 모은 간절함에 일매는 없었다. 오직 이현의 합격만을 빌고 또 빌었다.

일매 엄마는 아이들이 귀가하기 전에 신당을 나섰다. 이현이 좋아하는 켄터키 치킨과 일매가 좋아하는 바나나우유 네 개를 사서 집으로 돌아왔다.

일매가 먼저 집으로 들어왔다. 경쾌한 발걸음과 상기된 표정이 이미 결과를 말해 주고 있었다.

"엄마, 오늘 쉬웠어요. 생각보다."

"그래, 수고했다. 냉장고에 바나나우유 있다. 한 개 꺼내 묵어라."

일매는 바나나우유가 대학 등록금이라도 되는 듯 신줏단지 모시듯 한 개를 꺼내왔다. 앞니로 뚜껑에 살짝 구멍을 내고 조금씩 쪽쪽 빨아먹었다. 엄마가 그 모습을 보고 있자니 미안한 생각이 앞섰다. '저리 순하고 착한 가스나를 내가 화냥년 취급을 하다니. 어딜 봐서 귀신이 씌었노? 미친 점쟁이, 다시는 가나 봐라.' 엄마는 일매에게 다가갔다.

"켄터키도 사왔으니까 이따가 이현이 오면 같이 묵어라. 오늘은 다리 한 개 니가 묵어라. 동생들 주지 말고……."

일매는 예상치 못한, 아니 한 번도 받아 보지 못한 엄마의 배려와 따스함에 가슴이 뭉클해졌다. 그동안 서러웠던 모든 감정이 닭다리 하나에 녹아내리고 있었다.

이현이 집에 와야지 치킨에 손을 댈 수 있는데 저녁이 되어도 귀가하지 않는 이현 때문에 차가워진 치킨이 걱정되었다.

세현과 사준은 닭다리를 누나한테 뺏겨야 한다는 말을 듣고 기분이 상해 있었다. 치킨 한 마리를 사 오면 이현이 다리 하나를 차지하고 남은 다리 하나는 세현과 사준이 가위바위보를 하거나 결투를 해서 이긴 사람이 차지해 왔는데 이번엔 결투 없이 패자가 되었다고 생각하니 치킨에 대한 기대감도 시들해졌다.

아홉 시가 돼서야 이현이 집으로 돌아왔다. 기운 없는 발걸음엔 찬바람이 잔뜩 묻어 있고 얼굴은 상실감이 가득한 표정이었다. 엄마는 이현을 따라 방으로 들어갔다.

"시험이 진짜 어렵드라. 그래서 이번엔 안 친다고 했잖아. 저번보다 더 성적 안 나오면 우짜노?"

엄마는 순간 뇌리를 스치는 목소리가 있었다. '오늘 쉬웠어요. 생각 보다.' 낮에 일매가 집으로 들어서며 한 얘기였다. 그런데 이건 일매 목소리가 아니다. 화냥년인지 처녀귀신인지 암튼 악귀의 목소리였다.

잠 한숨 못 이루고 밤새 뒤척이던 일매 엄마는 다음 날로 바로 신당을 찾아갔다.

"동자보살님, 우리 딸이 화냥년인지 뭔지 때문에 우리 집에서 살면 우리 아들들이 다친다 했지요? 그라모 우리랑 안 살면 되는 거 아닙니꺼? 그래서 말인데요. 퍼뜩 시집을 보내야겠습니더."

"그럼 아줌마야, 시집가서 남편 잡아 묵는 건 괜찮나?"

준걸 아버지는 눈에 졸음기를 걷어내며 하품을 했다.

"그래도 부잣집에 시집가면 신랑을 잡아 묵더라도 남는 장사 아닙니꺼?"

일매 엄마는 대단한 결론을 내린 사람처럼 목소리에 힘이 잔뜩 들어갔다.

"점쳐 놓은 부잣집 아들이라도 있는가베?"

준걸 아버지는 호기심 가득한 눈으로 물었다.

"의사 아들인데요. 우리 집 양반이 근무하는 병원인데 그 집에 외아들이 하나 있습니더. 그 아들도 의대 갈 긴데, 갸랑 우리 딸이 랑 서로 좋아지낸다는데요. 그 집안에서 우리 일매를 허락할까요?

지 말로는 대학만 드가면 허락받을 수 있다고 아주 큰소리를 치던 데요."

"아줌마, 아줌마 딸은 재물 운이 없다. 그러니까 그 누나는 손각시에 환향녀에 거기다 도화살까지 꽉 들어차서 이놈 저놈 얄궂은 놈들 다 꼬이는데 돈 많은 그 돼지 새끼 꽉 붙드는 건 힘들단 말이다."

"갸가 뚱뚱한 건 우찌 아십니꺼? 정관욱 외과를 아십니꺼?"

순간 일매 엄마의 눈이 두 배쯤은 커졌다.

"내가 우찌 아노? 아줌마 눈에 그 돼지 행님이 보이는디. 그 행님 꽉 잡을라면 아줌마 딸이 직접 와서 치성을 드려야 된다. 귀신도 떼고 재물운도 붙게 해 주게. 내년 설 지나고 열닷새 동안 하루도 빼묵지 말고 매일 와서 옥수그릇 앞에서 계속 빌라 케라."

그녀는 당장 집으로 가서 일매를 설득했다. 일매 역시 주원에게 시집가는 일이라면 마다할 이유가 없었다.

다음 해 구정이 지난 시점부터 일매 엄마는 일매를 신당으로 보냈다. 일매는 설렘과 두려움을 안고 신당으로 향했다.

오후 다섯 시에 일매가 도착했고 그 이후엔 손님들을 받지 않았다. 준걸 어머니는 신당을 빠져나와 2층으로 올라갔다.

준걸이 P대학을 들어간 뒤 학교 근처에 원룸을 얻어 나간 뒤에도 하루도 빼지 않고 준걸의 방문을 열어보고 마치 준걸과 마주하듯 침대에 걸터앉아서 주저리주저리 한숨 같은 푸념을 했다.

"걸아, 조금만 더 고생하자. 엄마가 우리 아들 밥해 주러 갈 기다. 학교 근처에 좋은 아파트 분양 받았으니까 울 아들 대학원 졸업하고 회사 잘 다니다가 때가 되면 엄마랑 같이 살자. 우리 아들 건강 잘 챙기고 공부도 열심히 하고 있어라."

조심스레 대문을 밀고 들어와 신당 문을 열어 본 일매는 처음 보는 낯선 광경에 설레던 감정은 고개를 숙이고 두려운 마음이 앞섰다. 정장 치마를 단정히 내리고 방석에 무릎을 꿇은 일매는 점쟁이 아저씨의 시선을 피해 부채와 방울에 시선을 옮기며 애써 긴장감을 감추려고 노력했다. 준걸 아버지는 헤헤 웃으며 아이 같은 해맑은 미소로 웃었다.

"누나야, 겁 묵을 거 없다. 내가 누나 시집가게 해 주께. 부잣집으로 가고 싶어 하는 거 다 안디. 누나 생긴 건 바리공주같이 생겼는데 욱수로 욕심이 많네."

늙은 아저씨가 어린아이처럼 말하는 게 우습기도 하고 징그럽기도 했지만 일매는 긴장감이 조금은 풀어졌다. 바리공주가 누군지는 몰라도 일단 공주니까 좋은 뜻으로 받아들였다.

"있잖아요, 선생님 저는요. 정말 주원 오빠를 좋아…… 꼭 결혼하고 싶어요."

"거짓말 치지 마라. 누나, 그 돼지 새끼 안 좋아하는 거 다 안디."

준걸 아버지가 느물거리며 입을 열었다.

"울 엄마가 그래요? 돼지라고?"

일매는 무언가 들킨 표정으로 얼굴을 붉혔다.

"아닌데, 아줌마는 아무 말도 안 했는데, 내 눈에 다 보인데이. 그 새끼 군대 안 갈라고 살 더 찌울 긴디 누나 그카다 깔리 죽겄다. 으

81

히히히."

"의대 가면 군의관 갈 건데 왜 살을 찌워요?"

일매는 감정에 솔직해져야 할지 숨겨야 할지 판단이 서질 않았다.

"의대는 개나 소나 다 가나? 일단 저그 아버지 재산은 전부 다 물려받겠는데. 그 주제에 재물복은 타고났네."

일매는 금세 무슨 말을 해도 다 믿을 것 같은 표정으로 바뀌었다.

"저기 선생님, 근데요. 그 돼지 오빠, 아니 주원 오빠 아버지가 굉장히 무서운 사람이래요. 저희 엄마가 그러는데요, 저 같은 평범한 여자는 절대 허락해 주지 않을 거라고."

그는 방울을 높이 들어 일매의 머리를 때리는 시늉을 했다. 그러자 일매는 두 눈을 질끈 감고 두 손으로 머리를 막으며 뒤로 물러섰다.

"누나야, 때리는 줄 알고 놀랬제? 히히 나는 이쁜 누나는 안 때린다. 근데 누나 평범한 여자 아니데이. 절대 안 평범한디."

"선생님 그게 무슨 소리예요? 제가 안 평범하다고요?"

일매는 소리 없이 한숨을 쉬었다.

"곧 알게 될 기다. 기도나 열심히 해라."

그는 자리에 앉은 채로 오른손에 부채를, 왼손엔 방울을 들고 흔들기 시작했다. 할아버지가 분명한데도 앉아서 흔드는 모습은 마치 신이 난 어린아이 같았다.

"천지신명이시여, 제당말명이시여, 수화청명 아래 빌고 또 비나이다. 바리공주의 지혜를 주시고 동락정 서낭으로 가게 해 주소서."

일매는 도무지 무슨 소린지 알아들을 수는 없었지만 마음속으로 간절히 빌었다. '하나님 아버지, 저를 꼭 정주원의 아내가 되게 해 주

세요. 반드시 정관욱 원장님의 며느리가 되어야 합니다.'

보름이 지난 후 일매는 P대학을 입학했고 입학식 날이 마지막 기도 날이 되었다. 동자 영은 잠시 사라졌고 준걸 아버지는 탁한 저음의 목소리에 권위의식을 담아 입을 열었다.

"기도만으로는 소원을 성취할 수 없다."

나쁜 액운을 막아 준다는 핑계로 몸보시를 명령했다. 그리고 그는 일매를 끌어안았다. 일매는 너무 놀라서 몸을 떠미는 행동조차 동자신에 대한 반항 같아서 움직일 수 없었다. 동자신의 뜻을 거역한다는 건 주원을 포기한다는 것과도 같은 의미였다.

이미 동자보살 말이라면 어떤 것도 거역하지 못하게 된 일매지만 동자 영이 빠진 이 점쟁이 아저씨는 무서운 사람으로만 보여 소름이 돋았다. '내 몸은 주원 오빠만 가질 수 있는데.'

"누나야, 몸보시도 하나의 기도라고 생각해라. 이렇게 해야 누나한테 재물 복이 붙는다."

동자신의 목소리로 돌아오자 몸보시라는 걸 하나의 의식으로 여기고 기도의 과정으로 받아들였다. 일매는 긴장을 풀기 위해 크게 심호흡을 한 뒤 눈을 질끈 감았다.

대학교 입학식이라 투피스를 입고 온 일매를 준걸 아버지는 옷을 벗기지 않고 일으켜 세워서 스타킹을 만졌다. 준걸 아버지의 입술이 일매의 입술을 더듬었다. 점쟁이 아저씨 입에선 아니 동자신 입에서 오줌 냄새와 고름 냄새가 뒤섞인 더운 숨이 역하게 코를 찔렀다. 일매는 입을 꾹 다문 채 고개를 살짝 옆으로 비켰다. 그러자 준걸 아버지는 일매의 스타킹을 찢었다. 일매는 잠시 당황했지만 너무나 자연스럽게 스스로 팬티를 내렸다.

그는 삽입할 때 너무 쉽게 들어간다고 느꼈고 일매는 들숨과 날숨 한 번으로 요령껏 받아들였다. 무조건 삽입부터 하는 주원 때문에 너무나 익숙한 고통이었다. 일매는 동자신이 주원보다 더 빠르게 사정을 했다고 느꼈고 팬티라이너가 없다는 걸 그제야 깨닫고 난색을 표했다. 그는 가쁜 숨을 몰아쉬며 애교 있게 입을 열었다.

"누나야, 망각은 신이 주시는 최고의 선물이다. 오늘 일 다 잊어버려야 소원이 이뤄진데이."

거실에는 준걸 어머니가 앉아 있었다. 신당 안에서 신도들과 정사를 벌일 때면 2층으로 올라가 청소했던 방을 또다시 청소하며 버텼는데 오늘은 불끈 쥐고 있는 두 주먹이 떨리도록 분노하고 있었다.

사람은 나쁜 짓을 해도 발각되기 전엔 미안함을 모른다. 비로소 발각된 후에야 사죄의 마음을 갖게 되는 법이다. 그런데 남편이란 작자는 처음부터 몰래 한 짓이 아니니 발각될 일도 아니었고 용서를 구할 이유도 없었다. 아내를 '니'라는 호칭을 부를 때부터 이것, 저것, 그것 따위의 지시대명사 안에 아내도 포함시킨 것이기에 그녀를 한마디로 개무시를 해도 되는 존재로 여겼던 것이다.

준걸 어머니는 앞니로 물고 있던 입술이 일그러져 있고 눈빛엔 살기를 띠고 있었다. '발가락이 아니라 아랫도리가 잘렸어야 했는데, 이제는 딸 같은 년까지 건들다니, 개보다 못한 새끼.'

84

2000년 주원

주원은 네 번의 도전 끝에 겨우 2차 수시 합격으로 D대학 의대를 통과했다.

주원이 아주 어릴 때 친구들과 함께 제목 없는 비디오를 본 후 크게 충격을 받았고 그 후로 여자에 대한 호기심이 극에 달했을 때 일매를 상대로 그 호기심을 풀어 볼 생각을 했다가 실천에 옮긴 적이 있었다. 나중에 알고 보니 그 행위는 성관계라기보단 몽정에 가까운 행위였고 그 행위가 끝나자 무서워서 벌벌 떠는 일매를 보니 자신이 더 무서워서 책임지겠다는 책임질 수 없는 약속을 한 적이 있었다.

혹시 부모님께 이를까 봐 노심초사했던 시간이 지나고 난 뒤 조용히 넘어가게 되자 안도감이 들었고 동시에 일매는 쉬운 상대로 아무렇게나 해도 되는 착한 여자라는 생각이 뇌리에 박혔다. 그 뒤로 재수를 하게 되었을 때는 폭식으로도 해결할 수 없는 스트레스를 일매에게 풀기 시작했다.

주원은 일매가 자신의 요구를 조금도 거부하지 않아서 오히려 그게 부담이었다. 일매가 팬티를 내릴 때마다 자신의 인생을 온전히 다 바치겠다는 의미로 다가와서 도망치고 싶었다. 친구들 집에서 틈틈이 봐 온 성인물 때문에 직접적인 경험이 없음에도 불구하고 애무가 뭔지 여자를 흥분시키는 방법에 대해 잘 알고 있다고 자신감 넘쳤던 주원은 일매에게만큼은 철저히 '사정받이'라는 사실을 인식시켜 주기 위해 철저히 계산된 삽입만을 시도했다. 완전한 굴욕적인 관계만이 기회가 왔을 때 빠르게 버릴 수 있는 최선의 방법이라 생각했다. 그

85

리고 일매의 집안 형편에 여자는 대학 근처에도 가지 못할 것을 알았기에 대학만 가면 결혼하겠다는 지키지 않아도 되는 약속을 빠져나갈 구멍으로 만들어 두었고, 쉽게 새끼손가락을 걸어 주었다.

사정 후에 잠에 빠져드는 것도 사정 후 찾아오는 허무함 때문이 아니었다. 그보단 일매에게 빨리 집으로 사라지라고 했던 무언의 압박 같은 거였다. 성관계에 대해 도무지 비교할 대상이 없는 일매가 팬티를 벗는 것만으로 그의 모든 걸 갖게 된다는 증표로 여기는 것 자체가 간단없이 시달리던 부담이었지만 새로운 사정받이가 나타날 때까지는 일매를 버릴 생각이 없었다. 일매의 허리놀림은 주원이 단련시킨 덕에 하루가 다르게 최고의 테크닉을 경신하고 있었다.

주원은 일매가 학창 시절에 성적이 우수했단 사실과 학비를 모아서 대학 가겠단 소리를 반복하자 혹시라도 진짜 대학을 가는 건 아닐까 불안한 마음에 일매 집으로 염탐을 간 적이 있었다. 월급이 더 많은 회사로 옮겨서 동생들 뒷바라지를 해야 하는 처지라는 일매 엄마의 단호한 말에 주원은 안심을 했고 일매는 자신이 보고 싶어 양손 무겁게 사과 상자를 들고 온 주원에게 그동안에 느껴야했던 불안함과 서글픔을 동시에 보상받는 기분을 느꼈다.

주원의 사과 상자는 일매에게 커다란 믿음으로 직결되었다. 주원은 그 후로도 사정이 필요할 땐 거침없이 '8282'로 착한 여자를 호출했다. 진짜 일매가 대학을 가게 되자 패닉 상태에 빠져들었다.

2001년 신당

준걸 어머니가 2층 준걸의 방에서 청소를 하고 있었다. 휴대폰에서 벨이 울렸다.

"어머니?"

준걸은 엄마라는 호칭보다 어머니라고 부를 때가 더 많았다.

"우리 아들, 밥은 잘 먹고 있나?"

어머니는 아들과 통화하는 시간이 하루의 가장 행복한 시간이다.

"어머니, 이번 주말에 집에 들를게요."

"왜? 무슨 일인데?"

"그냥 친구들하고 술 마시고 집에서 자려고요. 아침에 울 엄마 술국도 얻어먹고."

"걸아, 집에 올 필요 없다. 엄마가 금요일 저녁에 반찬하고 국 좀 끓여서 갖다 놓을게. 집에 오지 마라."

어머니는 아들이 눈앞에 있는 듯 고개를 저었다.

"어머니, 집이 먼 것도 아닌데 왜 자꾸 못 오게 해요? 아버지 직업 때문에 내가 창피해할까 봐? 나는 그런 거 신경 안 쓰는 거 알잖아요."

"그게 아니고 걸아, 요즘엔 주말에도 손님 받는데 울 아들이 그런 거 봐서 뭐가 좋겠노? 그냥 엄마가 갈 테니까 신경 쓰지 말고 밥이나 잘 챙겨 먹고 다녀라."

전화를 끊은 어머니는 방바닥에 엎드려 걸레질을 했다. 걸레를 힘껏 잡은 손등 위로 눈물이 후두둑 떨어졌다.

'걸아, 몇 년만 더 기다려라. 엄마랑 같이 살자. 아파트 입주 때까지만 참자. 걸아, 조금만 더.' 아들이 아닌 자신의 무너질 것만 같은 준걸 어머니는 인내심을 부여잡기 위해 이 말을 주기도문처럼 주절거렸다.

1층 신당에서는 준걸 아버지와 일매 엄마가 정사를 나누고 있었다.

"보살님, 그냥 누버서 하면 안 됩니꺼? 제가 요새 무릎이 안 좋아서 바닥에 자꾸 엎드리니까 관절이 삐그덕거리가 힘듭니더."

"아줌마, 나도 무릎 아프다. 빨리 끝내고 싶으면 잘 좀 해 봐라. 아줌마가 늙어서 느낌이 안 온다 아이가. 이래서 내가 할매는 안 받아주는데 아줌마는 특별히 몸보시 받아 주는 기라."

"알고 할매라니요? 아직 창창한데 뭐라 카십니꺼?"

방석 두 개에 무릎을 꿇어도 점점 더해지는 통증을 참아내며 힘겹게 사정을 끌어냈다.

"보살님, 우리 매야 졸업하기 전에 시집보내야 됩니더. 그 사모님은 참 순한 사람인데 원장님이 너무 무서워서 섣부르게 얘기 꺼내면 큰일 치르게 될 겁니더. 이제 방법을 알려 주이소."

"아직 멀었다. 아줌마. 좀 더 기다리라."

"뭐가 아직 멀었어요? 내가 하나님도 배신하고 보살님한테 지극 정성으로 치성을 드리고 몸보시도 하는데 대체 언제까지 기다리라고만 하실 겁니꺼?"

"아줌마, 몸보시는 내보다 아줌마가 더 좋아서 하는 거 아니가?"

준걸 아버지는 장난기 가득한 목소리로 혀를 쭉 빼고 난 뒤 말을 이어 갔다.

"뭐라고 하십니꺼? 제가 그리 불손한 여편네로 보이세요?"

일매 엄마는 발끈하며 대꾸했다.

사정이 끝나자 그녀는 옷을 추스르고 방석을 제자리에 놓았다.

"아줌마, 우짜둔등 그 돼지 놈 애비를 신당에 들여놔라. 그 애비한 테 일매를 며느리로 받아들일 수 있게 부적 하나 써 줄 테니 데려오 기나 해라."

준걸 아버지는 헛기침 끝에 말했다.

"진짭니꺼? 그게 가능합니꺼?"

그녀는 눈에 힘을 주었다.

"내 못 믿으면 치아 삐라. 이제 그만 나가 봐라. 앞으론 혼자 올 필 요 없고 몸보시 안 해도 된다. 다음에 올 땐 그 원장 데리고 온나. 아 니면 일매를 보내든가."

"그럼, 어떻게 해야지 원장님이 여기로 올까요?"

그녀는 아무리 생각해도 답이 떠오르지 않는 눈빛이었다.

"머리는 아줌마가 쫌 써 봐라. 내한테 묻지 말고."

"그런데요 보살님. 제가요, 저도 모르게 성경책을 들출 때가 있는 데 혹시 그것 때문에 부정 타거나 기도발이 떨어지는 건 아니지예?"

여태까지 동자 목소리로 앵앵거리던 준걸 아버지는 탁하고 낮은 본인의 음성으로 돌아와서 말을 이었다.

"그런 건 신경 쓰지 마라. 내가 죽어 봐서 아는데 그곳에서는 하나 님이고 부처님이고 다 같이 사이좋게 지내신다. 믿는 자들이나 '너거 종교는 싸이비다. 우리가 진짜배기다' 하면서 헐뜯고 싸워서 문제지.

그분들은 서로 겸상도 하고 말동무도 하면서 얼마나 사이가 좋으신데."

동자가 할배로부터 분리되어 말을 걸어온다.

'할배, 그 말이 사실이가? 내도 모르는 걸 할배가 우찌 아는데?'

일매 엄마는 간장게장을 만들어 직접 병원으로 갔다.

"일매 엄마가 어쩐 일이세요?"

반갑게 맞이하는 주원 어머니에게 공손하게 고개 숙여 인사를 하고 일매 엄마는 주방으로 들어갔다.

"사모님, 이거 제가 만든 게장인데 맛이 너무 잘 들어가 갖고 왔습니다. 원장님이 게장 죽수로 좋아하시잖아예."

일매 엄마는 과장된 몸짓과 달뜬 목소리로 말했다.

"고마워서 어쩌나요? 애들 챙긴다고 바쁘실 텐데 우리 원장님까지 신경 써 주시고."

"사모님, 그런데 주원이는 요새 우찌 지냅니꺼? 본과 1학년 되고나서 공부한다고 더 정신 없지예?"

주원 어머니가 한숨을 내쉬며 말을 받았다.

"글쎄요, 성적이 너무 안 나와서 요새 원장님하고 사이가 안 좋네요. 힘들게 의대 들어가서 그 길로 다 해결된 줄 알았는데 공부에 더 시달리니까 주원이도 힘들어하네요. 무사히 의사가 될 수 있을지 모르겠어요."

주원 어머니는 한숨을 쉬며 창밖을 내다봤다. 무겁게 내려앉은 구름보다 더 어두워진 그녀의 표정을 보고 일매 엄마는 오히려 좋은 생각이 떠올랐는지 마른 침을 삼키며 입술을 달싹였다.

"사모님, 혹시 대연동에 유명한 동자보살님 아십니꺼? 혹시 들어보셨어예?"

"동자보살이요?"

"네, 얼마나 영험하신지 전국에 소문나서 서울에서도 막 내리와가 점보고 간다네요. 저도 한 번 가 봤는데 글쎄 우리 매야가 대학에 붙을 거라고 수능 치라 해서 친 거 아닙니꺼? 완전 귀신도 그런 귀신이 없드라고예."

"일매는 원래 공부 잘했잖아요. 그런 거 미신이나 사기 뭐 그런 거 아닌가요?"

"사모님도 아시다시피 저희 집안이 기독교 집안 아닙니꺼? 그리 독실한 신자는 아니지만 그래도 주말엔 교회도 나가고 기도도 하는 집안인데 그런 제가 우찌 점을 보러 갔겠습니꺼? 진짜 장난 아닙니다. 사모님도 한 번 가보세예. 댕기 오셔서 용하다 싶으면 원장님도 함 모시고 가 보이소. 주원이 의사 되는 거 한 번 물어보시면 속이 다 풀리실 겁니더."

일매 엄마는 손바닥에 진득하게 고인 땀을 무릎 위에 닦으며 자리에서 일어섰다. 그녀는 깊은 생각에 빠진 채 일매 엄마를 병원 밖까지 배웅했다. 일매 엄마는 후미진 골목을 지나쳐 집으로 돌아오는데 그녀의 뒤를 따르는 그림자엔 설렘이 가득 묻어 있었다.

주원 어머니는 섣부르게 무당 얘기를 꺼냈다간 남편의 불호령이 떨어질 것을 알기에 혼자 몰래 신당을 찾아 나섰다.

그녀는 신당 문을 열고 발을 들여놓은 뒤 조용히 신당 안을 둘러보았다. 예리하게 자신을 훑는 준걸 아버지의 눈빛을 징그럽다고 느꼈고 급히 눈빛을 피하다 허공에서 고개를 처들고 있는 준걸 아버지와 다시 눈이 마주쳤다. 신당을 찾은 것을 후회했다.

"아줌마, 이쁜 아줌마가 눈물이 너무 많네. 알고야, 내 가슴이 쭉 찢어지네."

그녀는 잠시 숨을 멈춘 채 준걸 아버지 쪽으로 고개만 돌렸다.

"여기 저기 안 보이는 데만 멍이 들어 있네. 매정이 들어서 붙어 사는 것도 아니고 아들 때문에 못 헤어지는 것도 아니고 갈 데가 없어서 매 맞아도 참고 사네. 우리 이쁜 아줌마가 너무 불쌍해서 내가 다 눈물이 난디."

그녀는 그 자리에서 꼼짝도 하지 못하고 떨리는 오른손을 왼손으로 꼭 쥐고 있었다.

"아줌마, 그렇게 서 있지 말고 와서 앉아라. 아줌마 얼굴 보려니까 내 모가지가 너무 아프다."

어쩌면 김 간호원과 밀양 댁은 주원 어머니가 맞고 산다는 걸 아는 눈치였지만 한 번도 내색을 하지 않았기에 그녀는 누구에게도 들키고 싶지 않았다. 점쟁이 앞에서 벌거숭이가 된 채 치욕이라는 매를 맞는 기분이었다.

그녀는 신당 문을 열고 잰걸음으로 밖으로 나왔다. 대문을 열고 뛰다시피 도로로 나가 택시를 잡아 탔다. 택시가 출발하자 눌러 왔던 눈물이 쉴 새 없이 두 볼을 타고 내려와 치마 위를 적시고 있었다.

백미러로 눈치를 보다 난감해진 기사가 조심스레 입을 열었다.

"손님, 어디로 가십니까?"

"광안리요, 아니 해운대요, 아니 광안리로 가 주세요."

꺼이꺼이 목에서 터져 나온 눈물은 멈추지 않고 목적지에 내릴 때까지도 정신없이 울고 있었다.

"손님, 광안린데 어디서 세울까요?"

"여기서 내릴게요."

만 원짜리 한 장 내밀고 잔돈도 받지 않고 그녀는 주위를 둘러보았다. 눈물에 번진 자신의 모습을 누군가에게 들킬까 봐 근처에 보이는 후 레스토랑으로 뛰어 들어갔다. 안쪽에 칸막이가 있는 좌석에 엉덩이를 붙이고 하이트 두 병을 주문했다. 거울을 보고 화장을 고친 후 맥주를 병째로 들이켰다.

주원 아버지는 아내를 침대에 눕히고 배 위에 올라탔다. 그는 그녀의 귀에 대고 속삭였다.

"누굴 닮아 폭식을 하냐고? 주원이가 날 닮아서 폭식한단 뜻이가? 아들놈한테 애비 흉보니 좋나?"

주원 아버지는 엄지와 검지손가락으로 아내의 배를 힘껏 비틀었다. 그녀는 자신의 손등을 깨물며 아픔을 참아냈다. 혹시나 주원과 병원 식구들이 밖에서 들을까 봐 두 사람 모두 조용한 상태로 폭력이 이루어졌다.

"당뇨에 고혈압에 전립선 비대증 약까지 처먹으니까 남자 구실도 못한다고 솔직하게 말하지? 밤에도 만족을 못 시켜 주니까 젊은 남자들만 보면 눈알이 뒤집혀서 정신 못 차리는 니년 얘기도 빼 먹지 말고."

"무슨 소리예요? 내가 언제 딴 남자를 쳐다봤어요? 어떻게 그런 생각을 할 수가……."

잠시 입에서 손을 빼내고 아내가 울면서 입을 열었다.

"내가 안 서니까 네년이 딴 놈만 보면 벌렁거리는 거 내가 모를 줄 아나?"

말이 끝나기도 전에 주원 아버지는 아내의 오른손을 그녀의 이사이에 끼워 넣었다.

주원 아버지는 그녀의 팬티 속으로 손을 넣어 음모를 한 웅큼 잡아서 힘껏 뽑아 버렸다. 외마디 비명을 삼키려 아내는 자신의 손등을 세게 물었고 어금니에 찍힌 손등에 살짝 핏방울이 맺혔다.

주원 아버지는 뽑힌 음모를 입으로 후후 불며 아내를 침대에서 바닥으로 공을 차듯 냅다 차 버렸다. 그녀는 핏방울이 송글송글 올라오는 손으로 얼얼해진 아랫도리를 잡고 침대 아래로 떨어졌다.

맥주 두 병을 다 마신 주원 어머니는 어제의 일을 떠올리다 취기가 올랐다. 꼬집힌 배와 뜯긴 아랫도리가 쓰라려 왔다. 갑자기 자리에서 일어났다. 계산을 마친 뒤 그녀는 택시를 탔다.

"대연동 37번지로 가 주세요."

"이쁜 아줌마, 다시 올 줄 알았지롱."

동자는 눈을 깜빡거리며 느물거리는 목소리로 말했다.

그녀의 도도한 표정은 온데간데없이 모든 사연을 다 풀어놓을 것 같은 눈빛으로 입을 열었다.

"제가 맞고 사는 건 다 참을 수 있어요. 우리 주원이만 잘될 수 있다면 얼마든지 참을……."

눈이 퉁퉁 붓도록 울고 왔는데 아직도 흘릴 눈물이 있다는 게 민망해서 눈물을 빠르게 훔쳤다. 눈가가 따가운지 피멍이 남아 있는 손등으로 손부채를 만들어 부치고 있었다.

"그래서 우리 주원이는 어찌해야 됩니까?"

그녀가 날숨을 뱉으며 물었다.

"퍼뜩 장가부터 보내라. 좋아하는 여자가 있다 하모 이것저것 따지지 말고 장가부터 보내면 된다. 그래야 사람 된다. 그 돼지는……."

돼지라는 말에 일매 엄마가 떠올랐다. 자신의 모든 정보를 이 점쟁이에게 다 말해 준 건 아닐까 잠시 동공이 흔들리며 일매 엄마를 의심하자, 준걸 아버지가 재빠르게 마음을 읽은 듯 입을 열었다.

"아줌마 눈에 다 있다. 아들이 어떻게 생겼는지 다 보인다. 아줌마가 매 맞아서 멍든 것도 내가 우찌 알았게?"

준걸 아버지가 모호한 웃음을 흘리며 말했다.

"아직 학생인데 무슨 수로 결혼을 시켜요? 선이라도 보라고요?"

그녀는 정색을 하고 물었다.

"선은 무슨? 여자가 있는데, 그 여자랑 결혼시키라."

깜짝 놀란 그녀는 그 길로 주원에게 달려갔다.

학교 앞에서 휴대폰을 걸었지만 신호만 울릴 뿐 주원과 통화가 되지 않았다. 문자를 남긴 채 그녀는 로마의 휴일이라는 카페로 들어섰다. 그 시간 친구의 자취방에서 밤새 술을 마시고 잠이 들었던 주원은 뒤늦게 문자를 확인하고 카페로 달려갔다.

"엄마, 무슨 일인데? 내 외박한 거 아버지가 뭐라 하드나? 공부한다 했는데 왜 여기까지 쫓아왔노?"

어머니는 부스스하게 까치집 지은 주원의 머리칼을 쓸어 주려 주원의 옆자리로 옮겼다.

"주원아, 그게 아니고 니 혹시 여자 있나?"

"무슨 여자?"

"그러니까 사귀는 아가씨가 있냐고?"

주원은 머리를 만지는 어머니의 손을 뿌리치며 발끈했다.

"무슨 소리 하노? 내가 공부 때문에 정신없는데 여자 만날 시간이 어딨노?"

"진짜가?"

"왜 엄마? 누가 무슨 소리 하드나? 혹시 누가 찾아왔나?"

주원은 두려움이 밀려왔다.

"아니다. 누가 찾아와? 그럼 됐다. 선보자."

"선? 무슨 선? 여자랑 맞선 보는 그 선?"

주원의 작고 찢어진 눈에 힘이 들어갔다.

"그래, 니가 이렇게 마음 못 잡는 것도 혼자라서 그렇다. 결혼해서 마음 잡고 공부하자. 그러니 제발 살 좀 빼자."

"아버지가 내 결혼 시킨다드나? 대단한 집 딸내미라도 나타났나?"

주원의 눈에서 설렘이 묻어났다.

"아니, 아버진 아직 모르신다. 이따가 말씀드리려고."

집으로 돌아온 주원 어머니는 힘겹게 입을 열었다. 한 대 맞을 각오를 했지만 주원 아버지는 의외로 순순히 수긍을 했고 미리부터 열쇠 세 개를 해 올 수 있는 여자의 집안을 알아보라고 오히려 더 적극적으로 나섰다.

그녀는 열쇠 세 개라는 조건에 환멸을 씹으며 속으로 뇌까렸다. '당신보다 더 뚱뚱하고 볼품없는 외모에 날 닮아 머리까지 나쁜데 어쩌면 진짜 의사가 못 될 수도 있는데 무슨 수로 열쇠 세 개를?' 이렇게 하고 싶은 말을 오늘도 꿀꺽 삼키며 가슴속에 응어리 하나를 더 쌓아올렸다.

2002년 준결과 일매

P대학교 심리학과 2학년에 재학 중인 일매는 장학금으로 학비는 해결하고 용돈은 과사무실에서 잡무 아르바이트를 해서 충당했다. 눈에 띄게 청초한 얼굴에 가녀린 몸매에도 강단 있고 성실해서 교수와 조교뿐만 아니라 동기들에게도 꽤나 인기가 많았다. 정확히 말해서 남자 동기들에게만 인기가 많았다. 동기들보다 나이가 많았지만 누나 대접을 요구하지 않았던 일매는 '부산의 정하늘'이란 수식어가 따라다녔다. 하지만 다수의 여학생의 질투 어린 시선을 피해 갈 수는 없었다. 일매는 강의 시간에 가끔씩 창밖으로 시선을 밀어낼 때가 있는데 그럴 때면 남학생들은 곁눈질로 우수에 젖은 일매의 눈빛

에 매료되어 소리 없는 감탄을 자아내곤 했다. 염색하지 않은 까맣고 긴 머리를 대충 꼬아 펜을 꽂아서 고정을 시켜도 영화 포스터의 주인공 같았고 펜이 빠져서 머리카락이 흘러내려도 광고에 나오는 샴푸 모델 같았다. 뭇 여학생들은 그런 일매를 바라보는 남학생들을 매서운 눈으로 흘기며 일매를 대놓고 재수 없어 했지만 집에 가서는 거울을 보며 머리카락에 펜을 꽂는 연습도 하고 브라운색으로 염색했던 여학생은 다시 블랙으로 염색했고 웨이브 펌 스타일은 매직 스트레이트 펌으로 다시 펴는 수고를 마다하지 않았다. 심지어는 머리카락을 기르는 여학생도 생겨났다.

학생들의 시험지를 정리하고 있는 일매를 보며 조교가 입을 열었다.

"박일매, 니는 얼굴도 옥수로 이쁘고 몸매도 옥수로 직이는데 공부까지 옥수로 잘하네? 니같이 껌뻑 직이는 여자도 콤플렉스 같은 거 있을라나?"

"제가요? 전 그런 소리 처음 듣는데. 제가 이쁘다고 생각한 적은 한 번도 없는데요."

일매는 정말 의아한 표정으로 조교의 말을 받았다.

"너무 겸손하면 자만보다 몬하데이. 오늘 대선배님도 오시는데 술자리 참석하자."

조교는 헛기침을 한 번 하고 목소리를 낮게 깔았다.

"전 술을 못 마셔서."

"상관없다. 술 억지로 멕이는 선배는 없다. 얼굴 익히게 참석만 해

98

라."

조교와 일매는 학교 앞 '만탁'이라는 선술집으로 들어섰다. 이미 몇몇의 선후배들이 자리를 잡고 있었다. 일매는 조교 옆에 앉아서 젓가락과 잔을 나눠 주고 있었다.

"미리 말하는데 일매는 술 일 방울도 몬 마신다. 억지로 맥이면 오늘 내 손에 다 죽는다. 알간?"

다들 즐거운 술자리가 이어졌다. 여기저기 사담을 나누고 있었다. 여학생들의 낮게 깔리는 웃음소리, 남학생들의 거들먹거리는 고함소리, 시끌벅적한 틈을 가르고 준걸이 등장했다. 조교는 벌떡 자리에서 일어서며 준걸을 향해 달려갔다.

"자, 우리 과 전설의 선배님이시다. 다들 폴더 인사."

준걸은 빈자리에 급히 앉으며 손사례를 쳤다. 성격 좋게 생긴 인상에 서글서글한 눈빛과 무슨 주정이든 다 받아줄 것 같은 온화한 표정으로 입을 열었다.

"인사는 무슨? 그냥 술 값 내 주러 온 물주다. 호구라고 불러라."

준걸은 후배들이 가득 채워 준 막걸리를 단숨에 비워 냈다. 달짝지근한 알콜이 식도를 타고 내려가는 느낌이 좋아 빈속에 술을 들이 붓고 안주는 손도 대지 않았다. 그럼에도 준걸은 안주를 더 주문했다. 준걸은 벽에 걸린 메뉴판을 손가락으로 짚으며 끝에서 끝까지 훑었다.

"사장님, 여기서부터 여기까지 전부 다 주세요."

후배들은 환호성을 지르며 술자리 분위기는 한층 더 열기가 올랐다. 일매는 소문만 무성했던 준걸을 처음 대면했다. 큰 키에 잘생기고 대학원을 졸업하기도 전에 유명한 정신과에 스카우트된 유능한 심리 상담사라는 얘길 예전부터 들어 왔다. 그런 타이틀을 가졌을 뿐 아니라 부모님이 금융계의 큰손이어서 태어날 때부터 돈방석에 깔렸다는 소문도 무성했다.

실제로 만나 보니 주변 사람들을 집중시키는 카리스마도 있는 듯했다. 일매는 준걸을 보며 자기와는 딴 세상을 사는 사람이라고 느끼며 이질감을 숨길 수가 없었다.

일매는 한 사발 가득 채워진 상한 우유 같은 액체를 바라보기만 했다. 일매가 젓가락으로 살짝 찍어서 혀에 대 보고는 아이처럼 가식 없이 미간을 구겼다. 앞자리에 앉아서 그 모습을 지켜보던 준걸은 속으로 생각했다.

"그 이쁜 얼굴을 그렇게 막 써도 되나?"

준걸은 분명 속으로만 생각했는데 입 밖으로 튀어나온 모양이었다. 순간 좌중은 조용해졌고 남학생들의 눈빛에는 자기가 하고 싶었던 말을 대신 한 그의 용기에 대한 부러움과 동경심이 눈에 담겼으며 여학생들은 킹카까지 정하늘이 꼬셨다는 질투심에 가학의 충동을 느꼈다.

무안해진 준걸이 껄껄 웃으며 일매의 잔을 들어 자신의 입으로 가져갔다. 일매는 자리에서 일어나 준걸에게 폴더 인사를 하며 어쩔 줄 몰라 했다.

"선배님, 괜찮습니다. 제가 마시겠습니다."

노란 고무줄을 이용해서 포니테일로 묶은 머리에 작은 얼굴, 쌍꺼풀은 없지만 맑고 큰 눈, 높지는 않지만 오똑한 콧날, 두껍지도 얇지

도 않은 입술, 자신의 체형보다 큰 청색 남방을 배 위로 올라온 청바
지 안에 넣어 입고 하얀 양말에 주황색 단화를 신은 일매를 준걸은
유심히 바라봤다. 그녀는 자기 자신이 얼마나 이쁜지를 모르는 듯
전혀 꾸미지 않았다. 헐렁한 남방 안에 근사한 몸매를 숨겨놓고 늘
씬한 다리는 통짜 바지 안에 가둔 채 화장기 하나 없는 모습에 가식
없이 순진한 낯빛이 더욱 매력적이었다.

테이블 끝에서 존재감 없이 술만 마시던 1학년 김원해가 낮은 목
소리로 입을 열었다.

"일매 누나, 저 사실은 누나 좋아해요. 저 다음 학기에 군대 가는
데 누나가 저 기다려 주면 안 돼요?"

여기 저기 킥킥대는 웃음이 일었고 여학생 두 명은 약속이 있다며
먼저 자리에서 일어섰다. 준걸에게 고개만 까딱거리며 인사하고는
일매를 강렬하게 노려보는 것도 빼먹지 않았다. 일매와 눈이 마주치
자 일매는 웃으며 손을 흔들어 주었다. 만탁을 빠져나온 두 명의 여
학생은 2차로 향했고 안주는 단연 정하늘을 씹어 먹고 찢어 먹는 걸
로 대신했다.

조교는 김원해를 달래 주기 위해 옆자리에 앉았지만 목적은 따로
있었다. 일매한테 눈독들이지 말라는 협박의 1단계로 약올리는 것
을 선택했다.

"일매는 아직 순진해서 남자친구 사귈 마음이 없다. 만일 준비가
되었다면 내가 먼저 꼬실 거니까 니는 조용히 군대로 짜져라. 새끼
야."

수줍어서 고개도 못 들게 생긴 일매는 소란을 뚫고 당당하게 입을

열었다.

"저 사실은 결혼 상대 있어요. 졸업 전에 결혼할지도 몰라요."

순간 좌중은 조용해졌고 김원해는 크게 딸꾹질을 하고 비틀거리며 자리에서 일어섰다.

"일매 누나, 내가 싫으면 그냥 싫다고 하지 결혼은 무슨 결혼이요? 남자 친구도 없는 거 아는데, 아니 그럼 내한테 왜 잘해 준 건데? 사람 가지고 논 거가?"

일매가 생각해도 자신에게 남자 친구가 있다는 사실을 믿을 사람은 아무도 없을 것 같았다. 일매는 주머니에 손을 넣어 잠자고 있는 삐삐를 만지작거렸다. 벌써 몇 달째 주원은 일매를 호출하지 않았다. 며칠 전엔 삐삐가 고장 난 줄 알고 자신이 직접 호출해 보니 멀쩡하게 벨이 울렸다. 주원은 아무리 바쁘고 피곤해도 한 달에 두 번 정도는 꼭 일매를 불러들였는데 무슨 일이 생긴 걸까? 답답했지만 일매는 그냥 기다려 보기로 했다. 몇 달 전 우연인 척 병원 근처를 배회하다 주원과 마주쳤는데 자신이 호출하지 않았을 때 만나게 된 일매를 보는 눈빛이 마치 도둑고양이를 대하는 눈빛 같았다. 그렇게 일별하고는 차가움만 남긴 채 지나쳐 갔었다. 일매는 주원이 바빠서 호출하지 않는다고 믿고 싶었다. 그러나 진짜로 바빠서 연락을 못하는 남자는 결코 없다는 사실도 일매의 순진함이 눈을 가렸다. 주원이 일매를 더 이상 필요로 하지 않는다는 걸 스스로 받아들이지 못해 애꿎은 삐삐의 배터리만 새 걸로 교체했다.

김원해가 일매에게로 달려가려고 하자 준걸이 김원해의 발을 걸어서 넘어뜨렸다. 쿵 하는 소리를 수습하듯 곽 대표가 김원해를 부축해서 밖으로 데리고 나갔다.

"술 처먹고 주댕이 까지 말고 맑은 정신에 씨부리자."

준걸의 낮은 저음엔 카리스마가 묻어 있었고 아무도 대꾸하는 사람이 없었다. 준걸은 테이블에 10만 원을 올려놓고 일매의 손목을 잡았다. 일매는 준걸에게 붙잡혀 밖으로 나갔고 김원해와 곽 대표가 있는 곳의 반대편으로 걸었다.

"니 그거 아나? 니처럼 이쁜 여자애는 웃어 주기만 해도 남자들은 설레는 거. 그런데 거기다 지나친 친절을 베풀면 그게 유혹으로 보일 거란 생각을 안 해 봤나?"

준걸은 따지듯이 흘끔 내려다보았지만 눈은 빛나고 있었다.

"선배님, 저는 지나치게 한 적 없어요. 그냥 사람이 사람에게 친절한 건 기본 아닌가요? 그리고 전 이쁘단 생각 안 해요. 대체 어디가 이쁘다는 건지 착하다는 얘기만 듣고 살았는데, 평생을⋯⋯."

평생이란 말에 준걸이 호탕하게 웃었다.

"그래 그럼 니 식대로 말해 줄게. 니 얼굴이 진짜 착하다. 평생."

"얼굴이 착한 게 아니라 착하게 생긴 거겠죠."

그제야 일매는 웃음기를 입에 물었다.

"니는 거울도 안 보나? 인정할 건 좀 인정하고 살자."

"그런데 선배님, 저 손목 아파요. 아까부터 계속 잡고 계셨어요."

준걸은 손바닥에 진득하게 밴 땀을 바지춤에 스윽 한 번을 닦고는 이번엔 일매의 손을 잡았다. 일매가 손을 빼려고 하자 다시 손깍지를 꼈다.

103

"집 어디고? 바래다줄게."

끌려가는 일매의 손끝에서 찌릿한 감정이 올라왔다. 이렇게 다정하게 손을 잡아 주는 사람 이준걸, 그는 참 따뜻한 선배라고 생각했다.

"저 안으로 들어가면 저희 집이에요. 여기까지만 오셔도 감사해요."

후미진 골목에 다다랐을 때 일매가 손을 슬며시 빼면서 입을 열었다.

"알겠다. 더 들어가면 누가 볼까 봐 겁나서 빨리 가라는 거제?"

수줍은 미소로 답을 대신하는 일매를 준걸은 지그시 바라보았다. '아까 좋아한단 고백을 했던 후배 놈에게 결혼할 사람이 있다는 말도 안 되는 이유를 대며 퇴자를 놓은 여자다. 입술을 훔치면 뺨을 후려치겠지.' 준걸은 키스의 대가로 뺨을 내놓아도 좋다는 생각에 도달하자 일매의 작은 얼굴을 두 손으로 감싸서 서서히 벽 쪽으로 밀고 갔다.

준걸의 입술이 일매의 입술에 닿았고 부드럽게 입맞춤을 했다. 일매는 눈을 동그랗게 뜨고 손을 올려붙일 것 같았는데 미간에 힘을 주고 눈을 감고 있었다. 준걸은 일매의 입술에 혀를 넣고 닫혀 있는 이 사이를 통과했다. 일매의 혀와 닿았을 때 준걸은 빠르고 부드럽게 혀를 휘감았고 일매는 온몸이 감전되는 전율을 느꼈다. 일매의 눈에서 알 수 없는 눈물이 흘렀다. 그제야 준걸은 한발 뒤로 물러나며 고집스레 붙들고 있던 일매의 입술을 놓아 주었다.

"왜 그라노? 내가 실수한 거가?"

"아니요, 그냥 기분이 이상해서요. 선배님 꼭 산낙지 같았어요."

"니 키스 처음 한 거제? 그런데 무슨 결혼할 사람이 있단 말이고?"

준걸은 호탕하게 웃었다. 산낙지 같다는 말이 웃기기보단 첫 키스라는 사실을 확인하자 결혼 상대가 거짓이었다는 자백을 받아 낸 기분이었다.

"그게 사실은……."

그녀는 무슨 설명이든 하려고 애썼지만 적당한 단어가 떠오르지 않았다.

"됐다. 첫키스는 산낙지랑 한 걸로 하자. 그런데 산낙지 묵을 줄 아나?"

"네."

"나는 못 먹겠던데 앞으론 더 못 먹겠네."

"왜요? 제가 기분 상하게 했어요?"

"아니, 내가 산낙진데 산낙지를 어떻게 먹노? 같은 동족인데."

준걸은 일매가 귀여워 죽겠다는 표정으로 웃었고 그녀도 하얀 이를 드러내고 웃었다.

"일매야, 지금 집에 들어가야 되나? 괜찮으면 같이 동네 한 바퀴 돌자."

그녀는 수긍하는 눈빛을 보냈고 준걸은 키스 이후 스킨십이 자연스러워졌다. 오른팔은 일매의 어깨에 두르고 왼손으로 일매의 왼쪽 손등을 감싸 쥐었다. 두 사람은 나란히 걸으며 골목을 빠져나왔다.

"일매야, 와인 마셔 본 적 있나?"

"아니요, 술은 전혀……."

"도수 약한 거 있다. 그것부터 배우자."

준걸을 택시를 잡았고 일매와 함께 서면에 분위기 좋은 와인바로
향했다.

일매는 준걸이 따라주는 와인을 신기하게 바라봤다. 준걸이 하는
대로 따라했다. 잔을 흔들어 향을 맡고 한 모금 입에 머금고 혀를 굴
렸다. 자신에게 준걸은 가여운 인생을 살아온 고달픈 여자에게 주
는 선물처럼 느껴졌다. 준걸과 함께 속도를 맞춰 와인 잔을 비워대
자 일매는 곧 의식을 잃었다.

일매를 부축하고 서면 거리를 걸었다. 일매가 잠깐 의식을 차렸을
땐 모텔 간판들이 이마를 때리고 지나갔다. 준걸은 일매를 데리고
수많은 모텔 중 새로 리모델링한 걸로 보이는 외관이 깨끗한 곳으로
들어갔다.

침대에 눕히고 수건으로 일매의 얼굴을 적셔 주었다. 적어도 의식
이 없는 여자를 강간하는 기분으로 관계를 하고 싶진 않았다. 더구
나 일매는 아직 경험이 없는 처녀일 거란 확신이 들어 더욱 조심스
러웠다. 일매가 눈을 뜨자 준걸은 키스를 퍼부었다. 이마와 이마가
맞닿았고 입술이 입술을 빈틈없이 삼키고 있었다. 준걸이 일매의 남
방을 벗기고 브래지어를 풀려고 하자 일매는 준걸의 손을 잡았다.

"선배님, 저 가슴이 너무 작아요."

작은 가슴에 비해 유난히 크게 솟아 있던 유두를 보고 주원은 계
란 프라이에 건포도라고 놀렸다. 그 탓에 흥분이 안 된다고 빈정거

리며 일매를 조롱했었다. 그 후로 일매는 늘 브래지어를 한 채 주원과 관계를 했다. 아니 사정을 유도했다.

"일매야, 괜찮다. 그게 뭐가 중요하노?"

"선배님은 정말 제가 좋으세요?"

일매는 준걸의 눈빛에서 진심이 느껴졌다.

"그걸 말이라고 하나? 니하고 같이 있다는 게 꿈만 같다."

"믿을 수가 없어요. 선배님 같은 분이 왜 저 같은……."

준걸은 일매의 브래지어 후크를 풀고 정성스레 애무를 했다. 준걸의 혀끝에 맞춰 일매의 가슴은 리듬을 타며 오래 억눌러 온 비명 같은 것이 신음으로 터져 나왔다. 웃음도 울음도 아닌 흐느끼는 소리가 마치 연주자의 손에 맡겨진 악기 같았다. 흐느끼다가도 깊은 들숨과 날숨이 교차된 그녀의 교성에 준걸의 심장이 가파르게 오르내리고 있었다.

일매는 본인에게도 성감대가 있다는 것에 스스로 감격하며 등이 휠 것 같은 기분을 느꼈다. 일매는 이대로 시간이 멈췄으면 좋겠다고 생각했다.

준걸이 그녀의 바지를 벗기려 하자 일매가 스스로 바지와 팬티를 한꺼번에 내렸다. 준걸이 일매의 오른쪽 다리에서 바지와 팬티를 동시에 빼내자 그녀가 가랑이를 쫙 벌렸다. 준걸이 당황하기도 전에 일매는 그대로 잠으로 빠져 버렸다. 잔뜩 흥분했던 준걸이지만 의식이 없는 여자에게 삽입하기는 싫었다. 준걸은 일매의 다리를 오므려 주고 이불을 덮어 주었다.

"일매야, 얌전하게 생겨서 잠버릇이 이게 뭐고? 다리를 벌리고 자는 사람 처음 본다."

준걸은 일매의 정수리를 자신의 코앞까지 바짝 끌어안고 이마에 입을 맞춘 뒤 억지로 잠을 청했다. 하지만 뜨거워진 몸은 쉬이 가라앉지 않았다. 동이 트는 시간이 되어서야 설핏 잠이 들었다.

아침 여덟 시가 되자 창문 커튼 사이로 햇살 한 줄기가 일매의 단잠을 깨웠다. 옆으로 고개를 돌리니 준걸이 잠을 자고 있었다. 일매는 입을 막고 고함을 삼켰다. '어젯밤 느꼈던 그 황홀한 느낌이 꿈이 아니고 현실이었던가? 내가 이 사람과 성관계라는 걸 그것도 처음 만난 날?'

일매는 옷을 주워 입고 가방을 챙겨서 모텔을 빠져 나왔다. 준걸과 어쩌다 모텔에서 같이 자고 있었는가에 대한 의문보다 외박으로 인한 처벌이 더 큰 문제였기에 일매는 휴대폰을 열어 보았다. 이미 방전되어서 엄마는 아마도 더 크게 분노했을 거라 짐작했다. 말 잘 듣고 참한 장녀가 외박이라니 동네 창피하게 이게 무슨 짓인가?

집 앞에 도착할 때까지 스스로를 자책하며 대문을 밀고 들어갔다. 예상대로 엄마는 일매를 보자마자 눈빛에 날카로운 칼을 장착하고 마구 찔러대기 시작했다. 그 눈빛만 봐도 오금이 저린 일매는 고개를 숙이고 기어 들어가는 목소리로 입을 열었다.

"잘못했어요."

엄마는 수류탄의 안전 고리를 잡고 있는 손처럼 부들부들 떨고 있었다.

"니 어찌 된 거고?"

분노를 누르느라 허스키해진 목소리로 물었다.

"어제 과 친구 집에서 공부하다가 그만 깜빡하고 잠이……."

엄마는 어차피 대답을 바라고 던진 질문이 아니었다.

"주원이 선본다. 지금 만나는 여자가 없어서 선을 봐야 된다고 원장님하고 사모님하고 선 자리 알아본다고 난리 났다."

이 무슨 뜬금없는 소리인가? 엄마가 눈에 불을 켜고 분노하는 이유가 딸의 외박이 아닌 주원의 결혼 소식이란 말인가? 정주원이 선을 본다고? 무슨 뜻인지 파악이 되기도 전에 엄마의 오른 손바닥이 허공을 갈랐다. 일매는 바닥에 털썩 주저앉아서 더는 쓰러지지 않으려 손바닥으로 바닥을 짚었다. 바닥으로 선홍색 피가 후두둑 떨어졌다.

사준이 두루마리 화장지를 손에 쥐고 마당으로 뛰어나오며 누나를 일으켰다.

"엄마는 왜 맨날 누나만 괴롭히노? 쌍코피 터졌다. 우짤 건데?"

사준은 일매의 코피가 멈출 때까지 자신의 어깨에 기대게 한 채 화장지를 둘둘 말아서 콧구멍을 막아 주었다.

"가뜩이나 말라서 비틀거리는데 때릴 때가 어딨다고 누나만 따까패는데? 누나 다리 밑에서 주서 온 거 맞제?"

학교를 가려다 멈춰선 이현은 그 상황을 가만히 지켜만 보다가 한마디 거든다.

"사준아 학교나 가자. 쓸데없는 소리 하지 말고."

사준이 일매를 일으키자 엄마는 안방으로 들어가 버렸고 사준은 누나를 방으로 데려다 주었다.

"괜찮다. 이제 코피 안 난다. 어서 학교 가라."

사준의 진심으로 걱정해 주는 마음이 고스란히 가슴으로 전해지자 고마운 마음에 왈칵 눈물이 쏟아질 것만 같았다. 입술을 깨물며 끝내 울음을 삼켰다.

"누나야 많이 아프제? 코뼈 뿌사진 거 아니가?"

"괜찮다. 이제 진짜 멎었다. 고맙다. 사준아."

일매는 애써 웃어 보이며 답을 했다.

"씨발, 행님 새끼들도 똑같다. 말리지도 않고 구경만 처하면 다가? 전부 불알 떼고 덤비라. 한 판 붙자."

사준이 미간에 잔뜩 힘을 주자 콧구멍에서는 씩씩거리는 소리가 났다.

"준아, 어서 학교 가라. 늦겠다."

엄마는 머리를 긁적이며 아무 일도 없었다는 듯 사준에게 말했다.

사준도 학교에 가고 집 안엔 엄마와 일매만 남았다. 일매도 화장실로 들어가서 코피를 지우며 세수를 하는데 엄마가 화장실 문을 벌컥 열었다.

"근데, 니 아까 고꾸라질 때 보니까 젖꼭지가 다 보이던데 원래 부라자 안 하고 다니나?"

당황한 일매의 오른손이 왼쪽 어깨를 더듬었다.

"이년이 밖에서 벗어 놓고 온 거네? 주원이 말고 어떤 놈하고 붙어 먹었노?"

아침에 모텔에서 급하게 나오느라 브래지어를 깜빡한 모양이다. 엄마가 말한 붙어먹는다의 표현에 잠시 문장을 연결해 보았다. '나는

선배와 붙은 건 맞는데 먹은 것도 맞는 표현일까?'

엄마는 속으로 생각했다. '점쟁이가 말한 화냥년이 진짠가? 환향녀가 아니라 우리 딸년은 그냥 화냥년이 아닐까?' 고개를 세차게 흔들면서 일매에게 쏘아 붙였다.

"주원이한테 휴대폰 해 봐라."

"무슨 휴대폰? 주원이 오빠도 휴대폰 있어요?"

엄마는 아래턱을 쭉 빼더니 아까보다 더 사나워졌다.

"이 미친년이, 니도 있는 휴대폰이 주원이가 없겠나? 그 새끼 휴대폰 산 지가 언젠데, 그것도 모르면서 연애를 한다고? 고마 치아삐라. 혼자서 북 치고 장구 치고 다했네. 아니 니년이 대학 갈라고 내한테 사기 친 거 아니가?"

일매는 초점 잃은 표정으로 화장실 바닥에 웅크리고 앉았다. 그런데 이상하게도 그렇게 절망적이거나 충격적이지 않았다. 생각보다 의연할 수 있었고 어쩌면 당연한 이별이란 생각도 들었다. 아니 예견된 버림이라 느껴졌다. 자신의 담담한 이유가 주원의 잔인한 성관계 방식인지 준걸의 따뜻한 애무 때문인지 정확히는 알 수 없었지만 중요한 건 예전엔 주원에게 버림받으면 세상이 끝난다고 믿었는데 지금은 주원 없이도 살아갈 방법이 있을 거란 작은 희망 같은 게 느껴졌다는 사실이었다.

"학교 당장 때려치우고 시집이나 가라. 지금부터 내가 돈 많은 남자 알아볼 테니까 아무하고나 붙어먹지 말고 조신하게 집구석에서 살림이나 배워라."

엄마는 더 큰소리를 내지르기 위해 가슴에 펌프질을 하며 있는 힘껏 들썩였다. 잔뜩 모은 악을 내지르자 '살림이나 배워라'의 '살림'에서 쉿소리가 났다.

일매는 엄마의 악다구니를 귓가에 매단 채 집을 나섰다. 귓구멍에 새끼손가락을 넣어 강하게 문질렀다. 악의 허상이 골수 깊이 박혔는지 귓가를 계속 맴돌았다.

학교에 갈 생각으로 걸었지만 발걸음은 정관욱 외과로 향하고 있었다. 병원 건너편 건물에 처음 들어선 엔제리너스라는 커피 전문점으로 들어갔다. 블랙커피를 주문했더니 아메리카노라는 게 나왔다. 어찌됐건 쓴 건 똑같았다.

잔을 들고 창가에 앉아 병원을 응시하며 커피를 홀짝였다. 주원을 삐삐로 호출해 볼까 고민했지만 도저히 할 수가 없었다. 그러고 보니 삐삐는 늘 주원이 일방적으로 필요할 때만 사용했지 자신은 몇 년의 세월동안 단 한 번의 호출도 하지 않았다는 사실을 새삼 깨달았다.

일매는 점심시간이 훌쩍 넘어서도록 창가에 앉아 빈 잔에 손가락을 돌리며 앉아 있었다. 문을 열고 들어오는 낯 익는 사람이 일매를 향해 알은체를 했다.

"일매야, 여기서 뭐 하노?"

"아, 김 간호원 언니 안녕하세요?"

"이야, 우리 일매 대학생 되드만 혼자서 커피도 마실 줄 알고 분위기 끝내주는데."

"언니는 잘 지내셨죠? 요즘 병원에 환자 많아요?"

일매는 창밖 건너편에 보이는 정관욱 외과라는 낙후된 간판을 응시했다.

"늘 그렇지, 위치가 좋으니까 환자도 계속 오네."

"언니, 주원 오빠 요즘에 공부한다고 바쁘겠네요. 의사 공부가 보통 힘든 게 아니겠죠?"

본의 아니게 염탐자가 된 기분으로 물어보았다.

"주원이? 요새 바쁘긴 한데 갸가 공부할 아가? 장가 갈라고 요새 선보러 댕긴다. 주제에 의사 아들에 의대 다닌다고 얼마나 조건 따지면서 여자 골라재끼는지 어이가 없다. 그 시간에 살이나 뺄 것이지."

"주원 오빠 원래 여자 친구 있단 말 안 해요?"

"갸가 무슨 여자가 있노? 꼬라지를 봐라. 언 년이 좋다 하겠노? 돈 보고 덤비는 골빈 년이라도 있었으면 저리 선보고 댕기겠나? 그라고 있었다한들 원장님 마음에 안 들면 있어도 없는 기고 글치 뭐?"

골빈 년? 대뇌, 소뇌, 뇌하수체 등 뇌 안에 있어야 할 호두 모양의 뇌 구조물들이 모두 비었단 뜻이다. 엄밀하게 말하면 일매의 인생 목표가 골빈 년이었고 은밀하게 말하면 골빈 년이 되기 위해 인생을 망치는 목표를 세웠던 것이다.

"일매야, 내 점심시간 끝나서 드가 봐야 된다. 다음에 또 보자."

김 간호원은 반쯤 남은 커피를 들고 자리에서 일어서며 일매의 어깨를 쓰다듬었다.

"언니, 또 뵐게요."

골빈 여자는 일어서서 손을 흔들었다.

일매도 그 길로 나와 강의를 듣기 위해 학교로 향했다. 심신 통합 상담 시간이 기다리고 있었다. 비어 버린 골 탓인지 심신이 통합되지 않은 상태에서 수업을 받기가 꺼려졌다. 처음으로 땡땡이라는 걸 쳐 봤다. 나름 실연당한 티가 나는 자신이 가여워서 학교 앞 일찍이 문을 여는 선술집으로 들어갔다.

못 마시는 술이지만 일매는 막걸리를 한 사발 가득 붓고 겨우 반 잔을 삼켰다. 막걸리 반 잔의 충격이 식도를 강타하고 위장으로 달 아났다. 다리에 힘이 풀리며 나른해지기 시작하자 어제의 기억이 되 살아났다. 비로소 취기가 오른 후에 취중 행동이 떠올랐다. 선배와 어쩌다가 모텔까지 가게 됐는지 그의 애무가 얼마나 달콤했는지 그 의 속삭임이 얼마나 포근했는지 이제 막 떠오르는데 딱 거기까지다. '내가 브라를 먼저 벗었을 리 없는데 모텔에 두고 온 건가? 삽입은 했을까? 내가 올라탔을까? 선배는 사정을 했을까? 왜 내 팬티는 축 축하지 않은 걸까?' 일매는 자신의 오른손으로 입술을 만지다 중지 손가락을 혀에 갖다 댔다. '원래 사람의 혀가 심장에서 배 속까지 설 렘으로 가득 채워 주는 것이었나? 이준걸이 주는 혀의 기쁨을 다시 맛볼 수 있을까?'

일매는 주원이 주는 배신과 슬픔을 곱씹기 위해 술집에 들어섰지 만 나갈 땐 준걸이 주는 설렘을 안고 집으로 향했다. 이른 저녁부터 비틀거리는 젊고 가녀린 여자의 달구어진 볼을 선선한 바람이 어루 만져 주었다. 웃는 것 같기도 하고 우는 것 같기도 한 표정으로 지하 철을 탔다. '첫 키스는 산낙지랑 한 걸로 하자.' 준걸의 음성을 귓가에 매달고 계속 재생시켰다. 산낙지가 이리도 설레는 단어였나? 지하철 안에서도 준걸을 향한 그리움은 어디까지 밀려갈지 알 수 없었다.

집에 도착해서 대문을 열고 들어왔을 때 마당엔 낯익은 책들이 널려 있었다. 마루에 앉아 대문 쪽을 향해 앉아 있던 엄마의 표독스러운 표정이 산낙지라는 단어를 토막 내 버렸다.

"일매야, 이제부터 학교 가지 말고 공부도 하지 마라. 니도 오늘부터 선봐서 바로 시집갈 거다. 니가 주원이보다 먼저 결혼식 해야 된다. 알겠나?"

일매는 서둘러 책을 주웠다.

"엄마, 정주원 결혼해요?"

"그것도 몰랐제? 니가 아는 게 뭐 있노? 혼자서 쌩쑈 하고 이 에미를 속인 년인데……."

일매가 주운 책을 모아 흙과 먼지를 떨어내자 엄마가 달려 나와 다시 바닥으로 내팽개쳤다.

"이 시간 이후로는 책에 손대지 마라. 내 말 안 들을 거면 지금 당장 나가라. 니는 내 딸도 아니고 우리 집 장녀도 아니다."

일매 엄마는 가방 하나를 마당으로 던졌다. 아예 처음부터 쫓아낼 작정을 한 듯이 미리 옷가방을 싸 놓고 일매를 기다리고 있었다. 오늘 주원이가 결혼할 사람을 만난다는 소식을 듣자마자 일매의 방을 난장판으로 만든 것이다.

일매는 초점 없는 눈으로 바닥만 응시한 채 가방을 들고 대문 밖으로 나왔다. 풍랑이 심한 바다 위에 떠 있는 돛단배에서 위태로운 노를 잡고 있다가 결국은 난파당했다. 일매는 엄마라는 무서운 선장의 명령에 굴복하고 따르기로 했다.

엄마는 일매가 닫고 나간 문을 열었다가 더 세게 쾅 소리를 내며 대문을 닫았다.

"독한 년, 울고불고 매달릴 줄 알았는데 바로 기어나가네."

주원은 머리끝부터 발끝까지 명품을 휘감는 호사를 누리며 다섯 명의 여자와 맞선을 봤다. 그녀들의 뜻과는 별개로 두 명이 마음에 들었고 고뇌 끝에 한 명을 선택했다. 일부일처제에 대한 제도에 대해 불만을 가질 만큼 크게 번뇌하며 최종 한 명을 결정했지만 그녀는 주원의 외모에 도저히 결혼은 안 되겠다며 퇴자를 놓았다. 어쩔 수 없이 두 번째 여자와 결혼을 결심했다. 그 여자는 주원의 아버지 재산과 주원이 무녀독남이라는 조건이 마음에 들었다. 다시 말해 모든 재산은 자신의 손에 들어올 거란 계산하에 주원의 외모는 크게 거슬릴 게 없었다.

상견례를 앞두고 주원은 일매가 목에 가시처럼 걸려 있었다. 이미 일매 귀에도 주원의 결혼 소식이 들어갔을 텐데 지금이라도 당장 달려와서 매달리거나 비분강개하다 까무러치거나 자살 소동이라도 일으키면 어떻게 처리해야 할지 안 돌아가는 머리를 굴리고 있었다. 가장 큰 두려움은 일매가 직접 아버지 정 원장을 찾아가는 것이었다. 주원은 안절부절 못하고 있었다.

일매의 아버지를 병원에서 쫓아낸다고 협박을 할까? 아님 같이 죽자고 겁을 줄까? 그것도 아님 제발 헤어져 달라고 애원을 할까? 이 생각 저 생각에 골치가 아픈 주원은 병원 옆 골목 담벼락을 서성이며 줄담배를 피워 댔다.

낯익은 얼굴에 깜짝 놀라 고개를 들어보니 일매가 지나간다. 분명히 주원과 눈이 마주쳤는데 무슨 생각을 하는지 일매는 주원을 보고도 그냥 지나쳐 갔다. 얼굴이 발갛고 비틀거리는 것이 술에 취한 사람 같기도 하고 길 잃고 방황하는 아이의 서러움 같기도 하고 실없이 웃는 게 미친년 같기도 했다. '일매가 저렇게 이쁘고 날씬했구나.' 주원은 골목 끝으로 일매가 사라진 뒷모습을 붙잡으며 한동안 멍하니 서 있었다. 다시 담배 하나를 물고 불을 붙이려는데 일매가 큰 가방을 들고 다시 지나쳐 간다. 주원은 자신도 모르게 일매를 불렀고 일매는 주원을 천천히 바라보다 알 수 없는 낯빛으로 말했다.

"잘 살아라. 돼지 새끼야."

일매는 한마디를 남기고 주머니에 있던 삐삐를 꺼내서 담배꽁초가 가득한 길거리 쓰레기통에 던졌다.

부러질 것같이 가느다란 오른팔에 둘러 있던 가방 손잡이를 왼손으로 옮기며 빠른 걸음으로 지하철 쪽으로 걸어갔다. 주원은 일매가 모든 걸 알고도 저렇게 쉽게 포기해 주는 것이 대견하고 고마웠지만 자신이 이토록 가벼운 존재였던가 생각하니 괘씸한 마음도 들었다. 주원은 가슴 한구석에 주먹만 한 구멍이 뚫려 버린 것 같았다. 주원은 일매의 입술을 떠올리며 '잘 살아라. 돼지 새끼'를 속으로 계속 되뇌었다. 돼지 새끼가 이토록 섹시한 단어였던가.

"와, 문디 가스나 대따 쌔끈하네."

주원이 뱉은 말은 담배 연기와 함께 허공으로 흩어졌다.

일매는 버스와 지하철을 번갈아 타다가 다시 범내골역에서 내렸다. 지하철 승강장 의자에 앉아서 지하철문이 열리면 사람들을 뱉어내고 뱉어낸 문 안으로 다시 사람들을 빨아들이는 과정을 두 시간째 바라보고 있었다. 그나마 자신의 편이라 믿어온 아버지나 막내에게 연락을 해서 도움을 요청할까 고민했다. 그러다 달려오는 지하철에 몸을 던져 보는 상상을 수도 없이 하며 절망적인 눈빛은 기어이 뜨거운 눈물을 쏟아내고 말았다. 지나는 사람이 쳐다보는 게 느껴지자 전화 카드를 찾기 위해 바지 주머니를 뒤적거렸다. 손에 잡히는 종이 하나를 꺼내 보니 이준걸 휴대폰 번호가 적혀 있었다. 긴 망설임 끝에 지하철 공중전화를 이용해 준걸에게 전화를 걸었다.

"여보세요?"

"……."

"여보세요?"

"선배님, 저 일매예요. 박일매."

"어, 일매야. 안 그래도 궁금했는데 니 휴대폰 번호를 몰라서 과대표한테 전화했는데 과대가 전화를 안 받아서 니한테 연락도 못하고 있었다. 집에 잘 들어갔나?"

"……."

"여보세요? 일매야? 많이 혼났제?"

"선배님, 저 갈 곳이 없어요."

"지금 어딘데?"

"……."

"일매야, 지금 갈게. 어디냐니까?"

"저 여기 범내골역이에요."

118

일매는 준걸을 발견하자 가방을 들고 의자에서 일어섰다. 준걸은 어제보다 더 야윈 것 같은 일매를 보자 두 팔로 꼭 끌어안았다. 부러질 듯 가느다란 손목으로 들고 있던 가방 손잡이가 바닥으로 툭 떨어지자 준걸이 가방을 집어 들고 이마를 찌푸렸다. 담배 연기를 내뿜듯 긴 한숨이 나왔다.

"설마, 집에서 쫓겨난 거가?"

말없이 고개만 끄덕이는 일매의 눈이 거침없이 물줄기를 토해냈다. 준걸은 안타까운 마음으로 한 줌도 안 되는 그녀의 허리를 부축하고 지하철 밖으로 빠져 나왔다. 노란색 엘란에 일매를 태우고 자신의 오피스텔에 도착했다. 일매는 가방에 뭐가 들었는지 확인을 하려 지퍼를 열었고 엉망으로 구겨져 있던 옷들을 준걸이 꺼내서 옷걸이에 걸어 주었다.

어제보다 아니 한 시간 전보다 더 창백해진 일매가 안쓰러워 준걸은 그녀를 또다시 껴안았다. 일매를 쓰다듬는 등 쪽에서 허전함이 느껴진 준걸은 그녀의 가슴에 손을 넣었다. 깜짝 놀라 뒤로 물러서는 그녀의 얼굴을 자신의 입술까지 당겨왔다. 일매는 지금 이 상황에서 준걸이 키스를 하는 줄 알고 당황했다.

"혹시 니 속옷 안 입어서 들킨 거가?"

준걸은 입가에 대고 속삭였다.

"네, 그건 그런데 꼭 그래서 쫓겨난 건 아닌 거 같아요."

준걸은 자신의 가방에서 일매의 브라를 꺼내서 일매에게 보여 주었다.

"이걸 왜 선배님이?"

"니가 급하게 나간다고 못 챙겼더라. 그래서 내가⋯⋯."

낡은 브래지어가 부끄러워 옷 안으로 감춘 일매의 입술에 자신의 입을 갖다 댔다. 그리고 귓가가 아닌 입술에 대고 또다시 속삭였다.

"미안하다. 나 때문에 집에서 쫓겨나다니, 내가 어떻게 해야 되노? 무조건 책임지고 해결할게."

"⋯⋯."

"일매야, 내가 같이 집으로 찾아가서 무릎이라고 꿇고 빌까?"

"아뇨, 그러면 선배님도 맞을지도 몰라요. 그냥 저 잠시만 여기서 지내도 될까요?"

일매는 대답을 하기 위해 입술을 떼려 머리를 뒤로 뺐다.

"선배님 꼭 인공호흡하는 거 같아요."

"그래, 산낙지가 인공호흡했다고 생각하자."

준걸 특유의 호탕한 웃음이 일매를 멍든 세상에서 건져내는 듯 했다.

"우선 나가서 밥부터 먹자. 니 종일 굶었제?"

준걸은 일매의 입술을 당겨 자신의 입을 맞추고 다시 속삭였다.

두 사람은 온천장에 있는 조선갈비탕으로 향했다. 그녀는 반도 먹지 못했고 그도 한 그릇 겨우 비우고 로제타로 들어가서 레몬에이드 두 잔을 주문했다.

"선배님, 혹시 제가 아르바이트 할 만한 데 없을까요?"

"학년 올라가면 자격증 준비할 게 태산인데 아르바이트 할 시간이 어딨노?"

"다음 학기는 장학금 못 받을 거 같아요. 학교 다니려면 제가 벌어서 다녀야 해요."

덤덤하게 말하는 입술 끝이 미세하게 떨리고 있었다.

"미안하다. 나 때문에 이런 일까지 겪게 하고……. 학비는 걱정 마라. 내가 해결할게."

준걸은 그녀를 데리고 다시 집으로 들어왔다. 일매는 이제 정신이 좀 들었는지 준걸의 집 안을 스캔했다. 학교 근처에서 자취를 하면 두 사람 누울 자리도 부족할 만큼 좁은 원룸이나 하숙집이 다인데 방 두 칸짜리 20평은 넘어 보이는 옵션이 잘 갖춰진 오피스텔을 보고 부잣집 아들이라는 소문이 사실임을 확인할 수 있었다.

준걸은 침대 시트를 털고 이불을 반듯하게 폈다. 침대 밑에 양말과 팬티를 주워 세탁기 안에 넣으며 말했다.

"일매야, 당분간 내가 거실에서 자면 되니까 오늘부터 니가 내 침대 써라. 작은방 청소하려면 시간이 좀 걸릴 거 같네."

두 사람에게 설렘과 어색함이 공존하는 동거의 첫날밤이 다가왔다. 준걸은 거실 소파에 누웠고 일매는 안방 침대에 누웠다. 침묵 속에 각자의 심장 소리만이 공간을 채우고 있었다. 준걸은 은은한 달빛이 창가를 두드리자 베란다 문을 열고 긴 침묵을 깨는 숨소리를 냈다.

"휴, 유난히 달은 밝고 잠은 더 안 오고…… 일매야, 자나?"

"아니요. 선배님은요?"

"니가 우리 집에 있는데 어떻게 내가 잠이 오겠노?"

"불편하시면 제가 선배님 집에서 나갈까요?"

일매가 던진 무심한 말에 준걸은 흠칫 놀라며 대문의 잠금 걸쇠를 걸어 잠갔다.

"아니 그게 아니라 니가 있으니까 떨려서 그렇지."

준걸이 베란다 문까지 닫고 뒤로 돌아봤을 땐 일매가 뒤에 서 있었다. 준걸은 참으려 했지만 이미 피가 아래로 몰렸고 일매에게 들킬까 봐 두 손으로 가렸다.

"안 자고 왜 나왔노?"

"선배님, 어제 했던 거 다시 해 줄 수 있어요?"

"뭐?"

"그거요. 키스. 어제가 첫 키스였으니 오늘은 두 번째로……"

준걸은 오른손으로 일매의 목덜미를 잡고 자신의 혀로 일매의 입술을 열었다. 일매가 어제 취기와 함께 느꼈던 키스의 기억보다 더 감미롭고 부드러웠다. 서로의 입술과 혀를 거친 호흡과 함께 면밀히 소유하는 동안 준걸의 왼손은 일매의 옷을 벗겼다. 팬티만 남긴 채 일매를 들어 소파에 눕혔다. 일매의 하얀 피부는 달빛을 받아 투명하게 빛나고 있었다. 작은 가슴과 갈비뼈가 드러나는 마른 몸매에도 투명한 피부 덕에 아름답게 보였다. 핑크색 유륜과 유두는 수줍은 듯 고개를 들었고 준걸의 전희에 맞춰 일매의 신음은 악기를 연주했다.

준걸이 팬티로 손을 가져가자 일매가 먼저 벗었고 다리를 벌렸다. 순간 준걸은 어제 일매의 잠버릇이 생각나서 혹시 애가 또 잠드는 건가 싶어 두 눈을 확인했지만 일매의 초점 잃은 눈빛은 날것 그대로의 활홀경에 빠진 여자의 표정이었다.

"일매야, 아플 텐데 괜찮겠나?"

"네, 참을 수 있어요."

준걸은 조심스레 삽입을 시도했다. 너무도 쉽게 들어가자 격한 피스톤이 시작되었고 일매의 신음 소리는 더욱 커져서 옆집에 들릴까 신경이 쓰이던 준걸이 입으로 일매의 입을 막았다.

일매는 처음으로 오르가즘을 느꼈다. 예전에 읽었던 책에서 오르가즘이란 단어를 발견한 뒤로 도대체 그게 어떤 느낌인지 도무지 감이 안 왔는데 느껴 보니 이게 오르가즘이구나 싶었다. 자신의 몸과 영혼이 하나로 뭉쳐 붕 뜨는 기분이 들면서 주변은 아래로 가라앉는 느낌이었다.

"선배님, 처음이에요."

감격에 젖은 일매는 흐느끼고 있었다.

일매가 말하는 처음과 준걸이 받아들이는 처음은 서로 다르게 해석되었다. 일매는 감미롭고 황홀한 키스와 작고 볼품없는 가슴의 애무, 그리고 생전 처음 느껴보는 오르가즘이 처음이라는 뜻이었고 준걸은 일매가 남자와의 성관계가 처음이란 뜻으로 받아들였다.

당시 주변에서는 처녀성에 대해 혈흔을 확인하고 자랑처럼 늘어놓는 친구들이 제법 많았다. 삽입을 시도하다 침대에서 떨어져서 한참을 벽 쪽으로 밀려가다 겨우 성공했다는 얘기, 고통 섞인 신음 끝에 혈흔이 묻어 나오자 기뻐했다는 얘기, 첫 번째 삽입은 실패하고 두 번째에 성공했는데 삽입과 동시에 여자가 기절했다는 침소봉대 가득한 얘기, 혈흔 때문에 처녀막이 파열한 줄 알았는데 알고 보니 월경이었다느니 하는 얘기…….

일매에게 혈흔이 비치지 않는 것에 대해서는 처녀막이 원래 없는
여자도 있고 자전거 타다가 파열되는 여자도 있고 심지어는 속궁합
이 좋으면 첫 관계도 고통 없이 이루어진다고 준걸은 달콤한 착각에
빠졌다. 이토록 설레는 여자를 품에 안았는데 처녀막에 대한 명징한
논리 따윈 중요하지 않았다. 오직 일매의 처음에 깊은 책임을 통감
하고 모든 것을 함께할 거라 다짐하며 어느새 잠속으로 빠져들었다.
일매도 잠시나마 멍든 삶에서 벗어나 그의 품에서 깊고 평온한 꿈길
로 들어섰다.

준걸은 평소보다 한 시간 일찍 눈을 떴다. 그를 깨운 건 커튼을 비
집고 들어온 햇살도 아니고 자명종 시계도 아니었다. 주방에서 들리
는 그릇 부딪치는 소리와 음식 냄새, 슬리퍼를 끌며 냉장고 문을 열
었다 닫았다 하는 인기척에 눈을 뜬 것이다.
어머니는 집에 와서 음식을 해 주지 않는다. 아들 집에 음식 냄새
가 배는 게 마뜩잖아서 미리 만들어 둔 반찬을 들고 준걸이 없는 시
간에 다녀가곤 했었다. 그런데 이 낯선 소리는 대체 무엇인가? 순간
함께 잠을 자던 일매가 떠올랐다. 어젯밤 그 로맨틱한 시간이 꿈이
아니라면 일매는 내 방 침대에 내 가슴에 안겨 자고 있어야 했다. 준
걸은 발가벗은 채로 급히 방문을 열고 나갔다. 일매의 뒷모습이 보
였다. 냄비에 김치를 넣어서 김칫국을 끓이고 밥도 지었다. 계란 프
라이도 하고 김도 준비했다.

"아침부터 혼자 편의점 다녀왔나?"

준걸이 일매 뒤로 다가가 꼭 끌어안았다. 일매는 실오라기 하나 걸치지 않은 준걸을 보고 수줍게 미소 지었다.

"선배님, 옷 좀 입으세요. 너무하신 거 아니에요?"

준걸은 급히 방으로 들어가 팬티만 걸치고 노란 고무줄을 찾아왔다. 일매가 귀 뒤로 넘긴 머리카락이 얼굴로 흘러내리는 게 눈에 들어왔다. 준걸은 삐뚤삐뚤 서툰 손놀림으로 일매의 머리칼을 한 묶음 잡았고 손가락 사이로 빠져 나가는 머리칼은 다시 한 올 한 올 조심스레 한 묶음 안으로 집어넣었다. 어설프지만 고무줄 안에 머리카락이 다 들어갔다. 일매는 머리카락 하나하나에 세포가 있는 듯 전류가 흐르고 있었다. 어젯밤의 황홀함이 다시 되살아나자 심장이 빠르게 질주했다.

엄마는 그 거친 손길로 눈이 찢어지도록 끄댕이를 잡아 묶어 주었고 일매는 집안일을 할 때 흘러내리지 않게 동여매거나 돌돌 말아 올려서 나무젓가락으로 꽂았다. 그 외에 다른 사람이 머리를 묶어 준 것은 처음이다. 그것도 남자가. 이런 것에 이토록 감동을 받다니 일매는 꿈을 꾸는 것만 같았다. 모든 행복의 처음은 준걸이 열어 주고 있었다.

불과 어제 있었던 일이다. 집에서 매를 맞고 쫓겨났고 주원을 저주했고 앞으로 살길이 막막했고 죽음과도 같은 공포와 외로움에 길을 잃고 고무같이 질긴 고통이 온몸을 휘감았는데 오늘은 모든 상황이 치환되었다.

신데렐라 동화책의 중간 페이지를 펼쳤더니 왕자님이 유리구두 대신 낡은 브래지어를 들고 나타난 것 같았다. 그동안의 설움을 보상해 주는 선물로 준걸이라는 왕자가 백마 대신 노란색 오픈카를 타고 오피스텔이라는 왕궁에서 금은보화 대신 지갑에 한도 없는 신용카드를 소지하고 현란한 솜씨로 오르가즘을 연주하기 위해 일매에게 날아온 것이다.

일매는 이게 꿈이라면 영원히 깨고 싶지 않았다. 이틀 만에 지옥과 천국을 오간 기분을 꿈 아니고서야 다르게 표현할 길이 없었다.

하지만 모든 동화책의 마지막 페이지는 '그 후로 신데렐라와 왕자는, 백설 공주와 왕자는, 콩쥐와 원님은, 인어 공주와 왕자는 영원히 행복하게 살았습니다' 해피엔딩으로 책을 덮게 되지만 그 동화책의 수많은 원작은 잔혹동화가 대부분이다. 인생의 마지막 페이지를 덮을 때까지 행복하게 살 수 있을까? 일매는 원작을 펼치고 싶지 않았다. 될 수 있는 한 영원히.

준걸과 일매는 여느 신혼부부처럼 달콤한 일상을 즐겼다. 아침에 일매가 차려 주는 건강한 식단으로 배를 채우고 출근할 땐 된장 냄새 가득한 입으로 키스를 나누며 준걸은 출근했고 일매는 학교를 갔다. 출근해서도 수시로 전화를 했고 일매는 수업 시간이라도 강의실 밖으로 나가서 준걸의 전화를 받았다. 퇴근 때는 시내에서 만나서 근사한 곳에서 식사를 하고 집으로 들어왔다.

준걸이 늘어난 셔츠를 버리려고 바구니에 던져 놓으면 일매는 어느샌가 빨아서 자신의 잠옷으로 입었다. 늘어진 목둘레에 쇄골이 걸려 있고 셔츠가 덮은 엉덩이는 움직일 때마다 팬티가 드러났다가 감췄지기도 했다. 여자가 남자의 옷을 입는 게 이리도 섹시하단 말인가? 이토록 섹시한 천사가 내 여자라니. 관계하지 않는 시간에도 발기는 사그라들지 않았다.

잠자리에 들 때는 서로 같은 방향으로 누워 일매는 준걸의 팔 위에 머리를 누이고 일매의 정수리를 준걸의 턱으로 감싼 채 오른손으로 일매의 가슴을 쥐었다. 일매의 발바닥은 준걸의 허벅지에 올리고 서로가 조금의 틈도 허락하지 않은 채 딱정벌레처럼 딱 붙어서 잠이 든 채로 아침을 맞이했다.

샤워를 할 때도 준걸은 일매를 갓난아기 다루듯 조심스레 씻어 주었다. 일매는 욕실 거울을 보며 생각했다. 준걸의 사랑스러운 눈빛에 조명을 받아 자신의 몸매와 얼굴이 얼마나 빛나 보이는지 어릴 적부터 착하단 얘기는 하도 들어서 넌덜머리가 났지만 단 한 번도 스스로가 예쁘다고 느낀 적이 없었다. 그런데 지금 일매는 거울 속의 자신을 보며 감탄을 하고 있었다. 청승맞아 보였던 쌍꺼풀 없는 큰 눈이 초롱하게 빛났고 아파 보였던 작고 하얀 얼굴에 붉은 입술이 앵두 같아 보였다. 작아서 볼품없다고 느꼈던 가슴은 단단하고 탄력 있어서 제법 만질 것도 있었고 가는 허리는 골반까지 굴곡을 이루며 멋지게 뻗어 있다는 사실도 준걸 덕분에 알게 되었다. 일매가 자아도취에 빠져 있을 때 준걸이 다가와 일매의 귀가 아닌 입술에 자신의 입을 맞추며 속삭였다. 준걸이 말할 때마다 일매의 입술도 같이 달싹였다.

"일매야, 경상도 남자가 이런 말 하는 거 쫌 쭈글시럽지만 니 와이래 이쁘노? 니 내 꺼 맞제? 나도 니 꺼 맞제? 사실은 내일 저녁 경양

식집에서 칼질하면서 고백할라 했는데 지금 말해야겠다. 우리 혼인 신고하자."

준걸은 일매의 입에 숨을 불어넣으며 쑥스러운 청혼을 했다. 일매는 뜨거운 키스로 답변을 하고 서로의 혀를 데우며 연주가 시작되었다.

일매 엄마는 아침부터 분기탱천하여 준걸 아버지의 신당으로 향했다. 그녀는 시농 성으로 돌진하는 잔 다르크처럼 높고 넓은 대문을 향해 소리쳤다. 마당을 쓸고 있던 준걸 어머니가 잔 다르크를 발견했다. 준걸 어머니는 성 문을 열고 그녀를 마당으로 들였다.

"사기꾼 점쟁이 나오라고 하이소. 어디다 숨겼으요?"

일매 엄마의 고함 소리에도 준걸 어머니는 조금도 놀라지 않았다. 태연한 모습에 놀란 건 오히려 일매 엄마였다.

"숨긴 적 없는데요. 지금 주무시고 계세요. 그런데 사기꾼이라고요? 댁의 딸이 시집을 못 가게 되었나 보네요. 그 의사한테?"

차분하게 말을 받는 준걸 어머니가 오히려 섬뜩하게 느껴진 그녀는 아까보다 더 흥분해서 막말을 쏟아냈다.

"알고야, 점쟁이 여편네도 다 알고 있는 거 보이 부부가 짜고 사기친 거 맞네."

"사기를 북돋워준 적은 있지만 사기를 친 적은 없는 듯한데요?"

침착하다 못해 싸늘한 준걸 어머니가 입가에 비웃음을 잔뜩 물었다.

"내가 갖은 정성 다 쏟고 시키는 거 다하고 그렇게 빌고 또 빌어서 그 집에서 장가를 보내기는 한다는데 그게 우리 딸이 아니고 다른 집 딸년하고 선봐서 결혼하게 됐다는데 이게 사기 아니면 뭐꼬? 죽도 쑤기 전에 개가 물어갔는데, 인제 우짜냐고?"

그녀는 쉬지 않고 따져 물었다.

"그래서 원하는 게 뭡니까?"

준걸 어머니는 여전히 냉정하게 말을 이어갔다.

"물리라. 내가 준 돈은 물론이고 그거 뭐드라? 아 맞다. 정신적인 피해 보상까지도."

일매 엄마는 상대가 겁을 집어먹을 때까지 손가락으로 칼부림하듯 힘차게 찌르고 빼고를 반복했다.

"정신적인 피해 보상이라? 네, 그러세요. 여기서 이란격석하지 말고 행동으로 실천해 보세요."

준걸 어머니는 모호한 웃음을 지어보였다.

"뭐라고? 이란뭔석? 그건 뭔 소리고?"

어리둥절한 표정이 그대로 들어났다.

"계란으로 바위 쳐 봐야 무슨 소용이 있겠어요? 정식으로 소송을 걸어 보세요."

준걸 어머니는 이상하리만치 침착했다.

"아니 동네 시끄러워지게 소송은 뭐 한다고 일을 그리 크게 만드노?"

스산한 기운이 그녀의 주변을 맴도는 것 같았다.

"각주구검이나 하면서 좌시하지 말고 몸보시도 공론화시키세요."

"이 여편네 좀 보소. 어려운 말 쓰면 무조건 유식해 보이는 줄 아나? 그라고 딴 건 몰라도 좌시는 내가 무슨 뜻인지 안다. 내가 지금 가만히 앉아서 지켜보고 있나? 상황에 맞지도 않는 문자 쓴다고 욕보네. 근데 뭐라고? 몸보시? 이 써글년이 남사시럽구로 몸보시는 와 입에 담노?"

일매 엄마가 준걸 어머니의 머리채를 잡으려 양손을 뻗었다. 준걸 어머니는 그녀의 양 손목을 잡은 채 매섭게 노려보았다.

"동네 시끄러워져야지 우리 보살님도 더 이상은 몸보시를 요구하지 않겠지요. 몸보시하라 했다고 유부녀가 점쟁이한테 가랑이 벌린 건 잘한 짓입니까? 보살님이 유부남인 줄 알고 하신 짓 아닙니까? 내가 마누라란 사실을 잊은 건 아니겠지요?"

이미 할 말을 잃고 눈만 동그랗게 뜬 채 난감해하는 그녀의 손목을 준걸 어머니는 내팽개치며 낮지만 강한 목소리로 말했다.

"그런데 그 몸보시라는 거 아줌마만 했을 거 같아요?"

일매 엄마는 오히려 많은 유부녀들과의 공범이 된 기분으로 그나마 자기 혼자 저지른 잘못이 아니라는 위로를 받았다.

"다른 신도들도 했겠지. 그게 진짜 그리해야 소원이 이뤄진다 케서 그런 거 아닙니꺼? 누가 좋아서 한 줄 아나?"

준걸 어머니는 그녀의 입 앞으로 바짝 다가와서 마주보고 입술이 닿지 않을 만큼의 거리를 유지하며 속삭이듯 말을 이어 갔다.

준걸이 귀가 아닌 입가에 대고 속삭이는 버릇은 어머니에게 물려받은 것이다. 사랑하는 사람에게는 귓가보다 더 달콤한 속삭임이 되겠지만 지금 상황은 서로의 입 냄새를 확인하는 불쾌하고 어색하기 짝이 없는 행동거지일 뿐이다.

"아줌마네 아저씨도 알고 있어요? 일매 아버지한테 허락은 받고 한 짓입니까?"

허둥대기 시작한 일매 엄마는 고개를 돌려 허공을 노려보았고 그녀의 시선을 따라 자리를 옮긴 준걸 어머니가 집요하게 시선을 붙들었다.

"아줌마 딸은 안 했을까요? 소송 걸어서 일을 키우든 혼자 와서 우리 보살님 멱살을 잡든 마음대로 하세요. 그래야 딸내미까지 한 짓이 소문나지 않겠습니까? 모녀가 쌍으로 가랑이 벌린 거에 대해 공론화시켜 봅시다."

다리에 힘이 풀려 그 자리에 주저앉은 일매 엄마는 식은땀이 주르륵 귓불을 타고 흘렀다. 참수형을 집행하러 온 망나니가 죄수를 포박하기도 전에 칼을 뺏겨 버린 심정이었다.

준걸 어머니는 수돗물을 조롱박에 받아서 그녀에게 내밀었다.

"이거 마시고 정신 차리세요. 집에 가서 잘 생각해 보고 다시 오세요. 그땐 나도 좌시하지 않고 내 남편하고 붙어먹은 두 모녀를 간통죄로 확 처넣어 버릴게요."

승리의 여신, 전투의 마스코트인 잔 다르크가 마녀사냥으로 화형당할 위기에 놓인 것이다.

"걸아, 먹고 싶은 거 없나? 뭐 좀 해 주꼬?"

수화기 너머로 다정한 어머니의 목소리가 들린다.

"어머니, 이제 안 오셔도 돼요. 반찬 안 해 주셔도 된다고요."

멋쩍어하는 준걸이 달뜬 목소리로 답했다.

"그게 무슨 소리고?"

"엄마, 사실은 저, 여자 친구 생겼어요."

"그거랑 반찬이랑 무슨 상관있는데? 여자 친구가 반찬도 해 주나?"

"그게 사실은요. 지금 오피스텔에서 같이 지내요."

준걸은 숨을 크게 한 번 쉬고 말했다.

"걸아, 그게 무슨…… 동거한단 말이가?"

어머니는 왼쪽 귀에 대고 있던 휴대폰을 오른쪽 귀로 옮겼다.

"네, 이해해 줄 수 있죠?"

"어떤 여잔데? 그 여자 집안선 여자가 외박하는데도 괜찮다 하나? 얌전한 애는 아닌 거 아니가?"

어머니는 역정은 감추고 호기심만 내비쳤다.

"어마마마, 걱정 마시옵소서. 착한 여자예요. 학교 후배고 사정이 있어서 집에서 나오게 됐는데 다음에 만나면 자세히 설명해 드릴게요. 저 믿으시죠? 엄마?"

"그래 나야 우리 걸이 믿지. 그런데 니가 순진해서 여자를 잘 몰라서 혹시나 해서……."

어머니는 평정심을 찾으려 애썼다.

"어머니 아들이 순진해 보여요? 엄만, 엄마 아들을 너무 모른다. 내가 얼마나 까다롭고 눈이 높은데 시시한 여자한테 빠지겠어요? 아무나 안 만나는 거 잘 아시면서."

"……."

"어머니, 조금만 기다려 주세요. 아파트 들어가면 그땐 여자 친구랑 결혼해서 울 엄마 모시고 살게요."

"그 정도로 생각하나?"

"그럼요. 다음에 소개시켜 드릴 테니 믿고 기다려 주세요."

전화를 끊은 어머니는 한참을 고민했다. '그래, 걸아 내가 우리 아들 안 믿으면 누굴 믿고 사노? 니 아니었음 벌써 접시 물에 코 박고 죽었지. 그래도 이건 너무 뜻밖이다. 아들아.' 준걸 어머니는 아들의 여자 친구를 뒷조사하려고 류 씨에게 전화를 하려다 수화기를 내려놓았다.

대학교 들어간 뒤로 준걸에게 관심을 보이는 여자들이 꽤 있었는데 준걸은 눈길조차 주지 않아서 혹시 남자구실을 못 하는 건 아닌가 걱정했던 기억이 떠올랐다. 군대 가기 전 잠깐 만났다던 여자 친구 사진을 본 적이 있었는데 텔런트 뺨치는 외모에 적잖이 놀랐었다. 잘난 아들답게 눈이 높아서 여자 친구가 없었던 사실을 확인하고 뿌듯해했었다. 그 기억을 꺼내고 보니 마음이 놓였다. '그래 그런 아들이 선택한 여자면 절대 실망시킬 아이는 아니겠지.' 준걸은 어머니를 살게 하는 지푸라기 같은 존재다. 그 지푸라기라도 잡고 있기 위해 아들을 믿어야만 버틸 수 있었다.

2003년 일매의 가족

"아빠, 누나 학교도 잘 다니고 있고 잘 지내고 있는 거 같았다."

"사준아, 자세히 얘기해 봐라. 누나 어디서 지내드노? 학비는 우찌

내고 있드노?"

사준은 아버지의 눈을 회피했다.

"아 몰라, 나도 누나랑 얘기한 건 아니고 그냥 학교 근처에서 기다리다가 몰래 따라가서 본건데."

"누구랑 지내드노? 갸가 친한 친구가 없을 긴데, 재워 주고 먹여 주고 하는 친구가 누고? 아니면 하숙하드나?"

아버지는 타는 속을 감추지 못하고 막내를 채근했다.

"오피스텔인가 원룸인가 암튼 좋아 보이는 건물로 들어가길래 깜짝 놀라서 기다려봤지. 근데 안 나오길래 다음 날 또 근처에 가서 기다리니까……."

아버지는 사준에게 좀 더 가까이 다가갔다.

"아 몰라, 그게……."

사준의 시선이 바닥으로 떨어졌다.

"누구랑 지내드노? 퍼뜩 말 안 하나? 인마."

"어떤 잘생긴 아저씨하고 나왔다가 또 같이 드가드라."

"뭐? 아저씨?"

다소 과장된 몸짓으로 놀라며 아버지가 방바닥에서 일어섰다.

그때 방문을 열고 들어오는 일매 엄마가 소리쳤다.

"내가 매야 년 찾지 말라켔지예. 그 년이 고세 남자 하나 꿰차서 살림 차린 거 내가 모르는 줄 아는교? 점쟁이가 말한 거 다 틀려도 그년이 화냥년인 건 사실이드만."

"엄마, 화냥년은 원래 환향녀란 뜻이고 그게 엄마가 생각하는 문란한 여자가 아니라니까. 내가 엄마 때문에 사전까지 찾아봤다."

사준은 목에 핏대를 세우고 대들었다.

"이 새끼가 점쟁이하고 똑같은 소리 하네. 저 방으로 퍼뜩 안 가나? 한 번만 더 일매 찾아다니면 니도 쫓겨난다. 막내라고 오냐오냐 했더니만 어디서 에미 말을 우습게 아노?"

일매 아버지가 아내를 원망 가득한 눈빛으로 쏘아보았다.

"가자미 눈깔 멘치로 해가 그리 째리 보면 내가 겁먹을 줄 아는교?"

눈을 쭉 찢으며 약 올리듯 고개를 흔들었다.

"당신, 알고 있었나? 일매 어떻게 지내는지, 놈팽이랑 같이 사는 게 사실이가?"

"나이도 많고 돈도 많아 보입디다. 학교 근처에서도 꽤 비싼 오피스텔에서 사는 거 보이."

"돈만 많으면 다가? 내가 가서 데꼬 올 기다."

아버지는 질색하며 언성을 높였다.

"뭐라고? 그년 찾으러 가는 순간, 당신도 쫓겨날 줄 아이소. 돈 많은 남자 만났으면 내보다는 나은 팔자네. 당신도 돈이 많았으면 내가 이렇게 고생하고 살굿나? 매야 년도 이런 집에서 화냥년 취급 받고 사느니 돈 많은 놈 물어서 팔자 피겠다는데 와 방해하노? 주원이랑 결혼한다고 쌩쇼한 것도 다 돈 보고 그란 거 아니가? 그 돼지 새끼가 진짜 좋아서 매야가, 아니 그년이 결혼한다고 설쳤겠나?"

"그만해라, 좀."

엄마의 길고 긴 폭언에 아버지는 깊고 무거운 탄식을 뱉어냈다.

"암튼 매야 년은 지 팔자가 그리 정해져서 그른가 집에서 쫓기나도 굶어죽기는커녕 남자 하나 잘 꼬시가 학교도 계속 다니고 잘 살고 있으니까 다신 찾지 마이소. 다시 이 집에 들라놓기만 해라. 내 새끼들 그년이 다 잡아먹을 년인데 절대 이 집엔 발을 들여놓게 해선 안 됩니더. 이미 버리도 열두 번은 더 버린 몸인데 받아주는 놈 있으니 다행이제. 써글 년."

"그럴 거면 데리고 와서 정식으로 결혼시켜 주자."

기가 꺾인 아버지는 사정하듯 말을 꺼냈다.

"집 나간 거 동네에 소문 다 퍼졌는데 그런 년을 데리고 와서 시집을 보낸다고?"

"일매가 나간 거가? 당신이 쫓아낸 거지."

아버지가 침울하게 대꾸했다.

"이러나 저러나 지가 기어 나간 건 맞잖아. 그라고 지금 사는 그놈이 결혼 생각 없이 잠시 데리고 사는 거면 우짤 건데? 괜히 결혼 애기 꺼냈다가 발목 잡히는 게 부담시러버서 일매만 쫓아내면 당신이 책임질 거가?"

엄마는 목청껏 소리를 질렀다.

"알았으니까 제발 좀 그만해라."

아버지는 목을 타고 올라온 역정을 누르며 서글프도록 절제된 목소리로 말했다. 애들이 태어난 후부터 시댁의 구박을 못난 남편의 탓으로 돌리며 화풀이했던 엄마는 '쥐꼬리 월급, 무능한 남편, 우리 형편에'를 입에 달고 살았다. 반평생을 그런 하소연이 귀에 박인 굳은살은 아버지의 설 자리를 점점 잃게 만들었다.

엄마는 방문을 쾅 소리 나게 닫고 부엌으로 가서 저녁상을 차렸다.

어린 시절부터 이현과 세현은 엄마의 영향을 받아 일매를 미워했고 사준은 아빠의 영향을 받았는지 늘 구박받는 누나를 안타까워했다. 이번에도 형들은 누나가 쫓겨났는데도 아무렇지 않게 일상생활을 이어 나가는 것에 골이 났다. 누나 같은 천사를 엄마와 형들은 왜 그렇게 구박하고 미워하는지 이해할 수가 없었다.

하지만 엄마에겐 뚜렷한 이유가 있었다. 할머니가 돌아가시기 전 이현이 몸이 약한 이유가 첫딸을 먼저 낳아서 그런 거라고 엄마를 구박했었다. 쌍둥이는 둘째가 모든 면에서 부족할 수밖에 없다는 근거 없는 이유를 들어 엄마를 탓했다. 첫째로 딸을 낳고 싶어서 낳은 것도 아닌데 시댁에서는 모든 걸 엄마의 잘못으로 돌렸다. 쌍둥이 중 둘째가 몸이 약하다는 시어머니의 트집에 대해 거론할 가치가 없다고 일축했었다.

"양정에 사는 영숙이네 쌍둥이는 첫째가 몸이 더 약하대요. 영도에 사는 쌍숙이랑 쌍연이는 둘 다 건강하대요."

엄마는 시어머니의 고착된 구박이 시작되면 항상 이런 식으로 반박했다. 하지만 엄마의 주장을 반증이라도 하듯 일매가 이현보다 모든 면에서 뛰어난 것이 늘 못마땅했었다.

한글도 일매가 먼저 익혔고 구구단도 일매가 먼저 외웠다. 일매의 통지표는 늘 올 수를 받았고 이현은 가끔 미도 있었다. 깡마른 몸에도 일매는 병치레를 하지 않았고 이현은 잦은 폐렴으로 병원 신세를 지게 됐다. 엄마는 건강하고 좋은 유전자는 일매가 다 빼앗아서 이현이 힘들게 성장해 왔다는 생각이 골수까지 박혀 있었다. 시댁에서 받은 설움을 그대로 일매에게 전가시킨 것이다.

엄마는 딸을 사랑스러운 눈빛으로 바라본 적이 없었다. 좋은 유전자를 차지한 대가를 보상받기 위해 장녀의 희생만을 강요했다.

2003년 첫인사

준걸 어머니는 분양 받은 아파트 입주 시기가 예상보다 앞당겨졌다는 핑계를 대며 준걸에게 여자 친구를 보여 달라고 아침 일찍 전화를 걸었다.

"네, 어머니. 그럼 이번 주말에 집으로 데리고 갈게요."

"아니, 밖에서 보자. 엄마가 맛있는 거 사 줄게."

"아버지는요?"

"내가 먼저 보자. 아버지 얘기는 아직 안 했제?"

"하지 말라고 해서 안 했지요. 근데 다 이해할 거예요. 진짜 착한 여자예요. 엄마도 천사를 데려왔네 하실 건데."

"결혼해서 엄마랑 같이 살 수 있겠다드나?"

"그람, 당근이지. 어머니 아버지 다 모시고 산다드라."

"주말에 시간이랑 장소 정해서 다시 전화 넣으께."

어머니는 전화를 끊고 속으로 되뇌었다. '너거 아버지는 같이 안 살기다. 여기서 자기 좋아하는 계집질이나 하면서 살라 하고 우리아들하고 며느리하고 엄마만 같이 살 거다. 너거 아버지하고는 곧 이혼

할 거다.'

어머니는 몇 년 전부터 류 씨를 고용해 남편의 사진을 찍어 두게 했다. 가끔 집 밖에서 신도들과 만나 불륜을 저지르는 남편의 증거를 수집하기 위해 사진이 필요했다. 신도들과 신당에서 몸보시를 한 후 특별히 속궁합이 잘 맞는다 싶으면 밖으로 유인해 제대로 밀회를 즐겼다. 간통죄를 위해 현장을 급습하는 순간도 필요했기에 류 씨는 남편의 동선을 완벽하게 꿰고 있었다.

남편의 개 같은 성욕에 환멸을 느꼈지만 이혼의 순간을 위해 모든 걸 감수했다. 이를테면 찌개에 남편이 수저를 휘저을 때면 다른 여자의 체액이 묻은 입에 들어갔던 수저를 찌개에 담구기 전에 자신의 국그릇에 먼저 담아 두었다. 빨래를 할 때도 신도들의 화장품이나 향수가 배인 옷가지들은 따로 세탁기에 돌렸다. 가끔 부부관계를 요구할 때도 아픈 척 연기를 하며 남편의 비위를 거스르지 않게 빠져나가곤 했다. 함께 외출할 때면 순종적인 연기를 위해 남편의 팔 안에 밀어 넣었던 자신의 손을 때수건으로 빡빡 문질러 씻었다. 사람과 얘기할 때는 입가에 대고 말하는 버릇도 남편에게만은 열외였다. 얼굴을 바라보는 것만으로도 곤욕이었다.

밖에서 여자를 만나기 위해 절뚝거리며 걸어가는 뒷모습을 볼 때면 온몸에서 창궐하고 있는 성병이 찰랑거리며 춤을 추는 듯했다. 벌레보다 소름끼치는 사람과 부부로 살아간다는 건 여간 힘든 일이 아니었다. 이혼할 때 자신이 원하는 조건을 제시하기 위해 뒷조사에 소홀함이 없는 류 씨에게 비싼 금액을 꾸준히 오랜 시간 지불하고 있었다.

준걸은 광안리 초담이라는 고급 한정식 식당에서 점심을 함께 하기로 했다. 제법 긴장한 티가 나는 일매의 손을 꼭 잡고 예약된 룸으로 들어갔다. 자리에 앉기도 전에 준걸 어머니가 문을 열었다. 일매는 오른손은 가슴에 대고 왼손은 정장치마를 아래로 쓸어내리며 깊이 머리를 숙였다. 엄마 또래만 보면 습관적으로 고착된 경직이 일매를 더욱 긴장되게 했다. 준걸 어머니가 먼저 자리에 앉았고 일매도 준걸과 함께 의자에 앉았다. 종업원이 컵에 물을 따라주며 입을 열었다.

"지금 바로 식사 준비할까요?"

"네."

준걸이 대답하자 어머니가 막아섰다.

"아니요. 조금 있다가요. 나중에 부를게요."

종업원이 나가자 준걸 어머니는 물잔을 든 손이 부들부들 떨려왔다.

"어머니가 더 긴장했어요? 우리 일매 이쁘죠?"

"……."

"엄마가 선보나? 왜 떠는데요? 자 우리 색시 소개합니다."

일매는 다시 의자에서 엉덩이를 떼며 고개를 숙였다.

"처음 뵙겠습니다. 박일매입니다."

어머니는 걷잡을 수 없이 떨고 있는 오른손을 왼손으로 잡았다. 이번엔 양손이 같이 떨렸다. 그녀는 두 손으로 양쪽 허벅지를 꽉 움켜쥐었다.

"니 내 본 적 없나?"

일매는 준걸의 눈을 한 번 쳐다보고 다시 준걸 어머니를 쳐다봤다. 무슨 말인지 전혀 모르는 눈치였다.

"니 내가 누군지 진짜 모르나?"

"죄송합니다. 어머님 저는 처음 뵙습니다. 혹시 저를 아세요?"

일매는 기억을 더듬어 보았다.

"엄마, 우리 일매 본 적 있어요? 혹시 탤런트 정하늘하고 헷갈리시나?"

"가만 있어 봐라, 니는."

아들의 눈을 무섭게 쏘아본 뒤 날카로운 눈빛으로 일매를 베고 있었다.

"동자보살 모르나?"

일매는 그제야 생각이 난 듯했다. 충격에 빠진 표정으로 무겁게 입을 열었다.

"혹시 그 보살님 옆에 계시던 아주머님이세요?"

일매의 턱이 미세하게 떨려왔다.

"내가 그 보살놈 마누라다."

어머니는 자리에서 일어서면서 한마디 던졌다.

"여자 보는 눈이 그리도 없나?"

매운 눈으로 한 번 더 쏘아보고는 룸 밖으로 나가 버렸다.

"어머니, 그게 무슨 말씀이세요?

이 상황이 당황스럽기만 한 준걸은 흥분기 가득한 어조로 목소리를 높였다.

일매는 가슴을 들썩이며 눈물을 흘렸고 자초지종을 준걸에게 설명했다.

"우리 처음 만난 날 선배한테도 얘기했잖아요. 나 결혼할 사람 있다고. 결혼하려던 남자가 있었는데 선배하고 외박하고 들어와서 집에서 쫓겨났고……."

일매의 눈에서 뜨거운 것이 밀려나오자 말문이 막혀 버렸다.

"그런데 우리 아버지를 어떻게 아는데?"

여전히 가늠할 수 없는 낯빛을 하고 물었다.

"우리 집안에서 그 사람하고 결혼시키려고 보살님한테 찾아가서 빌라고 했어요."

"그럼 니가 사귄 사람이 아니고 집안에서 억지로 결혼시키려고 한 거가?"

"억지로는 아니고 그 사람하고 결혼 얘기가 나와서 그리해야 하는 줄 알았지요."

"난 또 뭐라고? 별거 아니네. 우리 엄만 신경 쓰지 마라. 내가 다 알아서 할게."

준걸은 일매의 정수리를 자신의 가슴으로 당겨서 머릿결을 쓸어 주었다.

집에 와서 일매를 재워 놓고 준걸은 어머니에게 전화를 걸었다.

"어머니, 별거 아닌 걸로 그렇게 흥분하고 화를 내세요? 울 엄마답지 않게?"

"뭐가 별거가 아니고? 니 제대로 아는 거 맞나?"

"집안에서 결혼시키려고 억지 쓴 건데 그게 뭐가 어때서요? 일매는 내랑 결혼할 거고 이미 나하고 살고 있는데 그 집안은 신경 쓰지 마세요. 점보고 부적 쓰고 기도해서 원하는 결혼이 다 이뤄지면 세상에 결혼 못할 사람이 어딨어요? 다 인연은 따로 있는 법. 그 집안이 그런 걸 왜 우리 일매한테 뭐라 해요?"

"그년이, 아니 그 애가 뭐라드노? 그렇게만 얘기하드나? 아버지랑 무슨 짓 했는지 아무 말 안 하드나?"

"무슨 짓이라뇨? 점보고 부적 쓰고······."

"그것 말고 몸보시 얘긴 안 하드냐고?"

"뭐라고요? 몸보시요?"

"그래, 몸보시. 이 헛똑똑아."

"엄마가 니를 왜 집에 못 오게 하는지 이유는 알고 있었제?"

"아버지랑 신도들이랑 대충 그런 거 눈치는 챘죠."

"그래도 내가 왜 반대하는지 모르겠나?"

"혹시 일매 어머니도 그랬어요?"

"······."

"그건 그쪽 어머니 잘못이고 일매랑은 상관없으니 어머니도 무시하세요. 그 순진한 애가 그런 것까지 어떻게 알겠어요?"

"순진한 건 그 애가 아니라 바로 니다. 이 어리석은 녀석아, 그 애 엄마만 그런 게 아니라 그 애도 아버지하고 했다. 몸보시 핑계로 너거 아버지랑 했다고."

"······."

"당장 정리해라. 당장 오피스텔에서 그 불결한 물건 치우라고."

"······."

"내가 하기 전에 니가 해라."

　전화를 끊은 준걸은 한참을 멍하니 서서 자고 있는 일매를 바라보았다. 저 천사 같은 여자가 아버지랑 그럴 리가 없다. 어머니가 분명 뭔가 잘못 알고 있는 거다. 급히 주차장으로 가서 차에 올라탔지만 도저히 운전대를 잡을 수 없었다. 택시를 잡고 어머니에게 전화를 걸었다.

　"엄마 잠시 집 앞으로 나오세요. 저 지금 택시 탔어요."

　엄마는 동네 시끄러워질까 봐 준걸을 데리고 1층 작은 방으로 들어갔다.

　"그 애 내보냈나? 아니 자백하드나? 지가 한 짓을?"

　류 씨와 오랜 시간 남편의 뒷조사를 공모한 습관 탓에 고백이란 단어보다는 자백이란 단어가 더 익숙해졌다.

　"엄마, 그 전에 궁금한 게 있어서 왔어요. 엄마는 왜 그동안 가만히 계셨어요? 아버지가 신도들하고 그런 짓 할 때마다 왜 모른 척하고 2층에 올라가 계셨냐고요?"

　"빨리 그 애랑 정리해라."

　그걸 어떻게 알았냐고 묻고 싶었지만 질문은 한숨과 함께 삼켜 버리고 아들에게 자신의 말만 전했다.

　"어머니, 그 이유부터 말하세요. 왜 아버지가 그러는 걸 모른 체하셨냐고요?"

　준걸은 눈에 힘을 주었다.

　"그 이유를 알아야지 정리할 거가? 아님 정리 안 할 작정이가? 그런 불결한 애랑?"

"대답부터 하세요. 제발."

거칠어진 호흡과 분노한 눈이 점점 더 일그러지고 있었다.

"조용히 말해라. 2층에 들린다."

"이 방에선 소리 질러도 2층 안방에는 안 들려요. 옆집에서 들을
까 봐 그게 겁이 나는 거겠죠."

준걸의 눈이 젖어 들었다.

"그래 얘기할게. 너거 아버지는 어짜피 죽다가 살아난 사람이다.
죽음을 확인했던 순간 이 사람이 살아나기만 한다면 나는 내 영혼
도 팔 수 있다고 하느님한테 기도했다. 그런데 기적처럼 너거 아버지
가 살아났고 어이없게도 점쟁이가 된다는데 무얼 하든 내가 어찌 막
겠노? 살았으면 된 거지. 거기다 지긋지긋한 가난도 벗어났고 지금
은 니가 생각하는 것보다 훨씬 더 많은 재산을 모았다. 그런데 엄마
도 여자다. 엄마도 여자여서 너거 아버지가 다른 여자들하고 그 짓
거리 하는 건 못 견디겠드라. 그래서 이혼할라고 준비 중이었다. 니
하고 아파트 들어가기 전에 너거 아버지하고 깨끗하게 정리할라고
준비하고 있었다. 너거 아버지가 신당에서만 그 짓한 줄 아나? 평소
엔 절뚝거린다고 걷는 모습도 잘 안 보여 주고 굿도 피하던 양반이
밖으로 나가서 여자들 만날 땐 신나서 기어 나가드라. 흥신소에 사
람 붙여서 증거도 다 준비했고 변호사하고도 이미 얘기 끝났다. 이
혼 안 해 주면 간통으로 넣을 수도 있게 법적인 조치도 다 준비해 놓
은 상태다."

"엄마, 이렇게 무서운 사람이었나?"

준걸이 울음을 삼키며 물었다.

"니라면 어떻게 했을 거 같노? 나는 니를 키워야 하니까 돈이 필요했고 그래서 돈 잘 버는 남편의 외도를 계속 참아야 했고 이젠 더 이상 못 참아서 이혼하겠다는데 그게 뭐가 잘못이고? 오직 니 하나 때문에 견뎌 왔는데 그런 애랑 살림을 떡하니 차린 게 다 너거 아버지가 지은 죄를 니가 받는 거 같아서 혀 깨물고 죽고 싶은 심정이다. 당장 가서 그 애를 찢어 죽여도 시원찮은데 참고 있는 거 안 보이나? 도대체 니라면 어떻게 했을 거 같은데?"

어머니는 목소리를 낮추려고 애썼지만 결국은 울음을 토해냈다.

"엄마, 그런데, 일매가 그런 애가 아닌데 엄마가 일매 마음에 안 들어서 거짓말하는 거면 나도 이제 엄마 안 본다."

불끈 쥔 두 주먹 안에 분노를 가두며 말을 했다.

"그래, 어서 가서 물어봐라. 혹시 잡아떼면 너거 아버지 앞에 데꼬 와 봐라."

조금의 거짓도 없음을 확인시켜 주려는 듯 아들의 눈을 뚫어지게 응시했다.

준걸은 오피스텔 방향으로 걸을 수 있을 만큼 걸어갔다. 시계를 보니 새벽 3시를 넘어가고 있었다. 다리가 후들거려 택시를 잡았다.

여전히 새근거리며 잠을 자고 있는 일매를 물끄러미 바라보았다. 제발 엄마의 거짓말이길, 이 천사를 반대하는 마녀의 거짓말이길 바라며 일매를 깨웠다.

"어? 선배, 어디 다녀왔어요? 왜 옷을 입고 있어요?"

"일매야, 내가 뭐 하나 물어볼 테니 절대 아니라고 말해라. 니 울 아버지랑 잤나? 몸보신가 뭔가 그거 했나?"

"선배⋯⋯."

일매는 공포를 가득 채운 눈으로 바닥을 응시했다.

"절대 아니라고 말하라고 했제."

준걸의 눈에 살기가 들어차고 있었다.

"그게 아니고 어쩔 수 없었어요. 그건 내가 한 게 아니고 그러니까 내가 원한 게 아니라 그렇게 안 하면 안 되는 거라 했어요."

일매가 울음을 터뜨렸다.

"니 모지라나? 그게 말이 된다고 생각하나? 어떻게 그 짓을 하라고 해서 진짜로 할 수가 있는데?"

버럭 소리를 질렀다.

"어릴 때부터 남동생들하고 차별당하면서 식모처럼 자랐어요. 난 공부가 좋은데 공부도 못 하게 하고 동생 뒤치다꺼리만 하다가 돈 많은 늙은 남자한테 시집보낸다는데 그런 집에서 벗어나려면 뭐라도 해야 했어요. 그래서 시키는 대로 한 거지 나는 잘못한 거 없어요."

변명이든 설명이든 말을 하면 할수록 깊은 절망 속으로 빠져드는 기분이었다.

"내가 처음이라면서? 그것도 거짓말이었나?"

매서운 눈빛으로 일매의 시선을 더듬으며 낮게 물었다.

"처음 맞아요. 선배님이 제 첫사랑이고 처음 사랑을 나눈 사람 맞아요."

일매는 기도하듯 두 손을 모았다.

"그럼 아버지는 뭔데?"

"그건 몸보시라면서요? 그건 신한테 바치는 거지 성관계가 아니라고요."

"그럼 그 결혼하기로 했다는 남자는? 그 남자랑은 안 잤나?"

"그건 성폭력이었지 성관계가 아니었어요. 내가 진심으로 나의 모든 걸 준 남자는, 나의 처음을 함께한 남자는 선배가 처음이에요."

"잠옷 벗어라."

"네?"

"외출복으로 갈아입으라고."

준걸은 옷장 문을 거칠게 열었고 여행 가방을 꺼내서 잡아 찢듯이 열어 젖혔다. 일매 옷을 손에 잡히는 대로 구겨 넣었고 가방 안이 대충 채워지자 지퍼를 올렸고 반 정도 올라왔을 때 지퍼 끝에 옷가지가 걸렸다. 그 상태로 가방과 카드 한 장을 일매의 손에 쥐어주며 입안에 울음을 가둔 채 힘들게 입을 열었다.

"체크카드다. 안에 300만 원 정도 들어 있을 거야. 이걸로 니 갈 곳 생길 때까지 쓰고 다 쓰고 나면 카드는 그냥 버리라."

준걸은 가방부터 문 앞에 던져놓고 그녀를 밖으로 내보냈다. 문이 쾅 하고 닫히자 일매의 심장이 바닥으로 떨어져 데굴데굴 구르는 듯했다. 여자의 과거 앞에서는 사랑의 언약도 미래에 대한 계획도 어떠한 맹세도 무용지물이었다.

일매는 또 쫓겨났다. 이번엔 새벽 다섯 시에 자다가 쫓겨났다. 가방을 질질 끌고 무작정 걷다 보니 학교 앞 번화가 쪽에서 발걸음이 멈췄다. 거리는 군데군데 깨진 병조각과 토사물이 있었다. 술에 취해 전봇대 앞에 쪼그리고 구토를 하는 친구의 등을 두들기는 소리, 젊은 여자의 새된 비명 소리, 다정하게 끌어안고 옆으로 걷는 연인의 웃음소리, 그 모든 새벽의 소리를 들으며 일매는 눈앞에 보이는 혜원 고시원으로 들어섰다.

고시원 총무는 통유리로 되어 있는 사무실 간이침대에서 새우잠을 자고 있었다. 복도에 생뚱맞게 놓여 있는 낡고 허름한 일인용 소파에 일매는 웅크리고 앉았다. 미동도 없이 멍하니 바닥만 쳐다보았다. 그러고 있으니 소파에 아무렇게나 던져진 바비 인형 같았다.

말을 하면 울음이 터질 것 같아 프런트 창문에 노크도 못하고 창문 사이로 보이는 사무실의 총무를 깨우지도 못했다. 그러다 설핏 잠이 든 것 같았는데 슬리퍼 끄는 소리가 일매를 깨웠다.

"아가씨가 여기서 왜 자고 있어요? 학생이에요?"

"방 있어요?"

핏발 선 눈에 졸음기를 걷어낸 채 일매가 물었다.

"'와, 겁나 이쁘다' 지금 빈방 딱 하나 있는데 어떻게 알고 왔지? 텔레파시가 통했네."

열흘짜리 수염이 거뭇거뭇한 고시원 총무는 일매의 가방을 들고 빈 방으로 안내했다. 일매는 주머니에서 준걸이 챙겨 준 카드를 꺼내서 이십만 원을 결제하고 방으로 들어갔다.

일인용 침대라고 하기에도 너무 좁은 침대와 홈집이 많은 작은 책상, 그 위로 밥통만큼 작은 TV는 먼지를 뒤집어 쓴 채 화면만 손으로 닦은 자국이 있었다. 벽 군데군데 못이 박혀 있고 녹이 슨 옷걸이가 다섯 개쯤 걸려 있었다. 뽁뽁이를 테이프로 덕지덕지 붙여 놓은 창문은 열리지는 않고 낮인지 밤인지만 구분될 정도의 빛이 간신히 들어왔다. 감옥, 그것도 독방에 갇히면 이런 기분이 들까? 산 채로 관 안에 들어가 뚜껑을 닫으면 이런 기분이 들까? 적당한 비유를 찾지 못한 채 작은 방은 암흑과도 같았고 자신의 미래는 끝없는 블랙홀 속으로 빠져드는 기분에 심장이 쿵 소리를 내며 바닥까지 곤두박질치고 있었다.

일매는 스프링이 제 멋대로 울퉁불퉁 덜컹거리는 침대에 걸터앉았다. 절망덩어리가 덩치를 키우며 작은 방을 가득 메우고 있었다. 각 방은 두꺼운 마분지로 막아 놓은 듯 옆방에서 희미하게 코고는 소리가 들려 왔다. 참아 왔던 눈물을 숨죽여 쏟아내기 시작했다. 자신의 우는 소리가 옆방에 들릴까 봐 오른손 엄지와 검지로 울대를 꼬집듯이 누르며 울음소리를 삼켰다.

왼손으로 급히 가방을 열어 보았다. 준걸이 일매 생일날 캐시미어 롱코트와 함께 선물했던 스카프가 눈에 들어왔다. 스카프만 쭉 빼내어 눈물과 콧물이 범벅된 얼굴을 틀어막았다. 스카프에서 준걸의 체취가 느껴졌다. 일매는 서둘러 가방을 열어 젖혔다. 가방을 채운 옷들 중에 준걸의 물건이 있는지 확인하기 위해 손에 잡히는 데로 꺼내었다. 안주머니까지 확인했지만 그의 물건이나 옷 따윈 없었다.

그렇게 한참을 소리 없이 울었더니 목구멍이 조여드는 것 같았다. 일매는 자신을 괴롭히는 두 가지 존재에 대해 생각했다. 쌍둥이로 태어날 때 자신이 먼저 나왔기 때문에 엄마의 좋은 영양분은 남동생의 몫까지 모두 빼앗아 태어난 거라고 엄마의 저주를 한 몸에 받으며 자랐던 유년 시절, 그런 엄마와는 인연을 끊으면서 저주도 끝을 낼 수 있었다.

그런데 준걸은 세상이 얼마나 아름다운지 자신이 얼마나 사랑스러운지 이 세상 행복을 모두 끌어다 자신의 품에 안겨주고는 가장 달콤한 시간에 소멸시켜 버렸다. 차라리 그 달콤함을 몰랐다면 이렇게 허무하진 않았을 텐데 자신을 괴롭히던 엄마보다 사랑을 가르쳐 준 준걸의 부재가 더 잔인하게 느껴졌다. 일매는 태어나서 처음으로 느꼈다. 소리 없는 오열이 심장에 칼로 긋는 통증을 남긴다는 걸. 욱신거리는 심장을 손으로 꺼내 붕대로 감아 주고 싶었다. 자신의 작은 가슴과 유두가 손바닥에 느껴지자 준걸의 손길이 그리웠다. 누워서 천장을 바라보니 준걸 얼굴이 가득 차 있었다. '내가 뭘 잘못했는데?' 일매는 울다 지쳐 잠 속으로 빠져들었다.

무의식이 의식을 삼키는 시간만큼이라도 통증이 멈추길 바랐는데 악몽이 바통을 넘겨받아 괴로움은 연결되었다. 이래서 자살이라는 걸 선택하나 보다. 남을 죽이려는 자는 말릴 수 있어도 자신을 죽이려는 자는 막을 수 없다는데 일매는 자신을 향한 죽음의 칼날을 빼들고 싶었다. 하지만 소심한 여자에게 죽음이란 단어는 그저 가슴에 끌어안고 살아가야 할 고통 중의 하나일 뿐 생각이 실현을 어디까지 끌고 갈지는 알 수 없었다.

2003년 신당

폭풍 예보가 있고 비바람이 몰아치는 날 준걸 아버지는 신당 문을 닫고 손님을 받지 않았다. 2층 안방에서 거실 청소를 하고 있는 아내에게 말했다.

"걸이는 요새 뭐 하노? 와 코빼기도 안 보이노?"

헛기침과 함께 말을 했다.

"케이크 넣을 자리가 좁아서 냉장고를 하나 더 들여놓을까 싶은데요."

주제를 다른 데로 돌리는 게 가장 좋은 대답이라 생각했다.

"걸이는 요새 뭐 하냐고? 니 귓구멍 막혔나?"

아내를 아래위로 훑으며 노려보았다.

"점사 보는 걸 애가 봐서 좋을 게 뭐가 있어요? 내가 못 오게 했어요."

"어릴 때도 아무렇지도 않은 놈인데 다 커서 못 볼 게 뭐가 있노? 집에 오라 케라. 오늘 쉬는 날인데 아들 얼굴이나 보자."

준걸 아버지는 어차피 아내 말을 듣지 않을 작정이었다.

"제발요."

준걸 어머니는 욱하고 올라온 마음의 소리를 밖으로 내뱉었다.

"뭐가 제발이고?"

눈에 힘을 주고 아내의 말을 받았다.

"걸이 아버지, 신당에서 신도들하고 붙어먹는 거 걸이가 눈치챌까봐 못 오게 하는 겁니다."

준걸 어머니는 입술을 한 번 깨문 뒤에 나직하게 말했다.

"뭐? 붙어먹는다고? 니 지금까지 그렇게 생각했나?"

버럭 화를 낸 건 남편 쪽이다.

"몸보시도 신의 뜻이라는 거 압니다. 그래도 걸이 눈에는 안 좋게 보일까 봐 그라지요. 그러니 이제는 집에서, 신당에서는 그라지 마세요."

그녀는 아차 하고 실수를 주워 담는 심정으로 다시 미소를 찾으려 애썼다.

"걸이 집 어디고? 그람 내가 가서 우리 아들 보면 되겠네."

"다음에요. 조금 더 기다리세요. 나중에 큰 집으로 이사 가면 같이 가 보입시다."

그녀는 비밀에 부쳐 왔던 아파트 분양 사실을 자신도 모르게 털어 놓고 말았다.

"니 요새 바쁘드만 집 사고 돌아 댕깄나?"

역시 돈 때문에 자신이 무슨 짓을 해도 다 참고 사는 속물 같은 마누라라고 비웃음을 흘리며 그는 야비하게 말을 꺼냈다.

"그럼요, 다 준비하고 있었지요."

"이왕이면 부산에서 제일 비싼 집으로 사라. 정원이 엄청 넓은 집을 사서 수영장도 만들자."

준걸 아버지의 흰자위가 자만으로 번들거렸다.

'미친놈, 수영장 같은 소리하고 있네. 몸보시가 신의 뜻이면 니 목숨은 내 손에 있다. 멍청한 동자야.' 그녀는 준걸 방으로 들어가서 문을 닫았다.

준걸 아버지는 새로 맞춘 한복으로 갈아입고 지팡이와 우산을 들고 1층으로 내려갔다. 그리고 대문을 열고 절뚝거리며 사라지는 모습을 그녀는 준걸의 방 창문에서 내다보고 있었다.

남편이 외출한 지 2시간 정도 지나자 그녀는 2층 거실에 그가 좋아하는 야쿠르트 막걸리를 준비하고 돈가스를 안주 삼아 술상을 차려 놓았다.

2층으로 올라온 남편은 술상을 보고 흐뭇해했다. '그래, 돈 쓸어 담아 주는 남편한테 감히 입을 드럽게 놀렸으니 미안하기도 하겠지. 알아서 술상을 다 봐 놨네. 내 없어 봐라. 지가 어떻게 지금처럼 떵떵거리면서 살겠노.'

"한 잔 받으세요."

그녀는 다정한 눈빛을 장착하고 애교스러운 손짓을 연기하며 주전자를 들었다.

"급하나? 옷도 안 갈아입었는데."

남편은 말은 그렇게 뱉었으나 이미 잔을 들어 주전자로 가져갔다.

"돈가스가 식으면 맛이 없어서 그러죠."

준걸 아버지는 시원하게 막걸리 잔을 비우고 돈가스를 게걸스럽게 입 안으로 쑤셔 넣었다. 아내가 한 잔을 더 따라 주자 칭찬한단 뜻으로 그녀의 다리를 쓰다듬었다. 다른 여자와 뒹굴다 들어와서 씻지도 않은 손으로 자신의 다리를 만지자 바지 안으로 소름이 돋았다.

남편이 죽었다가 살아나기 전에는 듬직하고 존경받는 착실한 가장이었다. 마치 지금의 준걸처럼 진지하고 믿음직스러웠다. 그랬던 사람이 죽음의 문턱에서 방향을 틀었다고 해서 저렇게 느물거리는 구렁이처럼 변한 게 그녀는 마뜩치 않았다. 그래도 아들만 바라보며 어떻게든 참아 보려 노력했지만 인내의 한계에 도달하자 이혼을 결심하게 되었다. 그런데 남편이 건드린 여자를 아들이 결혼하겠다고 데려온 것이 신의 저주로만 느껴졌다. 남편이 지은 죄를 아들이 과보로 받는다는 게 도저히 용납되지 않았다. 이혼만으로는 해결할 수 없었다.

그녀는 주전자의 술이 다 떨어졌다며 1층 냉장고에 술이 있다고 말한 뒤 2층에서 내려왔다. 그리고 1층에서 남편을 불렀다.

"1층에 누가 왔는데 좀 내려와 보세요."

"누가 왔는데?"

남편은 흥미로운 목소리로 물었다.

"모르겠어요. 여자분인데 당신한테 할 말이 있다는데요. 2층으로 올라오라 할까요?"

당연히 1층으로 내려올 거란 생각에 그녀는 빠르게 2층으로 올라갔다.

"어데? 신도를 2층으로 안 올리는 건 니 철칙 아니가? 내가 내리가께. 니는 고마 2층에 있어라."

죽다 살아난 뒤로는 '준걸 엄마'라는 호칭이 '니'라는 호칭으로 바뀌었다. 아내를 부를 땐 '니 뭐하노?'라고 불렀다. 그녀는 그조차도 자신을 하대하는 것 같아서 '니'라는 소리가 나오기 전에 알아서 원하는 걸 다 들어주었다.

2층 현관문을 열고 나가는 남편의 뒷모습에 침을 뱉고 싶은 심정으로 속삭였다. '니라는 소리 이제 그만 들어도 되겠나?' 계단까지 우산을 씌워 주며 그녀는 나직하게 말했다.

"조심해서 내려가세요."

"알았다. 우산 도."

그녀는 오른손으로 우산을 건네주며 남편의 지팡이를 왼손으로 뺏다시피 낚아챘고 오른발로 남편의 오른쪽 발목을 걸었다. 준걸 아버지는 가파른 계단에서 어떻게든 중심을 잡으려 노력했지만 엄지발가락 하나의 상실감은 그에게 중심을 잡도록 허락하지 않았다. 남편은 외마디 비명도 지르지 못하고 1층으로 굴렀다. 그녀는 가파른 계단 난간을 붙잡고 1층에 있는 장독대와 구르고 있는 남편을 번갈아 응시했다.

며칠 전 옥상에 있던 간장, 된장을 담근 큰 항아리 두개를 1층으로 옮겨놓았다. 남편이 계단을 오르내릴 때 걸리적거린다고 빨리 치우라고 잔소리했던 장독들이다. 일부러 내려놓고 어디에서 부딪혀야 치명적인지 추락의 충격보다 충돌의 충격이 더 크도록 치밀하게 계획을 짜 둔 상태다. 혹시나 누군가 본 사람이 있을까 싶어 놀란 토끼 눈으로 어쩔 줄 몰라 하는 연기도 연습했었다. 실전은 연습보다 더 잘되었다. 거기다 1층으로 내려갈 땐 벌벌 떠는 연기도 완벽하게 소화해냈다. 예상대로, 아니 계획대로 장독대에 심하게 부딪쳐 뚜껑에 금이 가면서 머리에선 피가 흐르고 허리는 뒤로 45도쯤 꺾여서 의식을 잃고 쓰러져 있었다.

그 옛날 발가락 하나를 잃었을 땐 하늘이 무너지듯 슬퍼하며 그녀가 남편의 발가락이 되어서 평생 보필하겠노라 다짐했었다. 그런 발가락에게 지금은 고맙다고 절이라도 하고 싶은 심정으로 서둘러 1층 현관문을 당기며 거실로 들어섰다. 철저히 계산된 살인 계획에 죄책감 따위 없었다. 남편의 목숨은 식어 버린 돈가스보다 아쉬울 게 없었고 깨진 장독대보다 아깝지 않았다. 이대로라면 경찰관이나 의사 앞에서 실어증 걸린 아내의 연기도 훌륭히 해낼 자신이 생겼다.

그녀는 천천히 수화기를 들었다가 다시 내려놓았다. 시계를 보며 10분 정도를 흘려보낸 뒤 섬뜩한 미소를 흘리며 다시 수화기를 들었다. 119.

2004년 일매와 민수

일매는 학교를 휴학했고 고시원 생활은 6개월로 접어들었다. 숨막히는 단체 생활에도 나름 적응했고 여러 가지 불편한 환경에서도 안정을 되찾아갔다. 백설 공주의 고통은 조금씩 줄어들었고 그 고통이 줄어든 데는 그만한 이유가 있었다. 백마 탄 왕자는 아니지만 일곱 난장이가 있다면 그중 가장 든든한 난장이었을 고시원 총무라는 민수가 일매를 지켜주고 있었다.

고시원비를 해결했던 준걸의 카드에 남아 있던 생명이 소멸할 즈음 가뜩 말라서 작아진 일매의 얼굴도 소멸할 정도로 조막만 해졌다. 늘씬한 키에 조막만 한 얼굴에 투명하게 빛나는 피부. 고시원 사람들은 한 번씩 일매의 방 앞에 멈춰서 마치 일매와 마주보듯 한참을 서성이다 각자의 방으로 돌아가곤 했다. 그럴 때마다 민수는 사무실에서 바짝 긴장한 채 일매의 방문에 자물쇠를 채우듯 매섭게 노려보았다.

일매가 7개월로 접어들 때부터 민수는 총무의 권한으로 일매의 고시원비를 받지 않았다. 고시원 주인이 수에 어둡기 때문에 눈속임이 가능한 거라고 일매를 안심시켰다. 그녀를 좋아하는 민수의 눈물겨운 고군분투였다.

민수는 일매보다 일찍 일어나서 샤워를 하고 면도도 빼먹지 않았으며 일매가 일어나기를 기다리고 있었다. 일매는 아침에 눈을 뜨면 잠옷 차림으로 방문을 열고 나왔고 민수가 챙겨 준 수건과 세면도구를 받아들고 욕실로 걸어갔다. 남녀 구분 없이 사용하기 때문에 민수가 욕실 앞에서 보초를 서는 걸로 두 사람의 하루가 시작되었다.

식당에는 고시원 사람들이 모여 각자의 일별을 회피하며 어두운 표정으로 식사를 했고 그 틈에 일매를 앉히기 싫었던 민수는 일매의 방으로 쟁반을 가져다주었다. 쟁반 위에는 신라면 컵라면과 부산우유가 있기도 했고 소라빵과 트로피컬 주스가 놓여 있기도 했다. 가끔 덜 익힌 햇반과 미니 김치도 먹을 수 있었다.

어쨌든 민수 덕에 일매는 고시원 생활 5개월부터 시작한 아르바이트를 아침 식사를 한 후에 갈 수 있었고 돈도 조금씩 모을 수 있었다. 여중생의 월 30만 원짜리 수학 과외를 과 선배에게 소개받아서 하나 했고 6학년 애들 네 명을 모아 그룹 영어 과외를 했는데 일인당 7만 원씩 받았다. 민수의 어린 시절 친구가 소개해 주었는데 일명 돌대가리 조카와 그의 부서진 조각상들을 모아 줄 테니 사람 만들어 달라는 주문이었다. 일매는 세현과 사준을 가르쳐 봐서 머리 나쁘고 공부에 뜻이 없는 애들을 잘 다룬다. 조금씩 성적이 오르자 부모들도 일매를 좋아했고 곧 1만 원씩 더 올려 준다고 했다.

일매는 영어 과외를 마치고 고시원으로 돌아오던 길에 문득 아빠와 사준이 보고 싶어졌다. 엄마와 이현과 세현은 똑같은 부류로 자신을 싫어한 걸 알지만 아빠와 사준은 달랐다. 엄마의 구박 뒤 아빠의 따스한 위로로 버틸 수 있었고 사준은 자신이 엄마에게 부당한 대우를 당할 때마다 대차게 엄마에게 덤비다 한 대 쥐어 박히곤 했다. 그런 그들이 왜 자신을 찾지 않는지 일매는 야속한 마음이 들어 집으로 가기 위해 지하철을 탔다.

지하철에서 내려 집으로 가려면 어쩔 수 없이 정관욱 외과를 지나쳐야 한다. 일매는 정관욱 외과 건너편에서 멍하니 병원을 바라보고 있었다. 아빠가 퇴근할 시간이라 집으로 가지 않고 아빠를 만날 수 있다고 생각했다. 40분쯤 기다리자 아빠가 병원 문을 밀고 나오는 모습을 보고 반가운 마음에 일매는 소리 없는 비명을 질렀다. 집으로 향하는 아빠의 시선을 뺏으려 두 손을 높이 들고 흔들기 시작했다. 그런데 이내 손을 내리고 말았다. 아빠의 표정은 더 없이 평화롭고 안정된 모습이었다.

자신이 엄마에게 야단맞을 때도 심부름을 하다 다쳤을 때도 아빤 언제나 자상하게 미소 지으며 보듬어 주시던 분이었다. 그런데 지금 딸이 오랜 시간 안 나타나고 있는데도 찾아 나설 생각도 하지 않고 여전히 저렇게 평화로운 삶을 살고 있다는 것에 크게 충격을 받았다. 어쩌면 사준도 누나의 존재는 까마득히 잊고 잘 지내는 모습을 보게 될까 봐 두려운 생각이 밀려왔다. 사준을 찾아가는 것은 포기해 버렸다.

일매가 심리학과를 선택한 이유도 엄마 때문이었다. 진심으로 엄마를 이해하고 싶었고 엄마와 더불어 자신을 미워하는 이현과 세현을 감싸 안고 싶은 마음에서였다. 그런데 심리를 그렇게 공부하고 열심히 파고들었음에도 지금의 아빠 표정은 결코 이해할 수가 없었다.

김인혜 교수의 자살심리론 시간에 배운 공범과 방관이란 단어가 떠올랐다. '따돌림을 당하는 아이가 자살을 하면 선생님은 공범자인가 방관자인가'에 대한 주제로 리포트를 쓴 적이 있는데 일매는 공범자 쪽에 크게 무게를 실어 리포트를 마친 기억이 있다. 엄마보다 더 비정하게 느껴지는 아빠는 방관자가 아닌 공범자였다. 배신감이 가슴을 훑고 빠르게 미끄러져서 뱃속을 뒤집어 놓았다.

일매는 서둘러 고시원 쪽으로 걸음을 옮겼다. 고시원으로 들어갈 땐 늘 비참한 기분도 함께 발을 들여놓았는데 지금은 돌아갈 집이 있다는 것에 고마움을 느꼈다.

고시원 입구에서 민수가 손을 흔들고 있었다.

"가스나, 왜 이렇게 늦었노?"

민수는 초조해하는 기색이 역력했다.

"아, 민수 오빠."

일매는 평소보다 더 민수가 반가웠다.

"난 또 언 놈이 잡아 간 줄 알았네."

누군가 자신을 기다리고 있다는 것에 새삼 행복해진 일매는 민수를 향해 가볍게 뛰어갔다.

"오빠, 저 오늘 알바비 받았어요. 제가 고기 사 줄게요."

"싫다. 문디야, 니가 어떻게 번 돈인데 그걸로 고기를 사노?"

싫다고 말하는 민수의 입가에 환한 미소가 걸렸다.

"아니요, 오빠 덕에 고시원비도 안 내는데 그 정도는 사야죠."

민수와 일매는 지하철을 타고 동래역에 내려서 솥뚜껑 오겹살 집으로 들어섰다. 민수는 고기를 구워서 일매의 접시에 올려 주었고 일매도 오랜만에 먹는 고기에 기분이 좋아졌다. 그녀가 고기를 한 점 들어올렸다.

"오빠, 아 해 보세요."

얼굴이 달아오른 민수가 고개를 내밀자 고기가 소금 접시로 떨어졌다. 민수는 손으로 집어서 얼른 입 안으로 넣었다.

"어머, 안 짜요?"

"개안타. 남자의 똥 자존심에 이 정도는 설탕이다."

뱉은 말과는 다르게 미간에 잔뜩 힘을 주고 상추와 깻잎을 입안으로 구겨 넣고 소주도 털어 넣었다. 그는 일매의 잔에도 소주를 부어 주었다.

"일매야. 건배할까?"

"오빠, 저 술 못 마셔요."

일매는 손사레를 쳤다.

"그렇게 보인다. 그럼 입만 대라."

민수는 혼자서 소주 반병을 급하게 비워 냈다.

일매도 소주 반잔을 마셨다.

"이건 정말 적응 안 돼요. 무슨 석유 마시는 기분이에요."

어린 아이가 레몬을 먹었을 때처럼 가식 없이 일그러지는 일매의 얼굴을 보자 민수는 활짝 웃었다.

"일매야, 니 겁나 귀엽다. 석유는 마서 봤나? 그래 석유라고 치자. 그런데 사람도 이 석유가 들어가야 고통도 무뎌지고 인생도 잘 굴러 간다."

말이 끝나자 민수는 쪽 소리를 내며 한입에 털어 넣었다.

"그럼 저도 이걸 마셔야 잘 굴러갈까요?"

일매는 남아 있는 반잔을 비워냈다.

"니 잘 마시네?"

"그런가요? 이제 잘 굴러가겠네요?"

"일매야, 그냥 말 까면 안 되겠나? 존댓말 겁나 섭섭하다."

"정말요? 아니 진짜 그래도 되나요?"

"그래 오빠야 해 봐라."

"오빠야."

"아, 좋다. 니 근데 그거 아나? 서울 남자들이 부산 가스나가 '오빠야' 하고 부르면 혼빵 간다드라. 그래가 부산 가스나들이 서울 남자 꼬실라고 '오빠야, 오빠야' 함씨롱 꼬셨는데 서울 남자가 뭐라 켔는지 아나?"

일매는 말없이 고개만 가로저었다.

"그냥 부산 여자 말고 이쁜 부산 여자가 부르는 '오빠야'가 듣고 싶어."

민수는 혼자 말하고 혼자서 자지러졌다. 일매는 어디서 웃어야 하는지를 몰라서 멀뚱거리다 고기를 집어 먹었다.

"근데 오빠야는 내가 진짜 좋아요? 아니, 진짜 좋나?"

"그럼, 겁나 좋다."

민수는 흐뭇한 표정으로 고기를 씹었다.

"나 같은 게 왜 좋은데?"

"가스나, 뭐라 카노? 그럼 니 같은 게 안 좋으면 누구 같은 걸 좋아 하노?"

입만 열면 무식이 튀어나오는 민수의 말투가 처음엔 불편했지만 말투가 거친 사람은 가슴속에 분노가 많아서 그렇다는 걸 알기에 충분히 이해할 수 있었다. 그리고 그런 말투에서도 자신을 아끼는 게 느껴져 신기하고 고마웠다.

민수는 소주 두 병 반을 마셔댔고 일매는 두 잔을 비웠다. 일매는 이미 필름이 끊어진 상태다.

민수는 고시원 책상 위에 '잠시 자리 비움'이라는 메모를 남기고 주인아저씨의 허락도 받지 않은 채 몰래 나온 것이었다. 고시원에 들른 아저씨가 총무에게 계속 전화를 했지만 민수는 무음으로 돌리고 일매와 처음 하는 데이트에 방해가 될 요소들은 미리 차단했다. 내일 세상이 끝난다 해도 고기 먹자는 일매의 제안을 거절, 아니 거역할 수가 없었다.

일매는 소주 두 잔에 이미 정신이 혼미했지만 민수는 필름이 끊어진 거라고는 예감조차 못한 채 그녀와 손을 잡고 동래의 밤거리를 거닐었다. 번화가를 벗어나 후미진 골목으로 들어가니 모텔 간판들이 쏟아져 나왔다. 민수는 오랜 시간 기다려왔고 꿈꾸어 왔다.

"일매야, 오늘 함 도."

초점을 잃은 일매의 눈은 배시시 웃고 있었다. 긍정으로 받아들인 민수는 일매의 손을 잡고 모텔 골목으로 들어섰다. 외관이 낙후되어 가장 저렴해 보이는 궁전모텔이 눈에 들어왔다. 급히 계산을 하고 룸키와 칫솔과 콘돔을 받아 들고 급하게 방으로 들어섰다.

방문을 잠그자마자 민수는 일매를 침대에 눕히고 작은 얼굴을 집어삼킬 듯 혀로 핥았다. 일매는 멍하니 누워서 민수의 행동을 다 받아내고 있었다. 민수의 혀가 일매의 혀를 강하게 빨아들이자 일매는 갑자기 호흡을 멈추었다. 곧이어 날숨과 함께 구토가 쏟아져 나왔다.

당황한 민수는 일매의 옷에 묻은 토사물을 닦기 위해서 옷을 벗기고 수건으로 자국들을 지워 주었다. 소주 두 잔에 거의 실신한 일매에게 민수가 물었다.

"일매야, 니 진짜 술 못 마시나?"

"네, 오늘이 제일 많이 마신 거예요."

일매는 희미한 초점으로 민수의 동공을 찾으려 애썼다.

"내가 미친놈이지. 천사한테 술을 먹이다니."

일매의 옷을 벗긴 후 욕실로 데려가서 목욕을 시켜 주었다. 수건으로 물기를 닦아준 뒤 벽에 걸려 있던 가운을 입히고 번쩍 들어서 침대에 눕혔다. 그리고 그녀 옆에 조심스레 누웠다. 몸을 씻겨줄 때부터 민수는 참을 수 없는 욕정을 누르느라 힘들었다. 더 이상 참지 못하고 일매의 다리를 벌려 손가락을 휘저었다.

"아파요. 왜 이렇게 아프게 하죠?"

"미안하다. 내가 겁나 흥분해 가지고. 사실은 니가 도망갈까 봐 무서워서 급하게 덤볐다. 미안. 그리고 니 말 놓기로 했잖아."

"나한테 뭘 바라는데? 나 같은 여자한테?"

"니 먹고 싶다. 니랑 하고 싶어서 미칠 것 같다."

"언제부터?"

"처음 본 날부터. 근데 아다한테 내가 이래도 되겠나? 아직 책임질 능력도 없는데."

"내가 무슨 아이고? 다 큰 어른인데 내 몸은 내가 책임진다."

일매는 가운에서 팔을 빼낸 뒤 나체 상태가 되어 다리를 벌렸다. 민수는 짧은 애무 후에 바로 삽입했다. 일매는 노련한 허리 놀림으로 민수의 피스톤에 맞춰 조임의 강도를 높였다. 빠르게 사정을 한 민수는 헐떡거리며 입을 열었다.

"가시나, 니 훌라후프 선수였나?"

"아니, 그런 선수도 있나?"

거친 숨을 몰아쉬며 대답했다.

"이렇게 허리 잘 돌리는 여잔 처음이다. 완전 걸레였네?"

민수가 벌떡 일어섰다.

"뭐라고? 걸레가 뭔데?"

당황한 일매도 같이 일어섰다.

"빠구리 많이 떴냐고?"

일매의 눈을 매섭게 노려보았다.

"빠구리가 뭔데?"

일매가 샤워를 하러 욕실로 걸어갔다.

"아 등신 같은 년."

"뭐 등신? 년?"

일매는 비참한 표정으로 욕실 문 앞에서 침대 쪽으로 걸어왔다. 샤워를 포기하고 옷을 주섬주섬 주워 입고 모텔을 빠져나왔다. 민수도 씻지 않고 일매를 쫓아 나왔다.

"미안하다. 내가 실수했다."

"아니, 실수 아닌 것 같은데. 등신이라고 욕했잖아. 왜 그런 욕을 하는지 몰라도 난 정말 화가 난다."

"그것 때문에 화난 거가? 등신……"

민수가 말꼬리를 흐렸다.

"그래, 그리고 하나 더, 년이라면서?"

일매는 곧 울음이 터질 것 같았다.

"미안하다. 내가 진심으로 사과할게."

"말이 거친 건 이해하는데 그런 욕을 하다니 술버릇이 고약한가 보네?"

민수는 일매를 달래주기 위해 고시원에 도착할 때까지 손깍지를 풀지 않았다.

"일매야, 먼저 들어가라."

민수는 10분 뒤 사무실로 들어섰다. 주인아저씨가 기다리고 있을까 봐 걱정했는데 다행히 아무도 없었다. 민수는 간이침대에 누워 생각했다. 남자의 손길 한 번 안 받아 봤을 것 같은 순진한 얼굴을 하고선 어떻게 그리도 테크닉이 좋을까? 그동안 공주처럼 떠받들었던 자신의 모습을 또 다른 자신이 비웃고 있는 기분이 들었다.

다음 날 여느 때처럼 눈을 뜨자마자 문을 열고 복도에 나온 일매는 민수부터 찾았다. 왜 오늘은 수건을 들고 기다리고 있지 않은 걸까? 일매는 슬리퍼를 끌고 프런트로 걸어갔다. 사무실 안에 민수가 없었다. 일매는 다시 자신의 방으로 들어가 세면 도구 샘플들을 찾아서 샤워실로 들어갔다. 타포린 천막으로 설치된 샤워 부스는 다섯 칸으로 나뉘어 있었다. 남녀 구분 없이 사용하기 때문에 옆에서 샤워하는 소리가 고스란히 전해져 왔다. 천막에는 간혹 구멍이 뚫려 있었는데 일매가 온 뒤로 민수가 녹색테이프를 찢어서 야무지게 붙여 두었다. 샤워 물줄기가 뜯어낸 건지 무뢰한들이 뜯어낸 건지는 물증을 확보하지 못했지만 매일 확인하고 보수하는 것도 민수의 일과에 포함되었다.

일매는 벽걸이에 원피스 잠옷을 걸어두고 머리를 감았다. 샤워기 방향으로 고개를 숙인 채 머리를 감고 있는데 갑자기 샤워실 문이 벌컥 열렸다. 놀란 일매는 고개를 돌리려 했지만 뒤에서 손으로 일매의 입을 막았다. 거품 때문에 눈도 뜨지 못한 채 누구냐고 묻고 싶었지만 거친 손은 말할 틈을 주지 않았다. 민수의 장난치고는 손아귀에 강한 압박이 느껴졌다.

"입 다물고 있어라. 죽기 싫으면."

귀에다 대고 속삭이는 사내는 굵은 저음으로 변조한 음성이었다. 이 낯선 사내도 벌거벗은 채로 들어온 것이다. 일매의 허리 쪽에서 발기된 아랫도리가 느껴졌다. 공포가 일매의 전신을 빠르게 훑고 지

167

나가며 소름이 닭살을 만들었다. '살려주세요.' 사내는 거품이 남아 있는 일매의 머리채를 벽으로 밀고 일매의 엉덩이를 쳐들었다. 자신의 아랫도리를 삽입한 뒤 강하게 움직였다. 사내가 흔드는 대로 일매는 샤워실 벽에 머리를 박아 댔다. 샴푸 거품 때문에 눈을 감은 채 낯선 성기에 휘둘리고 있었다. 사내는 곧 정액을 뿜었고 사정과 동시에 부들부들 경련을 일으키며 일매의 귀에 대고 접박했다.

"내가 나가고 나서 눈 떠라. 그리고 입 다물고 살아라. 누구라도 알게 되면 니는 죽는다."

일매는 눈물을 흘리면서 고개를 연신 끄덕였다. 사내가 나간 뒤 다리 사이에서 흐르는 정액을 수건으로 닦아내고 방으로 들어왔다. 선풍기에 흐르는 눈물과 머리를 대충 말리고 옷을 주워 입었다. 정액을 닦은 수건을 챙겨 가방 안에 넣었다.

밖으로 나와서 빠른 걸음으로 장전 경찰서까지 걸어갔다. 수건 안에 감춰진 정액이 흐르지 않았는지 가방 안을 확인하며 경찰서 앞에서 잠시 망설였다. '일매야, 정신 차리자. 학교에서 배운 대로 순차적으로 성폭행 신고를 하면 된다. 증거물이 있으니 어서 경찰서 문을 밀고 들어가자.' 일매는 더 이상 움직이지 못했다. 한 발짝도 못 나가는 자신의 발끝을 바라보며 또다시 눈물을 떨구었다. '내가 나가고 나서 눈 떠라. 그리고 입 다물고 살아라. 누구라도 알게 되면 니는 죽는다.' 범인의 변조된 음성이 아직도 귓가를 맴돌고 있었다. 협박의 두려움이 경찰서 문을 열지 못하게 막고 있는 듯했다. 하지만 신고 후 보호를 받으면 된다. 범인을 잡지 않으면 또 다른 피해자가 발생한다. 그러니 어서 저 문을 밀고 들어가자. '매야, 여자는 항상 상

168

냥해야 하고 장녀는 동생을 위해 희생하는 거다.' 엄마의 음성이 겹쳤다.

'써글 년아, 니가 몸가짐을 바르게 해야지 누구 밥줄을 끊으려고 이 지랄을 하노? 소문나면 남사 시러버서 몬 산다. 입 다물고 있어라.'

발목을 붙잡은 게 범인의 목소리라면 발길을 돌리게 만든 건 엄마의 목소리였다. 일매는 이제 자신의 목소리를 들을 차례였다. 이보다 더한 상처도 견뎠는데 이 정도는 그냥 버티라는 미치도록 슬픈 현실을 일깨워 주는 목소리였다.

일매는 더운 공기와는 상반되는 시린 마음을 안고 수건을 가로수 길 아래 쌓아둔 쓰레기더미에 던져 버리고 고시원으로 향했다.

고시원으로 들어서자 사무실에 있어야 할 민수가 보이지 않는다. 일매는 프런트 앞 유리창을 열고 안을 들여다봤다. 그리고 다시 식당으로 걸어갔다. 거기에도 민수는 없었다. 남자화장실 앞을 서성이다 일매는 방으로 들어왔다. 밖에서 인기척만 들려도 민수일거라 생각하고 문을 열었지만 민수는 여전히 보이지 않았다. 민수에게 전화를 걸었다. '사용자에 의해 착신이 금지된 번호입니다.' 무슨 뜻일까? 휴대폰을 바꾸러 간 걸까?

일매는 다시 방으로 들어와 침대에 쪼그리고 앉았다. 낮고 탁하게 변조한 위협적인 목소리가 왠지 낯이 익었다. 민수 같다는 느낌을 받았지만 일매는 고개를 저었다. 민수는 일매를 강간할 하등의 이유가 없었기에 그 생각은 옷깃에 붙은 머리카락 한 올을 떼어내듯 쉽게 털어내어 버렸다.

다음 날 프런트엔 주인아저씨가 앉아 있었다.

"혹시 민수 씨는 어디 갔어요?"

일매는 사무실 안을 면밀히 살피며 물었다.

"민수? 어제부로 그만뒀는데……."

"왜요?"

"몰라. 나도."

주인이 말을 마친 뒤에도 일매는 그 자리에 그대로 서 있었다. 아저씨는 일매에게 더 할 말이 있냐는 눈빛으로 쳐다보며 속으로 생각했다. '삐쩍 골아서 뭐가 이쁘다고 새끼들이 환장을 하노?'

일매는 자기 방으로 돌아왔고 휴대폰을 들었다. 여전히 착신이 정지되었다는 친절한 여자의 음성만 돌아왔다. 친절한 음성에게 사정하고 싶은 심정이었다. '민수 오빠랑 통화 좀 하게 해주세요. 제발.'

일매는 샤워실로 가지 않고 화장실 세면대에서 가볍게 세수를 했다. 수건으로 얼굴을 닦으며 방까지 걸어오는데 프런트 앞에서 진짜 고시생처럼 보이는 남학생이 자신을 보며 웃고 있었다. 일매는 순간 소름이 끼쳤다. 서둘러 방으로 들어와 문을 잠그고 침대에 주저앉았다. 혹시 그 사람이었을까? 길 잃은 고양이 신세로 고시원에 왔을 땐 민수가 좋은 주인이 되어 주었는데 민수가 사라진 고시원은 수많은 고양이 앞에 버려진 생선 신세가 된 듯 했다. 하지만 엄마나 준걸처럼 자신을 버린다는 말이 없었기에 고시원을 떠날 수가 없었다. 민수가 꼭 돌아올 것만 같았다.

아르바이트를 마친 일매는 컵라면의 뚜껑을 열고 스프를 부은 뒤 프런트 앞 입구 쪽에 있는 정수기에서 뜨거운 물을 받았다. 습관처럼 고개는 프런트를 향해 있다. 휴게실에서 프런트 쪽으로 중년의 사내가 걸어왔다. 낯이 익은 사내였지만 순간 일매는 온몸이 경직되었다. '저 사람은 왜 날 빤히 쳐다보는 거지? 혹시 저 사람인가?' 일매는 성폭행 이후로 고시원 샤워실을 이용하지 않고 걸어서 10분 거리에 있는 동네 목욕탕을 이용했다. 고시원에서 눈이 마주치는 남자는 죄다 범인으로 의심됐고 웃고 있는 사람은 자신을 비웃고 있는 듯 보였다. 사내는 일매의 뒷모습을 스캔하며 속으로 되뇌었다. '총무는 오데 가고 이쁜이 혼자 댕기노?'

일매는 컵라면을 들고 서둘러 방으로 들어와 문을 잠갔다. 멍하니 앉아 있다가 20분 정도 지난 후 라면에서 종이 뚜껑을 떼어냈다. 불어터진 라면엔 국물이 줄어들었고 크게 한 젓가락 집어서 입으로 가져갔지만 삼키는 건 힘들었다.

민수가 사라진 고시원은 고독이란 단어조차 낭만적인 표현이었다. 외로움이란 단어조차 사치로 느껴졌다. 2평도 안 되는 사각의 프레임 속은 공포로 도배되었다. 생선 상자에 숨어 문 밖으로 고개만 내밀어도 고양이들이 달려들어 자신을 뜯어 먹을 것만 같았다. 침대에 누워 천장을 바라보았다. 민수의 얼굴이 가득 차 있었다. 그 뒤로 준걸의 그림자가 겹쳐졌다. 자살이란 단어가 뇌리를 파고들었다. 삶과 죽음의 경계가 만들어 낸 지옥은 밤새 베갯잇만 적시게 했다.

다음 날 눈을 뜨자마자 일매는 통장을 열어 보았다. 침대 머리 쪽 방바닥 장판 안에 깔아 놓은 현금 50만 원이 보이지 않았다. 도둑맞

왔단 사실을 인지하기 위해 필요한 시간은 1분이면 충분했다. 민수의 권유로 일매의 이름으로 만든 첫 통장엔 잔액이 5,350,050원이 찍혀 있었다.

대학을 가기 전 직장생활을 했을 때 엄마가 만들어 준 통장은 엄마의 이름으로 만들었고 월급도 엄마가 관리했으니 일매가 그 통장에 돈을 넣는 건 가능해도 빼는 건 불가능했다는 걸 그 당시는 알지 못했다.

민수가 만들어 준 박일매의 이름과 사인이 들어 있는 자유적금 통장. 일매는 잠시 눈시울이 붉어졌지만 울지는 않았다. 고양이들이 득실거리는 고시원에 홀로 남겨진 생선은 감상에 빠지는 순간조차 허락되지 않았다. 오백이 넘는 돈으로 월세 보증금은 해결할 수 있지만 생활하기엔 부족할 것 같아서 여성 전용 고시텔을 알아보기로 결정했다. 일매는 통장을 들고 고시원 밖으로 나갔다. 여성 전용 고시텔의 조건에 주인도 여자, 총무도 여자인 곳을 찾기란 그리 쉬운 일이 아니었다. 아침에 대충 허기만 채웠던 곰보빵과 두유의 힘으로 하루 종일 발품을 팔고 다녔다.

2004년 준걸의 병원

준걸은 첫 직장인 자올정신과에서 심리 상담사로 몇 년째 일을 하고 있다. 뛰어난 언변과 직설화법에 당황하는 내담자들도 더러 있지만 현실감 높은 상담 실력으로 입소문이 난 덕에 병원장은 페이 닥터로 근무하는 정신과 담당인 김 원장보다 월등히 높은 병원 수입을 올려 주는 준걸을 더 신뢰했다.

김 원장이 환자를 설문지와 짧은 대화로 약을 처방하는 게 진료 방식이라면 준걸은 약으로도 해결할 수 없는 마음을 치유하는 식으로 병원의 시스템이 돌아가고 있었다. 하지만 심리 치료가 절실한 환자들은 보험이 되지 않는 비싼 금액 때문에 상담실 문턱을 넘는 게 녹록지 않았다.

준걸의 방엔 해우소라는 돌출 표지판을 달아 놓았다. 화장실로 착각할 거란 직원들의 염려에도 준걸은 고집을 꺾지 않고 해우소로 밀어붙였다. 그 덕에 헷갈림을 방지하기 위해 간호사들이 '화장실은 병원 밖 오른쪽 복도 끝에 있습니다'라고 큰 글씨로 입구에 써 붙여 놓았다.

해우소 안엔 긴 책상 뒤로 넓은 책장이 기역자로 놓여 있고 책상 앞에는 상담용 테이블을 사이에 두고 일인용 소파 두 개가 마주 보고 있었다.

"어서 오세요."

준걸의 책상 위에 놓여 있는 티포트에서 우려낸 허브차를 종이컵에 두 잔 따랐고 소파 사이의 작은 원탁에 놓았다. 그리고 내담자를 안쪽 소파에 앉힌 뒤 자신도 마주 보고 앉았다. 내담자는 텅빈 의자를 보는 눈빛으로 멍하니 앉아만 있었다.

"잘 오셨습니다. 김원미 님."

"정말 잘 온 거 맞나요? 전 아무리 약을 먹어도 잠시 멍할 뿐 약기운이 떨어지면 죽고 싶단 생각뿐이고……."

내담자의 긴 한숨에 준결이 땅으로 꺼지는 기분이었다.

"항우울제는 우울감을 덜어 주는 약이고 수면제는 잠을 자게 해 주는 약입니다. 그러나 마음의 치유는 약이 아니라 본인이 하셔야 해요. 그러기 위해 제가 도움을 드리는 겁니다."

준결은 다감한 눈빛으로 내담자를 지그시 바라보았다.

"어떤 도움을 줄 수 있는데요? 딸이 억지로 비싼 상담비를 지불해서 어쩔 수 없이 여기까지 왔지만 결국 난 또 시도할 거예요. 오늘 밤은 성공할 수도 있어요."

김원미는 준결의 눈을 노려보다 자신이 먼저 고개를 돌렸다.

"왜 죽고 싶은지 이유를 설명해 보세요."

준결은 나직한 목소리로 물었다.

"차트에 다 있잖아요. 우울증이라고. 근데 뭘 물으세요?"

그녀는 따지듯 말을 받았다.

"남편분과 사이가 나쁘다고 해서 왜 죽어야 하나요?"

준결은 부드럽지만 단호한 말투로 되물었다.

"살기 싫으니까요."

"그럼 따님 생각은 안 하세요?"

"이제 다 컸으니 이해할 거예요."

"……."

"따님은 엄마의 우울증 이유는 모르고 간단없이 자살 충동에 시달린다고만 알고 계세요. 따님이 엄마의 자살을 그냥 이해하기만을 바라세요?"

준걸이 냉정하게 물었다.

"이제 성인이니까 이겨낼 수 있을 거예요."

그녀는 종이컵을 입술 앞에 가져가서 호호 불기만 하고 마시지는 않았다.

"그럼 두 번이나 시도한 자살의 실패 원인을 아세요?"

"네?"

내담자는 준걸을 노려보았다.

"처음 시도는 손목을 긋고 본인이 겁이 나서 119에 전화했죠."

"그땐 내가 신고한 기억이 없어요."

종이컵을 탁 소리가 나게 원탁에 내려놓자 아직 식지 않는 허브차가 쏟아졌다.

"두 번째는 수면제와 우울증 약 과다 복용으로 시도했지만 위세척으로 살아났죠. 그때는 따님한테 전화를 걸었죠."

"그 역시도 약 기운에 취해 기억이 없어요."

내담자는 다리를 꼬고 꼰 다리를 아래위로 흔들어 댔다.

"기억이 없는 게 아니고 기억을 지우고 싶은 거예요. 원미 님은 죽고 싶은 게 아니라 살려달라고 외치고 있는 겁니다."

준걸은 피하려는 내담자의 시선을 집요하게 따라갔다.

"선생님이 어떻게 아세요? 난 지금도 지옥을 살고 있는데 그래서 죽고 싶은 마음뿐인데 그게 어떻게 살고 싶은 거예요?"

그녀의 목소리가 젖어 들고 있었다.

"정말 죽고 싶으시다면 제가 한 번에 성공할 수 있는 방법을 알려

드릴까요?"

내담자는 눈을 동그랗게 뜨고 준걸을 노려보았다. 모두 한쪽 귀로 들어와서 한쪽 귀로 흘려 버리는 아무짝에 도움 안 되는 설득과 위로만 해 주었는데 이 면담자는 의외의 소리를 하고 있다. 그녀는 자신의 귀를 의심하지 않을 수가 없었다.

"원미 님, 이제야 제 말을 듣겠다는 표정이군요. 좋습니다. 잘 죽는 방법을 알고 싶으시다면 그 전에 왜 죽고 싶은지 정확한 이유를 설명해 주셔야 합니다. 지금부터 하시는 말씀은 차트에 기록하지 않겠습니다. 저만의 노트에 비밀로 남길 거니까 안심하셔도 됩니다."

준걸은 더없이 따스한 눈빛으로 김원미를 바라보았다.

"남편과 불화를 겪으면 그 불화를 풀려고 해 보고 안 되면 이혼하면 되지, 귀한 목숨을 왜 버리나요? 남편이 그렇게 소중해요? 자신의 목숨보다 더?"

"……."

"자신이 죽고 나면 남편이 후회하고 불행해질 거라 믿어요?"

"……."

"그럼 이대로 죽겠습니까? 안 억울할 자신 있나요?"

내담자는 더 이상 참지 못하고 눌러 왔던 울분을 토해냈다.

"억울해요. 억울해서 미칠 것 같아요."

내담자는 이미 식어서 반쯤 남은 허브차를 단숨에 비웠다. 본격적으로 치부를 드러내기 위해 허리를 앞으로 내밀고 준걸의 시선을 바라보았다.

"20대에 성폭행 당해서 임신을 했어요. 배 속 아이가 4개월 될 때 지금의 남편을 만났어요. 남편은 다 이해한다고 자기가 먼저 다가왔고 자신의 아이처럼 키우겠다고 해서 결혼을 하고 아이를 낳아서 키웠어요. 처음엔 정말 잘해 주더라고요. 저희 친정이 좀 살았는데 아버지가 돌아가시고 가세가 기울었어요. 그래서 도움을 못 받게 되니까 그때부터 남편의 구박이 시작됐어요."

내담자는 빈 종이컵을 두 손으로 꽉 쥐고는 더 이상 구겨질 틈이 없어질 때까지 손에서 놓지 않았다. 준걸은 내담자의 손에서 종이컵을 빼내고 자신의 손을 밀어 넣었다. 그녀는 준걸의 손을 잡고 부들부들 떨었다. 가슴이 들썩거리도록 크게 울부짖는 내담자를 한동안 내버려 두고 티슈를 다섯 장 정도 뽑아서 내담자의 손에 쥐어 주고 자신의 손을 빼냈다.

"오늘 원미 님을 모시고 온 따님이 그 아이입니까?"

내담자는 코를 풀다가 고개를 끄덕였다.

"그럼 동생은 몇이나 됩니까?"

"아래로 아들이 하나 있어요."

"얼마나 마음고생이 심했을지 짐작이 갑니다."

"아니요. 아무도 모를 겁니다. 선생님도 몰라요. 제가 어떻게 살아왔는지. 그 인간은 우리 아버지 돌아가신 뒤로 인간 자체가 돌변했어요. 아니 본성이 원래 그런 쓰레기였나 싶어요. 걸핏하면 손찌검하고 그것까지는 참을 수 있는데, 애들 불러다가 첫딸이 성폭행으로 임신된, 애비도 모르는 딸년이라고 다 얘기할 거란 협박에 이십 년을 시달렸어요. 그 사실을 우리 딸이 알까 봐 무서워서 미칠 거 같아요."

"전 원미 님이 답답해서 미칠 것 같은데요."

"제가 왜요? 도대체 제가 어떻게 해야 되는 건데요?"

내담자는 우는 것을 멈추고 두 손으로 준걸의 손을 다시 낚아챘다.

"남편을 사랑하세요? 남편 없으면 못 살 거 같아요? 그래서 미리 죽으려 하십니까?"

준걸은 결박당한 두 손을 포기한 채 답변을 미리 예상한다는 표정으로 물었다.

"그 인간을 사랑하냐고요? 미쳤어요? 죽이고 싶도록 미워하는데. 그 인간을 못 죽이니까 내가 죽겠다고요."

"그런 생각을 하니까 그동안 불행하게 사신 겁니다. 얼마든지 행복해질 수 있고 당연히 행복해질 권리가 있는데 본인이 본인을 괴롭히고 사신 겁니다."

그녀의 손아귀에서 진득한 땀이 묻어나자 준걸은 손을 살며시 빼냈다.

"어떻게 행복해져요? 난 결혼 자체가 불행의 시작이었는데 그 불행을 끝내려면 죽음밖에 없어요. 둘 중 하나가 죽어야지 끝이 나요."

내담자는 탁자를 내려쳤다.

"이혼하는 거 어떠세요? 그동안의 폭력과 협박의 증거만 있으면 깔끔하게 이혼할 수 있습니다."

준걸은 잠시 생각에 잠겨 관자놀이를 문질렀다.

"이혼하면 우리 애들이 다 알게 될 텐데 어떻게 이혼해요? 그걸 아니까 그 인간이 협박하고 괴롭히는 건데요."

"아까 원미 님 말씀대로 애들이 다 컸죠. 대학생이니까 성인이잖아요. 그럼 먼저 얘기하세요. 아이들한테 고백하시고 이혼한다고 말씀하세요. 분명히 다 이해할 겁니다."

준걸은 고개를 끄덕이며 수긍을 끌어내고 있었다.

"못해요. 했으면 벌써 했지. 전 죽어도 못해요. 그래서 죽고 싶어요."

그녀는 준걸의 고개에 대응하듯 단호하게 고개를 저었다.

"죽을 각오로 얘기하세요. 얘기한 뒤에 죽어도 안 늦습니다."

"……"

"결혼 기간 동안 남편한테 잘못한 게 있나요? 가령 남편을 속이거나 외도하거나?"

"난 결혼해 준 남편이 고마워서 최선을 다해서 하늘처럼 떠받들고 살았어요. 아무리 괴롭혀도 존경하려고 애쓰면서 살았어요. 친정 식구들도 그런 사람 없다고 무조건 참고 살라고만 했어요. 사실은 오늘도 그런 소리나 들을 줄 알았는데."

그녀의 눈이 준걸의 눈을 탐색했다.

"원미 님 상태는 방어기제라는 용어가 있는데 그중에서 반동형성이라고 부정적인 감정을 반대로 표현하고 있는 거예요."

"방어 뭐라고요?"

"그러니까 쉽게 말하면 자신을 학대하는 남편을 좋아하는 것처럼 행동하는 거죠."

"그게 뭔 말씀이에요?"

"지금 원미 님은 본인의 치부를 이해하고 받아준 고마움보다는 습관처럼 굳어 온 오래된 권위에 대해 복종하는 심리가 큽니다. 그 이면엔 정서적으로 지지해 준 자녀들에게 버림받을지도 모른다는 두려움 있고 그걸 속으로 삭이다 병이 든 겁니다. 원미 님은 가족을 위해 최선을 다하셨어요. 오늘 당장 따님에게 사실을 말하세요. 딸이 돌아설 거란 두려움은 당장 버리세요."

준걸의 목소리는 단호함이 가득했다.

"그러다 정말 딸이 절 떠나면 어떡하죠?"

내담자는 두 손을 모아서 자신의 입가로 가져갔다.

"그렇게 자식이 소중한데 자살을 생각했나요? 자살한 엄마를 두고 따님은 앞으로 어떻게 살아갈지 생각해 보셨나요? 그런데 지금 가장 중요한 건 자식보다 자신을 더 사랑해야 한다는 사실입니다. 그러면 버림받아도 크게 상처 받지 않을 겁니다. 그러나 절 믿어보세요. 절대 따님은 원미 님을 떠나지 않을 거예요. 오히려 엄마에게 감사할 겁니다."

"전 아직 마음의 준비가 안 되어 있어요."

"알아요. 마음이 준비될 때까지 기다리다간 자살 시도를 먼저 하겠죠. 그러니 준비하지 마시고 오늘 당장 얘기하세요. 있는 사실 그대로 말해 버리세요. 죽을 각오로 그 얘기부터 하세요. 그리고 내일 저를 찾아오세요. 전 원미 님이 좋은 결과를 가지고 오실 거라 믿으니까요. 내일 예약 잡아 드리죠."

공포와 슬픔으로 가득 찬 내담자의 눈에서 눈물과 함께 20년의 한을 모두 쏟아낸 듯 했다. 그녀가 일어설 땐 눈빛도 제법 평화로워졌다. 가벼운 목례를 하고 해우소 밖을 나가는 발걸음이 가볍게 느껴졌다.

김원미가 나간 뒤 준걸은 일어서서 5분 정도 창밖을 응시했다. 이내 수화기를 들었다.

"다음 내담자 들여보내 주세요."

해우소 문이 열리자 준걸이 다가섰다.

"어서오세요. 이수임 님."

이수임은 소파에 엉덩이를 붙이자마자 마주 앉은 준걸을 유별나게 관찰하는 눈빛이 역력했다. 면담자가 내담자를 관찰하는 건 당연하지만 내담자가 면담자를 관찰하는 이유는 과연 자신의 심리를 제대로 파악하고 치유할 능력이 있는지 비싼 금액에 대해 값어치를 하는지 그 이유 때문이다. 그러나 이수임은 유난히 의심의 눈으로 준걸을 스캔했다. 준걸은 여유 있는 미소를 머금고 내담자가 먼저 말을 꺼내길 기다리며 속으로 생각했다. '부디 잘생김에 반하지는 마세요.'

"내가 뭐 때문에 왔는지 아세요?"

"초진인 데다 정신과 진료는 안 받으시고 바로 저한테 오셔서 차트의 기록이 없습니다."

내담자의 의심의 눈빛에 맞춰 코웃음으로 응수했다.

"그럼, 내가 왜 왔는지 맞춰 보세요."

"글쎄요."

"그것도 모르면서 무슨 상담료가 그리 비싸요?"

어이없지만 다정한 미소를 유지하며 말을 받았다.

"이수임 님, 저는 점쟁이가 아니라 심리 상담사입니다."

"그럼 얼굴 보고는 딱 못 맞추나 보네요."

181

"얼굴 보고 딱 맞추는 점쟁이도 틀릴 때가 많은데 제가 어떻게 딱 맞춥니까?"

"그럼 어쩌면 될까요?"

그녀는 기민하게 바라보는 눈빛과는 달리 애매한 태도로 자신의 팔짱을 꼈다.

"얼굴 보고 딱 맞추길 원하신다면 여기서 나가서서 무당을 찾아가시든지 철학관을 가시든지 그냥 나가시면 되고요. 저와 대화로 마음을 치유하고 싶으시다면 여기 오신 사연을 얘기해 주시면 됩니다."

"지금 나가면 돈은 어떻게 되나요?"

여유로운 준걸과는 상반되게 초조한 기색으로 물었다.

"물론 환불입니다. 백 퍼센트 해 드리죠."

여전히 미소를 잃지 않고 대답하는 준걸에게 또다시 의구심을 품은 채 질문을 했다.

"만약에 얘기 다 했는데도 치유가 뭔가 암튼 그것도 안 되고 마음에도 안 들면 어찌 되는 건데요?"

"이미 상담을 했으면 환불은 불가능합니다. 지금 차 한 잔 하시면서 결정을 지어 주세요."

따뜻한 허브차를 종이컵에 부어 주었다. 천천히 마시면서 결정하도록 배려하는 면담자의 능수능란한 배려. 자발적인 상담이 아닌 가족이나 지인에 의해 억지로 상담실에 끌려온 경우는 어떻게든 고민을 이끌어내려 노력해 보지만 이수임의 경우는 자신의 치부를 드러내는 게 위험하다고 생각하는 것 같았다. 준걸은 구슬려가며 접근하는 방식을 선택하지 않았다. 사람들은 불안함과 두려움이 있을 땐 주로 목 주변을 만진다. 그리고 상대를 불신할 땐 곁눈질을 한다. 이수임은 두 가지를 다 하고 있었다. 곧 나갈 사람으로 보였다.

그녀가 자리에서 벌떡 일어섰다.

"차 잘 마셨습니다. 다음에 다시 올게요."

준걸은 자신이 점쟁이 아들답다는 생각을 하며 피식 웃음을 흘리고 내담자를 직접 병원 밖까지 배웅해 주었다. 내담자는 주뼛거리다 엘리베이터에 몸을 실었다. 엘리베이터 문이 닫힌 후 준걸은 데스크로 걸어가서 시계를 보며 간호사에게 물었다.

"다음 내담자는 오셨나요?"

"아뇨, 아직 안 왔어요."

"내담자 오시면 바로 들여보내 주세요."

준걸은 상담실로 들어서면서 다시 한 번 해우소라는 간판을 보았다. '나부터 모든 걸 비워내고 싶네.' 준걸은 쓴웃음으로 상담실로 들어섰다.

창가로 걸어가니 블라인드 사이로 햇빛 한 줄기가 책상에 굵은 선을 만들어 냈다. 이중 강화 유리를 뚫은 것을 보니 자신의 목도 충분히 뚫을 수 있을 것만 같았다. 준걸은 검을 쥐듯 햇살을 잡는 시늉을 하다 그 검을 자신의 목으로 가져갔다. 실제로 칼에 찔린 듯 고통스러운 표정을 지으며 책상 위에 엉덩이를 걸쳤다. 블라인드를 열고 창문을 열려다 멈추었다. 창가에 비친 자신의 모습을 타인의 시선으로 바라보았다. 준걸은 슬픔에 빠져 있는 한 남자의 자아와 마주하고 있었다. 무의식에 감금해 놓았던 일매라는 존재가 수면 위로 올라오면 의식은 난도질로 그녀의 존재를 철저하게 해체시켰다. 해우소에 앉아서 자신의 고통은 조금도 비워내지 못하는 가여운 남자 이준걸. 생각의 늪에 빠지려는데 벨이 울렸다.

"선생님, 김주승 님 들어가십니다."

"네."

준걸은 책상에서 내려와 김주승과 악수를 나누었다. 준걸은 잡은 손을 놓지 않고 소파로 내담자를 안내했다.

"잘 오셨습니다."

김주승은 1년 넘게 수면제를 처방받았고 의사의 권유로 오늘 처음으로 해우소를 찾게 되었다.

"차를 드릴까요?"

준걸이 종이컵을 꺼내자 내담자는 손사레를 쳤다.

"마시고 왔는데예."

준걸이 소파에 엉덩이를 내려놓자마자 황급히 내담자가 입을 열었다.

"선생님 수면제를 끊고 싶어서 왔습니다. 약이 없이는 도무지 잠을 잘 수가 없습니다."

그는 깊은 숨을 들이쉬며 황급히 말했다.

"지금 가장 고통스러운 게 무엇인지 말씀해 보세요."

준걸은 내담자의 심리 상태에 맞게 빠른 질문을 이어 나갔다.

"마누라만 보면 화가 나서 견딜 수가 없습니다. 다 용서했다고 말했는데 정말 다시는 꺼내지 않겠다고 약속했는데 그래도 화가 나서 미칠 것 같아예."

"부인이 무엇을 잘못했는데요?"

내담자는 테이블 위에 있는 티슈를 두 장 뽑아서 손에 진득하게 땀이 밴 손바닥을 힘주어 닦았다.

"결혼 전에 아이를 낳아서 아이 아빠한테 보냈습니다. 그 사실을 우리 둘째가 열 살이 되던 해에 저한테 들켰으예. 그래서 이혼하자고 하니까 매달릴 줄 알았던 마누라가 덤덤하게 받아들이데예. 울고 불고 매달릴 줄 알았는데 기꺼이 이혼해 준다 케서. 나 참 기가 차서……."

"그럼 이혼은 하셨나요?"

준걸은 차분하게 말을 받았다.

"아뇨, 막상 이혼하려고 보니 애들도 걸리고 마누라가 없으면 안될 것 같고 여러모로 이혼은 아니다 싶어가 용서해 주기로 했으예. 근데 말이 쉽지. 용서가 안 되더라고예. 그래서 일 년 전에 술에 취해 손찌검을 했더니 아이들을 버려두고 집을 나갔거든예. 이 마누라가 글쎄 용서해 준 은혜도 모르고 가출을 해서 일주일이나 잠수를 탔지 뭡니꺼? 그래서 제가 수소문 끝에 찾아냈고 다시는 손찌검도 안 하고 과거 애기도 안 꺼낸다고 오히려 제가 빌어서 데리고 온 꼴이 되었습니다. 그 후로 또 집을 나갈까 봐 과거 애기도 못 꺼내고 술이 많이 취한 날은 아예 집에 안 들어갑니더. 또 주팰까 봐."

"주승 님은 부인이 첫사랑입니까? 그전에 성관계를 한 사람은 없었습니까?"

"아니지예, 많지는 않지만 내도 경험이 있긴 있지예."

그는 준걸의 질문에 깊이 생각을 하다가 답했다.

"그럼 그 경험한 여자들 중 임신을 한 여자분은 없었죠?"

"당연히 없지예."

내담자가 성급히 답을 했다.

"만일 그 여자들 중 한 명이 임신을 했는데 아이를 혼자 낳아서 키우다 이제야 아빠가 주승님이라고 찾아온다면 어떻게 될까요?"

황당하다 못해 기가 막힌 내담자는 대답도 못하고 준걸의 눈을 뚫어지게 보았다.

"다시 말해 부인이 주승 님과 살면서 다른 남자의 아이를 임신한 것도 아니고 주승 님 만나기 전의 일인데 그 과거 때문에 왜 본인을 괴롭히세요? 만일 결혼 전에 고백했다면 어떻게 됐을까요?"

"그럼 전 결혼 안 했을 겁니더."

"그렇담 지금이라도 이혼하세요."

"이혼예? 수도 없이 생각했지예. 근데 그게 더 힘듭니더. 아까 말했다시피 애들도 그렇고"

"주승 님도 부인을 사랑하는 거겠지요."

"네, 그런 거 같습니더. 그래서 미칠 것 같아예. 정말 애들 때문이라면 아이 보모로 생각하고 애들 클 때까지만 대충 살면 되는데 그게 아니니까 너무 괴로버가 디지겠습니더. 이혼만 생각하면 아내가 불쌍한 것 같기도 하고"

"부인을 위해서 이혼해 주세요."

준걸은 간결하게 말했다.

"뭐라고예? 선생님 그게 무슨 뜻입니꺼?"

준걸의 예상 밖의 얘기에 적이 놀란 내담자는 언성을 높였다.

"부인이 주승 님을 만나기 전에 저지른 실수로 인해 얼마나 죄책감에 시달렸을지 짐작은 해 보셨나요? 그야말로 과거일 뿐인데 그걸로 비굴하게 괴롭히는 남편과 사는 부인이 참으로 불쌍합니다. 약 없이는 잠을 못 자는 본인만 괴롭다고 느꼈죠? 그 모습을 지켜보는 부인의 심정은 어떨 거 같습니까? 부인이 더 불행하게 살고 있을 겁니다. 엄마가 불행하면 그 엄마 손에서 크는 아이들에게도 나쁜 영향을 미칩니다. 그러니 차라리 이혼을 해서 부인을 편하게 살 수 있도록 내버려두는 게 좋을 것 같아요."

내담자는 위로와 격려를 받기 위해 비싼 값을 치르고 상담소를 찾았는데 반대로 자신을 나무라는 면담자를 향해 멱살이라도 잡고 싶은 심정이었다. 그런데 그럴 수가 없었다. 수면제를 복용한 뒤로 자신이 안방 침대를 차지하고 아내는 딸아이 방에도 가지 못한 채 거실 소파에서 잠을 잤다. 아이들이 물어보면 소파가 더 편해서라고 둘러대는 걸 본 적이 있었다. 그 생각을 하니 내담자는 목덜미가 뻐근해졌다.

"비굴하다고예? 제가예?"

내담자는 기가 꺾인 목소리로 대꾸했다.

"네, 남자로서 굉장히 부끄러운 일을 하고 계신 겁니다. 아이들 핑계를 대고 있지만 사실 주승 님이 아내 없이는 못 사는 거 아닌지 생각해 보세요. 어떤 이유에서든 용서를 하기로 했으면 그렇게 지키고 살아야지 수면제 도움 받으면서 더 큰 고통을 주는 복수를 하고 계신 겁니다."

"그럼 선생님이 만약에 내 경우라면 쉽게 용서할 수 있습니꺼?"

준걸은 일매가 떠올랐다. 일매의 과거를 용서하지 못해서 엄마의 반대를 핑계로 헤어진 진짜 비굴한 놈이 바로 자신이라고 말하고 싶었다.

"비굴하게 살기 싫으면 이혼을 했을 거고 용서를 했으면 진심으로 아끼고 사랑하면서 살 겁니다. 앞으로 남은 생을 이렇게 산다고 생각해 보세요. 부인을 괴롭히기 위해 자신의 삶을 망가뜨리는 행위에 만족할 수 있을까요? 내일 당장 죽음이 기다리고 있다고 생각해 보세요. 그럼 마지막까지 부인을 미워하다가 갈지 아님 용서하고 함께 눈을 감을지 생각해 보세요. 그동안 자신이 저질렀던 치졸함에 편하게 눈 감기도 힘들 겁니다. 당장 이혼할 거 아니면 용서를 비세요. 주승님이 부인을 용서하는 게 아니라 부인께 용서를 빌어야 합니다."

이제야 준걸에 대해 적극적으로 신뢰하게 된 내담자는 전이가 시작되었고 이윽고 고개를 숙인 채 꺼이꺼이 눈물을 쏟아냈다. 가슴을 들썩이며 10분 정도 정신없이 울고 있었다. 준걸은 티슈를 내담자 가까이 밀어 주고 잠시 더 울 수 있게 말을 아끼고 있었다.

준걸은 그에게 다소 격하게 꺼냈던 말들이 기실 자신에게 던지고 싶은 말이었음을 깨달으며 역전이를 당하고 말았다. 그 순간 또다시 무의식이 일매를 끌어들였다. '일매도 과거에 그런 거잖아. 내를 만나고 나서는 나밖에 모르는 착한 여자였잖아.'

내담자라는 현실이 준걸의 의식을 불러왔다.

"선생님, 그럼 어떻게 해야 내도 수면제를 끊을 수 있습니꺼?"

"지금 이 길로 나가서서 당장 부인을 만나세요. 그리고 미안하다고 사과하세요. 진심으로 사과하시고 두 분이서 식사를 하세요. 그리고 오늘은 수면제를 드시지 말고 부인과 한 침대에서 같이 잠을 청하세요. 그리고 일주일 후 다시 찾아오세요. 문제없으면 방문 없이 전화 한 통만 주셔도 좋습니다."

김주승은 일주일 걸릴 것도 없이 3일 후에 전화를 걸어왔다. 아내를 용서하니 자신이 더 행복해졌다고, 아니 용서를 빌고 나니 가슴에 걸려 있던 돌덩이가 빠져나가듯 후련했다고 전했다. 이젠 수면제 없이도 잠을 잘 수 있고 그동안의 미안함으로 인해 아내에게 더 잘해 주니 아이들까지 행복해졌다고 연신 감사의 인사를 전했다.

병원장은 상담을 일회성으로 끝내는 걸 싫어한다. 하지만 준걸은 양심에 맞춰 상담을 해 준다. 그게 준걸의 소문의 비결이고 명성이 빛나는 이유다. 준걸은 전화를 받고 일에 대한 성취감과 더불어 자신의 자존감도 높아지는 짜릿함을 느꼈다. 하지만 가슴에 걸려 있는 일매라는 존재는 어떻게 비워 낼지 가슴에 들어앉은 바윗덩어리는 내려갈 생각을 하지 않았다.

2004년 주원

D의대 본과 2학년을 다니고 있는 주원은 결혼기념일을 맞이해서 이벤트를 준비했다. 해운대에서 전망이 가장 좋다는 P호텔 스위트룸을 빌려 지배인이 추천한 최고의 파티를 선택했다.

입구에서 침실로 이어지는 레드 카펫 위에는 플로리스트의 작품이 담긴 꽃길이 펼쳐졌고 높은 천장에는 하트 모양의 화려한 풍선들이 더 큰 하트 모양으로 고정되어 있었다. 최고급 와인을 세팅해 놓고 주원이 직접 만든 케이크에는 '4주년'이라는 작은 글씨와 함께 '사랑하는 지윤이'라고 초콜릿으로 큰 글씨를 써 넣었다. 어떤 여자라도 감동받지 않을 수 없는 최고의 이벤트였다. 주원은 속으로 생각했다. '이렇게 돈지랄을 하는데 이제는 주머니를 열겠지.' 룸으로 들어서는 아내 지윤은 적잖이 감동을 받았는지 동공이 확장되고 있었다. 주원은 들어서는 아내를 바라보며 흐뭇하게 미소를 지었고 지윤은 호텔 가운을 입고 있는 주원의 만삭 임산부 같은 배를 보고 크게 웃었다.

"지윤아, 그렇게 좋나?"

"으응, 주원 씨 오늘 무리 좀 했네."

"우리 마눌님을 위해 이 정도는 껌이지. 어서 앉으세요."

주원은 소파에 엉덩이를 걸치고 지윤의 잔에 미리 따 놓은 와인을 가득 따라 주었다.

"주원 씨 진짜 감동인데."

지윤은 와인 잔을 들고 건배를 하는 주원의 가운 사이로 출렁이는 가슴이 드러나자 또다시 웃음이 터졌다.

"우리 지윤이 그렇게 좋나? 그라다 기절하는 거 아니가?"

지윤은 와인을 반쯤 비웠고 주원은 가득 채운 와인 잔을 한 번에 들이켰다.

"지윤아, 결혼해 줘서 고맙다."

"주원 씨 오늘따라 왜 이러노? 너무 감동 주는 거 아니가?"

지윤은 평소와 다른 남편의 모습을 의아해하며 물었다.

"여보야, 우리도 이제 분가하자. 그동안 시집살이 한다고 힘들었제?"

"주원 씨 뭐라고? 분가하자고?"

지윤은 엉덩이를 앞으로 당기고 눈을 크게 떴다.

"그래, 너무 늦게 말해서 미안하다. 해운대 중동에 마음에 드는 아파트 보고 왔다. 48평인데 바닥은 대리석이 쫙 깔리고 럭셔리한 인테리어가 완전 직이드라."

주원은 마치 대리석이 눈앞에 깔려 있는 양 손을 펼치며 장황하게 설명했다.

"지금 내가 꿈꾸는 거 아니제?"

지윤은 두 손을 모으며 감동에 찬 눈빛으로 주원을 바라보았다.

"그래, 그동안 울 엄마 아빠랑 같이 사는 거 불편했을 건데 이제 말해서 미안타."

"아니, 자기야 고맙다. 지금이라도 말해 줘서. 근데 여태 아무 말 없다가 갑자기 왜?"

"이벤트할 때 얘기해 줄라고 말을 아꼈다. 니 남편이 이렇게 멋진 사람이다. 알긋나?"

어깨를 으쓱이며 거들먹거리는 하얀 가운을 입은 주원을 백돼지 같다고 느꼈지만 지윤은 주원의 무릎 위에 엉덩이를 올려놓고 볼에 입을 맞췄다.

"자기야, 나 씻고 올게. 오늘 서비스는 내가 해 줄게."

"아니, 안 씻어도 된다."

일어서려는 아내를 주원이 붙잡았다.

"냄새 나는 거 싫어하잖아."

"오늘은 괜찮다. 어차피 케이크 바를 거니까."

주원은 아내를 번쩍 들어 올려 침대에 던졌다. 그리고 거칠게 옷을 벗겼다. 주원은 케이크 위에 크림을 걷어내서 나체가 된 지윤의 몸에 정성껏 발랐다. 체형에 비해 너무 크게 수술한 가슴 위에도 듬뿍 바르고 초콜릿은 손바닥에 올려서 녹인 후 얼마 전 주원이 직접 면도해 준 지윤의 아랫도리에 하트 모양으로 그림을 그려 넣었다. 아내의 음모를 다 밀어 버린 데는 그만한 이유가 있었다.

아버지의 폭력이 이루어진 다음 날 안방에 들어가면 침대 아래 수많은 음모들이 굴러다녔다. 직접적으로 뽑는 걸 본 적은 없지만 어린 시절부터 주원의 호기심은 정답을 바로 뇌리에 주입시켰다. '아버지는 엄마의 털을 뽑는다. 엄마는 오른손으로 배를 쥐고 왼손으로 음부를 쥐고 고통스러운 표정으로 거실을 걸어 다닌다. 나와 마주치면 아무렇지 않은 척 웃어주지만 그 표정이 더 슬프다.' 주원이 필름이 끊긴 만취 상태가 되면 지윤의 팬티 안으로 손을 넣어 음모를 뽑는 버릇이 있었다.

주원은 유흥업소에서는 취하기도 전에 아가씨들의 음모를 뽑기로 소문이 자자했다. 진상 리스트에 '탈모기 돼지 변태'로 낙인 찍혀 아가씨들의 기피 대상이었다. 아예 완싱한 아가씨가 옆에 앉으면 재수 없다고 털이 많은 아가씨로 앉히라고 명령했다. 뽑히는 개수만큼 돈을 뿌렸다. 주원의 변태적인 폭력은 유흥업소에서 은밀히 이루어지고 있었다.

그나마 일매에게는 그런 짓을 한 적이 없었다. 아버지에게 물려받은 변태 행위가 그때는 발현되지 않았기 때문일까?

주원이 취중에 아내의 음모를 뽑고 난 다음 날엔 후회와 용서를 빌었지만 만취 상태가 되면 또다시 그 같은 행위를 하고야 말았다. 그래서 주원이 스스로 아내의 아랫도리를 면도해 주었다. 아버지가 어머니에게 저질러 온 폭력이 주원의 무의식 속에 각인되어 있었다. 소리 없이 이루어진 아버지의 폭력에 주원의 가슴은 멍이 든 채로 성장해 가고 있었다.

"기대해라. 파티는 지금부터 시작이다."

주원은 케이크 깊숙이 손을 넣어 작고 반짝이는 걸 꺼내서 입 안에 숨겼다. 혀를 동그랗게 말고 반지를 혀에 걸어 아내의 가슴부터 애무하면서 내려가기 시작했다.

"주원 씨, 이게 뭐지?"

지윤은 반지임을 눈치 채고 몇 캐럴 다이아인지 궁금해했다. 그러자 아랫도리가 젖어 왔다. 반지를 걸고 있는 혀끝이 아랫도리에 멈췄을 때 주원은 반지를 아랫도리에 걸어놓고 고개를 들었다.

"지윤아, 니 이런 거 좋아했나? 완전 흥분했네. 우리 마눌님이 원한다면 매일 해 줄 수도 있는데."

지윤도 놀랐다. 남편과 관계를 할 때면 거칠고 짧은 애무 때문에 전혀 흥분되지 않아서 성교통으로 괴로웠는데 다이아가 윤활제 역할을 하다니 이게 이토록 흥분될 일인가?

"아잉 자기야, 반지는 거기에 말고 손가락에 끼워 주라."

그녀가 손을 내밀었다.

"지윤아, 건물 언제 팔 건데?"

주원은 반지 따위가 중요한 게 아니라는 말투로 질문을 던졌다.

"무슨 건물? 아버지 꺼?"

무슨 소린가 한참을 생각했다.

"이제, 넘겨받아도 되잖아."

아내의 시원찮은 반응에 발끈했다.

"그 건물 팔아 봐야 빚 갚고 나면 우리한테 올 것도 없다."

"뭐라고?"

주원은 초콜릿이 잔뜩 묻은 얼굴을 쳐들었다.

"건물 팔아서 내 병원 차려 준다고 안 그랬나? 근데 무슨 빚이 있는데?"

"건물 지을 때도 빚이었고 그 후로 엄마 사업할 때 땜빵한다고 이래저래 대출이 많다드라. 파는 게 오히려 손해라던데."

"그럼 우리 아파트는 어떻게 들어가는데? 벌써 계약금 주고 왔는데."

"자기가 준비하는 거 아니었나?"

주원은 침대에서 벌떡 일어서며 반지를 침대 아래로 집어던졌다.

"이런 미친, 그럼 나중에 병원도 못 차려 주겠네?"

"병원은 아버님 꺼 물려받으면 되잖아."

지윤은 실팍하게 웃으며 어깨를 으쓱했다.

"그럼 집도 못 사고 병원도 못 차려 주고 내는 사기 결혼 당한 거가?"

주원은 출렁거리는 뱃살을 흔들며 이리 뛰고 저리 굴리며 흥분을 가라앉히지 못했다.

"시발, 상견례 때 너거 아빠가 건물 팔아서 우리 사위 뒷배가 돼 준다고 얘기한 건 뭔데?"

주원은 조금 전까지 육중한 자신의 몸에 걸쳤던 가운을 주워서 얼굴의 초콜릿을 닦아냈다.

"그건 그냥 하는 말씀이겠지. 자기 부모님이 충분히 부잔데 울 아빠 건물이 뭐가 중요한데?"

그녀의 시선은 떨어진 반지를 찾으며 주원의 말을 받았다.

주원은 초콜릿과 크림이 뒤섞인 가래침을 침대 바닥에 깔려 있는 마그니피쿠스 카페트 위에 뱉었다. 그리고 욕실로 가서 샤워를 시작했다. 지윤은 바닥을 뒤지다 드디어 반지가 눈에 들어왔다. 반짝이는 보석 하나 없는 18K 민자 평반지였다. 다이아를 기대한 지윤은 실망한 표정을 감추지 못했지만 석 돈은 족히 넘을 법한 묵직함에 버리기도 아까웠다. 침대보를 잡아 당겨 반지를 윤이 나게 닦은 뒤 가방에 집어넣고 샤워실로 들어갔다.

지윤이 샤워를 마치고 나오자 주원은 이미 룸을 빠져 나갔고 프런트에서 체크아웃까지 해 놓은 상태였다. 그녀는 주원에게 계속 전화를 걸었지만 받지 않았다. 수건을 두르고 남아 있는 와인을 잔에 가득 채워서 창가로 걸어갔다.

'야, 여기 진짜 전망 죽인다. 혼자라도 자고 갈까? 집에 가기 아쉽네.'

지윤은 수화기를 들고 0번을 눌렀다.

"여기 오늘 주문한 음식은 다 나온 건가요? 또 다른 이벤트는 없었나요?"

"고객님, 그 룸은 이미 체크아웃이 됐는데요. 나머지 이벤트도 취소를 하셨습니다."

수화기를 던지듯 내려놓은 지윤은 급히 옷을 갈아입으며 혼잣말을 이어 갔다.

"미친 놈, 시집을 때 혼수를 그만큼 했으면 됐지. 울 아빠 건물까지 노리다니. 내가 미쳤나? 니 같은 돼지 새끼한테 건물까지 바치면서 시집오게? 미안하지만 너거 아버지 병원 노리고 이 한 몸 희생한 거다. 돼지 새끼야. 혼수가 처음이자 마지막 루어였다고."

2005년 준걸 아버지

'아가야, 내는 언제까지 누워 있어야 되노?'

'지금이라도 일어나면 좋겠다. 할배.'

'말은 언제 할 수 있노?'

'내도 할배가 빨리 말 좀 했으면 좋겠다. 심심해서 죽겠다.'

'아가야, 니가 힘 좀 써봐라.'

'할배, 그러니까 마누라를 왜 그렇게 믿었노? 내가 분명히 마누라 눈빛이 무섭다고 했제?'

'니가 언제 그랬노? 내는 못 들었다.'

'할배, 몇 년 전 육교 위에서 들었던 말 기억 안 나나? 어떤 껄베이 아저씨한테 할배가 동전을 던져 주니까 그 껄베이가 할배한테 등잔 밑이 어둡다고 가장 가까운 사람을 조심하라 했잖아. 기억 안 나나?'

'기억나지 왜 안나? 내가 천하의 둘도 없는 점쟁인데 내 한티 껄베이가 충고를 하니까 가짢아서 웃었는데 우찌 그걸 잊을 수가 있겠노?'

'할배, 그거 내가 시킨 거다. 껄베이 아저씨가 대신 얘기해 준거라고.'

'직접 얘기해 주지? 와 그랬노?'

'몇 번 얘기해 줬는데 할배가 안 들었잖아. 마누라는 돈만 벌어 주면 좋아 죽는다고 맨날 무시했잖아.'

'내가 언제?'

'아 몰라, 할배 빨리 안 일어나면 나도 딴 데 갈 기다.'

'가지 마라. 니까지 떠나면 내는 우찌 일어나노?'

'할배, 사람도 떠나는데 귀신이라고 영원히 붙어 있겠나?'

'쪼매만 더 같이 있자.'

준걸 아버지는 눈물이 고였고 그때 마침 아내와 아들이 병실로 들어섰다. 준걸 어머니가 손수건을 적셔서 아버지의 눈가와 목덜미를 닦아 주며 말했다.

"요즘에는 눈도 잘 맞추고 말귀도 알아들으시는 것 같다. 처음엔 눈동자가 돌아가고 침만 질질 흘려서 곧 돌아가시는 줄 알았는데 이제는 서서히 좋아지고 계신다."

어머니는 집요하게 아버지의 눈빛을 살폈다.

"아버지, 저 왔어요. 저 알아보시겠어요?"

준걸을 보자 그는 심하게 눈동자가 흔들렸다.

'걸아, 너거 엄마가 내를 이렇게 만들었다. 너거 엄마가 내를 죽일라고 했다. 걸아 내 좀 살리도.'

아버지 입에서 침이 흘렀다.

"봐라. 걸아 아버지가 니 알아보시제. 곧 말씀도 할 수 있을 거랬다."

어머니는 남편의 입에 묻은 침을 닦았다.

"어머니가 고생이 많으세요."

준걸은 아버지보다 엄마의 손을 잡으며 위로를 전했다.

준걸이 병실을 빠져 나가고 어머니는 간호사실로 가서 담당의를 찾았다.

"지금 교수님 좀 뵐 수 있을까요?"

"김민교 교수님 지금 외래 진료 중이세요."

"외래 접수 좀 해 주세요. 급히 여쭐 게 있습니다."

그녀는 다급해진 목소리였다.

"저희한테 말씀 하세요. 무슨 일이세요?"

데스크에 앉아 있던 간호사가 사무적인 말투로 받았다.

"교수님하고 상담하고 싶어요."

어머니는 외래에서 대기했다. 대기의자가 비어 있는데도 정신없이 왔다갔다하며 관자놀이를 힘껏 문질렀다.

이름이 불리자 진료실로 들어섰다.

"교수님, 우리 집 양반이 점점 호전되는데 깨어날 확률이 높아진 건가요? 처음엔 사람들 눈도 못 맞추고 인지능력이 현저히 떨어졌는데 지금은 눈도 잘 맞추고 대화하면 눈물도 흘려요. 깨어날 가능성이 있는 건가요? 곧 말도 할 수 있을 것 같은데 희망을 가져도 될까요?"

김민교는 모니터를 보면서 설명했다.

"아침 회진 때 보니까 예전보다 나아진 건 맞지만 그게 답니다. 보호자님의 간절함은 이해하지만 더 이상 좋아질 순 없어요. 앞으로도 더 많이 눈을 맞출 거고 묻는 말에 눈으로 답하는 느낌도 들게 될 겁니다. 그렇지만 측두엽의 손상이 크기 때문에 말을 하는 건 불가능합니다."

준걸 어머니는 좌절하는 표정으로 진료실을 나왔다. 남편의 병실로 가기 위해 엘리베이터를 탔다. 그리고 바닥에 시선을 고정한 채 안도의 미소를 지었다.

2005년 준걸의 해우소

"지민이 어머님 어서 오세요."

해우소의 문이 열리자 준걸은 호흡을 가다듬고 지민 엄마에게 다가갔다. 지민 엄마에게 가벼운 목례를 한 뒤 두 손으로 공손히 소파를 가리켰다.

"네 선생님, 저하고 상담을 요청하셨다고요? 우리 애한테 다른 문제라도?"

지민 엄마는 매우 귀찮아하는 말투로 서서 대답했다.

"어머님, 지민이만 상담한다고 해서 고칠 수 있는 게 아닙니다."

"그럼, 누굴 더 상담해요?"

준걸의 시선을 받아내면서 질문했다.

"어머님, 지민이가 왜 마음이 아프다고 생각하세요?"

그녀는 말이 길어질 것 같은 예감이 들자 소파 팔걸이에 왼쪽 엉덩이를 걸쳤다. 오른쪽 다리를 왼쪽 다리 위에 올린 채 오른발 끝을 시계방향으로 돌리고 왼발 뒤꿈치를 바닥으로 흔들어 댔다.

"그야 뭐, 전학 가고 나서 적응을 못하니까 그렇겠죠."

"지민이의 병명이 정서행동장애라는 얘긴 들으셨죠?"

준걸의 눈빛이 심각하게 변하자 그녀는 시선을 회피했다.

"네, 알고 있죠. 당연히. 전학한 뒤 환경이 바뀌니까."

그녀는 고개를 돌린 채 어깨를 추어올렸다.

"지민이가 아직도 손톱을 물어뜯지요. 지민이가 느끼는 감정의 변화에서 안정을 찾기 위해 손톱을 물어뜯는데 그것도 강박장애의 일종입니다. 그리고 지민이는 뜯긴 손톱을 뱉어내지 않고 삼킵니다. 지민이는 그런 식으로 분노를 처리합니다."

"전학 가고 나서 적응을 못 하니까 손톱을 뜯는 거 같아요. 좀 더 크고 나면 좋아지겠죠."

200

"전학 가기 전에도 불안해하고 우울한 기분으로 생활했는데 전학 핑계만 대시는군요. 손톱 뜯는 행위부터 당장 멈춰야 합니다. 나중에 지민이의 손톱이 어떻게 될 거 같습니까?"

준걸은 자신의 손을 뻗어서 그녀의 눈앞에 쭉 뻗었다.

"그러다 말겠죠."

준걸의 손을 잠시 일별하고는 고개를 돌렸다.

"지민이가 1년 아니라 10년을 상담 받아도 어머님이 안 바뀌시면 비싼 돈만 버리는 겁니다."

"왜요? 제가 뭘 어쨌다는 건데요?"

그녀도 더 이상은 준걸의 시선을 피하지 않았다.

"지민이 누나도 전학을 갔죠. 그 앤 적응 잘하고 생활도 문제가 없지요?"

"네, 그 앤 여자애고 나이도 더 많으니 새로운 환경에 적응도 잘하는 거겠죠. 지민이도 나이가 들면 저절로 좋아질 겁니다."

준걸의 시선을 정면으로 노려보았다.

"지민이의 스트레스는 누나와 차별받는 수준의 것이 아닙니다. 예를 들자면 동생이 생기면 형은 질투가 나서 퇴행되기도 하고 관심받기 위해 사고를 저지르기도 하죠. 그 정도 행동은 대부분 시간이 해결해 줍니다. 지민이는 누나에게 치우치는 사랑이 단순하게 질투가 나서 힘든 게 아니라 엄마 아빠는 누나만 사랑하고 자신을 싫어한다고 믿고 있어요. 그것도 아주 어린 시절부터 철저히 자신은 미움 받는 존재라 느끼고 있어요."

"누나를 더 이뻐하는 건 딸아이니까 애교도 많고 더 살갑게 구니까 정이 가는 거지요. 그렇다고 지민이를 싫어하는 건 아니에요."

"어머님, 제가 좀 더 솔직해져도 될까요?"

지민 엄마는 꼬고 있던 다리를 풀고 소파 깊숙이 엉덩이를 밀어 넣었다.

"뭔데요?"

"어머님, 혹시 보육원 아이들의 눈빛을 본 적이 있으세요? 그 아이들의 눈은 보는 사람이 오히려 눈물이 날 만큼 공허함이 가득해요. 늘 초조하게 무엇인가를 갈망하는 눈빛엔 슬픔만 가득 채워져 있어요. 이게 핑계가 될 수도 있지만 제가 대학생 때 보육원 봉사를 그만둔 이유가 그 아이들의 눈 때문입니다. 돌아서서 집으로 오면 끝까지 붙드는 집요한 그 눈빛 때문에 며칠 간 우울함을 겪어야 했어요. 물론 지금은 시대가 바뀌어서 여전히 그 눈빛인지는 잘 모르겠지만 10년 전쯤엔 그랬어요. 그런데 지민이를 처음 봤을 때 그 아이들의 눈빛을 닮아 있었어요."

"선생님, 지금 무슨 말씀하세요? 왜 고아를 우리 애랑 비교하세요?"

그녀가 버럭 소리를 질렀다.

"지민 어머님, 어머님이 더 이상 마음을 열지 않으시면 저도 더는 상담을 하지 않겠습니다. 그리고 지민이 상담도 멈출 겁니다."

준걸의 눈빛은 강렬했지만 나직한 목소리로 말했다.

"왜요? 그럼 우리 지민이는 어떻게 되는 건데요?"

"딴 데 가시든 치료를 중단하든 안타깝지만 어머님이 결정하세요."

"뭘 어떻게 솔직해져야 하는 건데요?"

준걸의 카리스마에 그녀가 주눅이 들었는지 초조함을 드러냈다.

"아드님을 왜 미워하세요?"

준걸은 단호한 눈빛으로 지민 엄마의 눈을 노려봤다. 서둘러 준걸의 눈을 피하는 그녀는 오른 쪽 엄지손가락을 10초 정도 입에 물다가 내려놓았다.

"요즘은 딸을 더 선호하는 시대잖아요. 그런데 시댁에서는 아직도 아들 아들 노래를 하거든요. 사대부 집안에 땅 부자 집안인데 남편이 외아들이라 모든 재산을 물려받게 되어 있어요. 근데 아들을 못 낳으면 쫓겨날 각오하라고 시부모님이 으름장을 놓으셨는데 남편도 시부모 뜻에 복종하는 사람이고요. 근데 첫딸을 낳던 날 시부모님은 전화 한 통 없으셨고 우리 딸 얼굴 한 번 보러 오신 적도 없었죠. 남편도 그런 시부모 반응이 당연하다고 무조건 시부모 편만 들었어요. 그러다 둘째는 다행히 아들이어서 시부모한테 재산도 일부 물려받았고 저도 며느리 인정받고 잘 살고 있는데요."

지민 엄마는 잠시 말을 멈추고 자신의 관자놀이를 중지손가락으로 돌렸다. 준걸은 재촉하지 않고 그녀가 더 얘기할 때까지 기다렸다.

"그런데 지민이가 하는 짓이 남편하고 너무 닮았어요. 남편은 시아버지를 많이 닮았죠. 그래서 지민이를 보면 시아버지와 남편을 동시에 보는 기분이에요. 그래서 저도 모르게 지민이를 미워하는 거 같아요."

그녀의 목소리가 미세하게 떨리고 있었다.

"남편하고는 사이가 많이 안 좋으세요?"

"조건 보고 한 결혼이라 원래 사랑도 없었지만 성격도 안 맞아서 힘들어요. 딸만 바라보고 살고 있어요."

"조건 보고 결혼한 건 본인의 선택이니 어머님이 책임지실 문제고요. 지민이는 누구 배에서 나왔습니까? 어머님의 아들 아니에요?"

"제 아들 맞지요."

준걸의 흔들림 없이 냉정한 질문에 내담자는 자동반사적으로 답변이 나왔다.

"시아버지를 닮든 남편을 닮든 그게 무슨 상관입니까? 내 배 아파서 낳은 자식 아닙니까? 재산 물려받기 위해 아들을 이용하는 겁니까? 그런 거면 차라리 시댁에 지민이를 보내세요. 재산 때문에 아이를 망치는 엄마는 엄마 자격이 없습니다."

차갑도록 명징한 논리에 그녀는 당황하는 기색을 넘어서 불안해하고 있었다.

"아니요, 그런 건 아닌데요. 저도 모르게 지민이를 미워한 적은 있지만 그 아이를 이용하다니요? 재산 때문에 아이를 이용하는 엄마가 어딨어요?"

"어머님이 그러셨잖아요. 아들을 낳지 않으면 재산은커녕 집에서 쫓겨난다면서요?"

내담자는 야단맞는 학생의 입장에서 취조받는 피의자 심경으로 변해 가고 있었다.

"그건……."

"지민이 누구 아들입니까?"

"……."

"아드님이 누구 배에서 나왔습니까?"

준걸이 같은 질문을 반복했다.

"제 아들이죠."

"시부모랑 상관없는 아이입니다. 누가 뭐라고 해도 지민이는 어머님의 자식입니다. 짐승도 제 새끼는 혀로 핥아 주는데 어머님은 아들을 사랑의 손길로 쓰다듬어 주신 적이 있습니까?"

"그래도 제가 최선을 다했는데요."

그녀는 배 속이 뒤집히는 분노에 휩싸였다.

"무슨 최선을 다했습니까? 먹여 주고 재워 주고 학교 보내 주는 거요? 그건 보육원에서도 다 해 주는 겁니다. 아이는 사랑을 먹고 자라야 돼요. 때론 맛없는 음식을 주거나 더러워진 옷을 그냥 입힌다 해도 사랑을 듬뿍 받은 아이는 그런 걸로 상처 받지 않습니다."

"그럼, 제가 어떻게 해야 하나요?"

지민 엄마는 눈물을 참기 위해 시선을 먼 곳으로 밀어냈다.

"사과하세요. 지민이한테 진심으로 사과하고 용서를 구하세요. 지민이 나이면 충분히 알아들을 테니 사실을 있는 그대로 얘기하시고 용서를 받으세요. 우리 엄마가 그렇게 불행했구나. 그래서 나에게 그 불행이 전해진 거구나. 이해를 받아 내세요. 그리고 지민이 눈을 들여다보세요. 공허함이 사라지는지 따스함을 전해 받았는지."

"……"

"어머님은 놀이방에서 지민이와 놀아주시고요. 전 아버님과 말씀 좀 나누겠습니다."

"지민 아빠는 왜요?"

울음이 들어차서 잠겨 있는 목소리로 겨우 물었다.

"아버님께도 당부 드릴 말씀이 있어요. 지민이를 위해서."

지민 엄마는 간신히 참아낸 눈물 대신 인중에 밴 땀을 손등으로 찍어내며 해우소 밖을 나갔다.

취조를 마친 피의자가 공범자와 입구에서 마주쳤다.

지민 아빠는 지민 엄마보다 더 뻐딱한 자세로 해우소 안에 몸만 집어넣었다. 영혼은 해우소 밖 대기실에 두고 오기로 작정했는지 초점 잃은 눈빛으로 소파에 털썩 내려앉더니 지민 엄마처럼 다리를 꼬았다. '나쁜 건 부부가 서로 닮았네.' 준걸은 속으로 생각하며 상담을 좀 더 빠르게 진행시켰다.

"아버님, 지민이는 부모님에게 사랑받지 못한다고 생각하고 있습니다."

"그게 학교생활 적응 못 하는 것과 무슨 상관입니까?"

지민 아빠는 소파 손잡이를 오른손과 왼손을 번갈아가며 리듬감 있게 툭툭 치며 답을 했다. '엄마는 발로 리듬을 맞추더니 아빠는 손으로 리듬을 맞추네. 이렇게 손발을 척척 맞춰서 아들을 꾸준히 소외시켰나 보다.'

"학교생활을 못 하는 게 아니라 근본적으로 슬픔이 많은 아이입니다. 정서행동장애가 학교 부적응으로 나타난 것뿐입니다. 지민이의 병은 부모님의 사랑 없이는 고치기 힘듭니다."

"부족한 게 뭐가 있다고 그런 병에 걸리는데요? 전학 가기 전엔 멀쩡했는데요."

그의 사무적인 말투에 화가 치밀었지만 침착하게 말을 이어 갔다.

"멀쩡한 게 아니라 그동안 억눌렸던 감정이 이제 폭발한 겁니다. 아이한테 진작에 관심을 가졌다면 전학 전에도 충분히 느낄 수 있었는데 지민이의 병이 깊어지도록 모르셨던 것뿐입니다. 아니 모른 체하고 싶으셨겠지요. 이런 경우를 치환이라고 하는데 그러니까 부모님에 대한 충동이나 감정을 덜 위협적인 전학 간 학교에 대한 부적응으로 돌려서 표현하는 겁니다."

"그게 뭔 소린데요?"

그는 콧바람과 함께 어깨를 으쓱했다.

"지민이를 사랑하세요?"

"……"

"어머님과도 말씀 나누었지만 시댁에서 아들을 선호하셔서 낳은 아이라 크게 정이 안 간다고 하셨어요. 그런데 제가 보기에 아버님은 다른 이유로 아들을 사랑하지 않으시는 것 같아서요."

"어떤 이유인데요?"

그는 뭔가 호기심이 발동한 표정으로 변했다.

"어머님 입장에서 시월드가 사랑하는 아이, 다시 말해 시월드에 인정받기 위해 낳은 아들이라 그 핑계로 아이가 미울 수 있구나 설득력은 부족해도 나름 납득은 할 수 있습니다. 그런데 아버님 입장에선 우리 부모가 사랑하는 내 아들이란 타이틀이 있는데 왜 아들을 사랑하지 않으시는지요?"

"지민이가 그래요? 아빠가 자기를 사랑하지 않는다고?"

그는 냉담한 눈으로 실실거리며 비웃는 걸 멈추지 않았다.

"두 분에게 철저히 외면당한다고 느끼고 있어요. 너무나 가여운 눈으로 사랑을 갈구하고 있는데 정말 모르는 겁니까? 끝까지 모르는 척하실 겁니까?"

지민 아빠는 소파를 툭툭 치던 손을 멈추고 엉덩이를 소파 뒤로 밀어 넣었다. 부부가 앉아서 하는 짓이 너무 닮아서 준걸은 비웃음을 흘릴 뻔했다.

"그럼 어떻게 해야 되는데요?"

웃음기를 걷어낸 지민 아빠가 준걸의 눈에 시선을 고정했다.

"그야 아버님 아들 아닙니까? 어떤 이유에서건 아버님 피를 받은 본인 아들인데 사랑으로 키우셔야죠. 유산 상속에 아들을 이용하지 말란 말입니다. 그건 아버님의 집안 문제지 지민이는 무조건 사랑받아 마땅한 본인의 자식입니다."

"만일, 제 아들이 아니라면요?"

그가 눈을 가늘게 떴다.

"그게 무슨?"

준걸은 전혀 예상하지 못한 답변에 마른 침을 삼켰다.

"제 피가 아닌 딴 새끼 씨를 받은 거라면요?"

그는 남의 얘기하듯 따분해하는 낯빛이었다.

"자세히 말씀해 주세요."

"지민이 엄마한테는 비밀로 해 주신다면야."

"네 그럴게요. 지민이 치료가 우선이니까 사실을 말씀해 주세요."

"지민이 제 자식 아닙니다. 내 새끼 아니라고요."

그는 엄청난 비밀을 털어놓는 사람치고는 매우 침착하게 말을 이어 갔다.

"그럼 누구?"

그는 소파에서 일어서서 창가 쪽으로 걸어갔다. 블라인드 사이를 벌리며 말을 했다.

"좀 더운데 문 좀 열까 해서요."

준걸이 뒤따라가서 블라인드의 줄을 당겼다. 그리고 창문을 열어 주었다. 지민 아빠는 3분쯤 서 있다가 찬바람을 묻힌 채 소파로 돌아와 엉덩이를 반쯤 걸친 상태로 얘기했다.

"그건 저도 모릅니다. 지민이가 다섯 살 때 의심 가는 일이 있어서 지민 엄마 모르게 친자검사를 했어요. 제 아들이 아니더라고요. 그런데 지민 엄마한테 얘기해 봐야 일만 더 커질 것 같고 어차피 우리 집안엔 아들이 필요했고 세 번째 아이가 딸이어서 유산시켰습니다. 그 후로 아이가 안 생겼어요."

"그럼 지민이가 아버님의 아들이 아니란 사실을 알고서도 지민 어머님한테는 비밀을 지키고 있는 이유가 뭡니까? 그 일이 커진다는 게 무슨 의미입니까?"

지민 아빠는 엄청난 비밀을 털어놓는 사람치고는 가끔씩 딴생각에 빠져드는 눈빛 외엔 흥분하거나 분노하는 기색조차 없었다. 계속 남의 얘기를 하듯 점점 무표정해지는 모습에 준걸은 약이 올랐다.

"괜히 알아봐야 싸우기밖에 더하겠어요? 어차피 사랑해서 한 결혼도 아니고 그냥 결혼해서 내 아이를 낳기에 적당한 여자였어요. 배신감보단 그냥 어이가 없었죠. 그러니 크게 분노할 필요도 없었고요."

"더 솔직히 말씀해 보세요. 유산 상속용으로 지민이를 이용하기 위해 아들의 자리에 그냥 두신 거죠? 본인의 욕심 때문에 아이의 인생이 어떻게 되든 그건 상관없으시죠? 원하는 만큼의 재산을 받게 되면 그땐 지민이를 어쩌실 겁니까? 버리기라도 할 겁니까?"

"그때쯤이면 지도 앞가림할 나이가 됐을 건데 버릴 필요까진 없지요. 그냥 먹고살 만큼의 지원만."

"당장 멈추세요. 아들을 이용하는 건 학대입니다."

준걸은 흥분을 감추지 못했다.

"애비 노릇 못한 것도 없습니다."

흥분한 준걸에게 지민 아빠는 조금의 죄책감도 없이 차분하게 받아쳤다.

"아뇨, 애비 노릇 안 한 거 맞습니다. 엄마는 엄마대로 아이를 미워하고 아빠는 친아들이 아니라는 사실을 숨긴 채 아이를 학대하고 살고 있었죠. 지민이가 저대로 크면 정상적인 인격으로 성장할 수 있다고 생각하세요? 부모에게 이용만 당하는 가여운 아이가 커서 뭐가 될 수 있겠어요? 유산 받을 때 아이의 상태가 지금보다 나빠져 있으면 아버님의 부모님이 과연 흔쾌히 전 재산을 다 물려주실까요?"

"그게 무슨 말씀이세요?"

그는 이제야 의문의 눈빛으로 바뀐 채 준걸의 시선을 살폈다.

"두 분이 변하지 않으면 지민이는 더 나빠질 겁니다. 병동에 입원할 수도 있습니다. 그런 손자를 할아버지 할머니가 어떻게 생각하실까요?"

"그럼 저는 어떻게 해야 하나요? 선생님 같으면 어쩌실 건데요?"

준걸은 부부가 질문하는 꼬락서니도 똑같다고 생각했다.

"다 포기하고 아이의 친부를 찾아서 보내세요. 그렇게 못 하시겠지만."

"네, 못 합니다. 지금까지 어떤 마음으로 참았는데, 이제 와서 그건 안 됩니다."

그는 두려움이 들어찬 눈으로 준걸의 말을 받았다.

"그럼 아드님에게 사랑을 주세요. 그게 가짜 사랑이라 해도 지민이가 느낄 땐 진실로 받아들여져야 해요. 아빠와 엄마의 사랑만이 지민이를 치료할 수 있습니다."

해우소 밖에서 쿵 하는 소리가 들렸다. 간호사들이 달려오고 준걸도 급히 문을 열었다. 거기엔 지민 엄마가 넘어져 있었다. 영혼이 모두 빠져나간 텅 빈 눈빛만이 허공에서 흔들리고 있었다. 지민 아빠는 지민 엄마를 일으켰다.

"당신, 언제부터 여기 있었노? 지민이는 어딨노?"

다행히 지민이는 놀이방에서 나오지 않았다. 지민 엄마는 지민 아빠의 손을 뿌리치고 간호사의 도움으로 겨우 바닥에서 일어섰다. 급히 놀이방으로 가서 지민에게 신발을 신기고 엘리베이터 앞에 섰다. 지민 엄마는 자세를 낮추고 오른손으로 지민의 왼손을 잡고 왼손으로는 지민의 얼굴을 당겨와 자신의 얼굴에 비볐다. 처음 느끼는 엄마의 따스한 손길과 애잔한 숨결에 아들의 얼굴엔 옅은 미소가 번졌다. 엘리베이터 문이 열리자 지민 엄마는 지민 아빠의 귀에 대고 속삭이듯 입을 열었다.

"난 이제 너거 집 재산에 관심 없다. 지금 따라오면 당신 부모한테 가서 다 말할 거다. 그러니까 우리 따라오지 마라."

지민 아빠는 엘리베이터에 같이 탔다가 문이 닫히기 전에 성급히 내렸다. 엘리베이터 문이 닫히자 그제야 큰 소리로 말했다.

"불결한 짓은 지가 다 해 놓고 누구한테 썽을 내노?"

이제 지민 엄마는 지민이를 데려오지 않을 것이다. 이 문제는 아이의 치료보다는 부모의 법원행이 더 시급한 경우다. 하지만 지민이는 이제 엄마의 사랑은 듬뿍 받을 수 있고 치유될 일만 남았다. 그동안 미워했던 만큼 지민이를 감싸주는 진짜 엄마를 만나게 된 지민이 오히려 다행이었다. 준걸은 옅은 미소를 지었지만 입안에서 쓴맛이 느껴졌다.

다음 내담자는 몇 달 전에 왔다가 상담을 포기하고 돌아갔던 중년의 여인이다.

"안녕하세요. 이수임 님."

"절 기억하세요?"

이수임은 무거운 눈으로 준걸을 바라봤다.

"그럼요. 기억하죠. 그런데 작년보다 많이 야위셨네요."

"작년엔 너무 창피해서 도망쳤는데 이젠 죽을 것 같아서 창피한 것도 모르겠네요."

이수임은 준걸의 시선을 다 받아내면서 울음을 삼키고 있었다.

"죽는 것보다 무엇이든 해 보는 게 낫지요. 어떤 말이든 다 해보세요. 차 한 잔 필요하십니까?"

"아니요. 대기실에서 커피를 두 잔이나 마셨습니다."

그녀는 손사레를 쳤다.

"지금 가장 괴로운 게 무엇인지 그것부터 얘기해 보세요"

준걸은 내담자가 망설일 시간을 주지 않았다. 이번에도 상담을 포기하고 돌아간다면 이수임은 어떤 사고라도 저지를 사람의 낯빛을 하고 있었다.

"외로워서 죽을 것 같아요."

그녀의 목소리가 젖어 들었다.

"단지 외로움 때문에 죽음을 생각하십니까?"

"그게 아니라 남편이, 아니 전남편이⋯⋯."

이수임은 준걸의 눈을 한 번 보고는 이내 시선을 거둔 채 텅 빈 의자를 보듯이 말을 이어 갔다.

"남편의 폭력 때문에 주변에서 이혼하라고 난리여서 이혼했는데 그 사람들 때문에 이혼했더니 후회가 돼요."

"구체적으로 누구 때문에 이혼한 겁니까?"

"우리 언니, 형부, 친한 친구들."

그녀는 손바닥을 편 뒤 엄지손가락부터 차례대로 접었다.

"그런데 뭐가 문젠가요?"

"사실은 남편이 때리고 나면 다음 날 진짜 잘해 줬거든요. 그런데 막상 이혼하고 나니까 그런 사람이라도 옆에 있을 때가 행복이었다 싶어요. 제가 이렇게 말하니까 미친년 같죠?"

그녀는 준걸의 눈빛을 살폈다.

"아니요, 이해합니다. 그래서 그런 경우를 매정이 무섭다고 하는데 사람들은 이해 못 하죠. 왜냐면 부부 둘만의 문제를 정확하게 파악하지 못하니까요. 다만 얼굴이나 몸에 보이는 멍 자국만으로 불행할 거라고 판단하지요."

준걸의 뛰어난 공감 능력 덕에 내담자는 모든 경계를 무장해제하고 완전히 마음을 열어 버렸다.

"그 사람과 건조한 부부관계가 지겨울 때면 내가 살살 긁어서 매를 벌기도 했어요. 그러다 흠씬 두들겨 맞고 나면 미안해서도 엄청 잘해 줘요. 그럼 전희도 더 좋아지고 며칠간은 얼마나 다정한 남편이 되는 줄 아세요? 그걸 알 리 없는 주변인들은 진짜로 내 얼굴과 몸에 든 멍만 보고 내만 보면 이혼을 하라고 해서 정말 흔들렸어요. 이혼하면 더 행복해질 수 있다고 이렇게 비참하게 살려고 결혼했냐고. 더 좋은 남자는 길에도 널려 있다고. 그래서 이혼했는데……. 근데 좋은 남자 만나기는커녕 그 인간 생각에 미칠 것 같더라고요. 그래서 찾아갔더니 글쎄 벌써 딴 년이랑 살림을."

그녀는 허공을 바라보며 꺼이꺼이 눈물을 토해냈다. 준걸은 티슈를 앞으로 밀어 주고 가만히 더 듣기로 했다. 거침없이 코를 풀고 난 그녀가 다시 입을 열었다.

"그래도 그렇지. 미친놈이 내하고 산 세월이 있는데 이혼하자마자 반년도 안 되서 살림을 차릴 수가 있노? 내가 그 인간 모가지 잡고 지랄을 좀 했거든요. 근데 그 인간이 한다는 소리가 더 가관입니다. 지금 사는 여자는 맞을 짓을 안 한대요. 이혼해 줘서 고맙다고 덕분에 좋은 여자 만났다고 염장을 지르는데 그 자리에서 목을 매달고 안 죽은 게 분할 정도였어요.

사람이 참 간사한 게 뭐냐면 그 인간하고 찢어지고 나니까 좋은 기억밖에 안 떠올라요. 눈탱이 멍들었다고 그 비싼 명품 선글라스도 사 주고 갈비뼈 뿌사졌을 땐 한 달 동안 시중도 들어주고 다 낫고 나서도 조심해야 된다고 누워서 온갖 호사를 다 누리게 해 줬어요."

준걸은 분필 하나를 얹어 놓은 듯 무리하게 세운 이수임의 콧등에 시선이 갔다.

"내 코도 그 인간이 때려서 살짝 금이 갔는데 이렇게 높고 이쁘게 세워 줬잖아요."

준걸은 속으로 생각했다. '남편이 격하게 미안했다 보다. 코를 너무 높게 세웠네. 조금만 낮추지.'

"분해 죽겠어요. 이게 다 언니하고 친구들 때문이에요. 내 인생 책임질 것도 아니면서 결국은 이혼하게 만들었잖아요. 나도 복수할 거예요."

"누구한테 복수를 한단 뜻입니까?"

준걸은 자신의 귀를 의심한다는 표정으로 물었다.

"이혼하라고 강요한 사람들이요."

"그러니까 언니와 친구분들한테 복수를 한다고요?"

이수임은 결의에 찬 표정으로 고개를 끄덕였다. 그녀는 준걸을 바라보며 무슨 말이든 먼저 꺼내기를 기다렸다. 기다리기 지쳤는지 그녀가 내쉬는 한숨에 상담실 공기가 무겁게 가라앉았다.

"이수임 님, 무슨 복수를 어떻게 하고 싶은 건가요?"

"날 이렇게 이혼시키고 자기들만 행복한 꼴 못 봐요. 똑같이 갚아 줄 거예요."

"이수임 님, 결혼은 어떻게 하신 건가요?"

"선봐서 했어요."

"마음에 들어서 하신 결혼인가요?"

"아뇨, 그런 게 어딨어요? 그냥 부모님이 하라니까 한 거죠."

그녀는 준걸의 눈을 빤히 쳐다봤다.

"결혼도 부모님에 의해서 했고 이혼도 지인들에 의해서 하신 거네요?"

"……."

"본인 의지로 선택한 건 뭐가 있습니까?"

"……."

그녀가 준걸의 얼굴을 빤히 쳐다보며 무슨 말인가 하려다 멈췄다.

"결혼이든 이혼이든 그 중대한 일은 본인의 의지가 가장 중요하단 생각은 안 해 보셨어요?"

"……."

"선택도 본인이 하고 책임도 본인의 몫이지요."

비싼 돈을 지불한 자신의 편을 들지 않고 채근하는 준걸의 말투에 내담자는 화가 치밀었다.

"그게 되면 내가 비싼 돈 내고 여기 왔겠어요?"

"그럼 수임 님, 복수는 누구의 뜻인가요?"

준걸은 자신의 턱을 한 번 문지르고는 질문을 이어 갔다.

"네, 그래서 이번엔 내 뜻대로 할 거예요."

"어떤 식으로요?"

"언니부터 이혼시킬 거예요."

분노에 찬 눈빛이 준걸의 시선을 기민하게 바라보았다.

"무슨 수로요?"

"설마 방법이 없겠어요?"

"그런데 언니가 이혼을 안 하면 어떡하실 건가요?"

그녀의 입가에 빈정대는 미소가 떠올랐다.

"그건 자신 있어요. 언니의 과거를 다 까발리면 어떤 남자라도 버티지 못할 거예요."

"어떤 과거인데요?"

준걸은 미간을 찌푸렸다.

"형부 만나기 전에 사귀던 남자가 있었는데 두 번이나 임신했어요. 유산도 두 번 했는데 배에 임신선이 그어져서 안 사라졌어요. 형부가 의심하니까 엄마 닮아서 그렇다고 그것도 유전이라고 월경이 시작되면서 선이 생겼다고 거짓말했어요. 실제로 그런 여자도 있다네요. 그 왜 자전거 타다가 처녀막이 터졌다고 속이고 처녀인 척 결혼하는 여자들도 많잖아요. 실제로 자전거 때문에 터질 수도 있대요. 그러니 그런 거짓말이 먹히는 거죠. 남자들도 웃겨요. 자기 마누라는 진짜 처녀라고 믿고 싶은 건가? 자전거한테 순결을 뺏겼다고 믿는 등신들이 넘쳐나니 너도 나도 처음이라고 속일 수가 있는 거죠. 그렇게 속이고 시집간 친구들도 다 까발릴 거예요."

그녀의 얼굴은 비열한 표정으로 변해갔다.

"그래서 그런 비밀을 폭로하고 이혼을 시키면 우리 수임 님은 행복해질 수 있을까요?"

준걸은 상대를 나무라는 면담자에서 한 패가 되기로 한 공범자의 심정으로 다가가기 위해 우리라는 단어를 선택했다.

"행복이요? 글쎄요. 행복은 아니지만 속은 후련하겠죠."

"언니의 가정이 깨지고 나면 아이들은 어떻게 될까요? 그 생각은 해 보셨나요?"

"……."

"아이들도 힘들어지고 모두가 불행해지면 후회 안 할 자신 있나요?"

준걸은 그녀의 머릿속에 잠식해 있는 복수라는 암세포를 뿌리째 도려내고 싶었다.

"내가 왜 그런 것까지 생각해야 해요? 난 이미 불행한데."

그녀가 분노로 일그러진 표정으로 언성을 높였다.

"언니나 친구들이 이혼을 종용한 이유가 우리 수임 님의 불행을 바라서인가요? 그분들은 수임 님이 폭력으로부터 벗어나는 방법을 얘기했던 겁니다. 수임 님이 폭력 후에 남편한테 받은 보상이나 행복에 대해 지인들한테 고백한 적은 있으세요?"

"없어요."

그녀는 소극적으로 고개를 저었다.

"그러니 불행하기만 한 동생을, 친구를 그분들이 보호해 주고픈 마음으로 이혼을 권유했던 겁니다. 그런데 그런 분들한테 작정하고 불행으로 되갚아 준다는 게 너무 잔인하단 생각은 안 드세요?"

"내 삶은 이미 산산조각 났는데 뭐가 잔인해요?"

준걸은 긴 상담에 지친 나머지 상념에 빠졌다. 면담자는 내담자에 대해 일관성 있게 존중하는 태도를 가져야 하고 내담자가 바로 변화하지 못하는 것에 대해 참고 기다려야 하며 내담자의 문제에 적극성을 보여야 한다. 그런데 이수임의 불편한 논리에 싸대기를 날리고픈 충동을 느꼈다. '걸아, 너거 아버지도 니가 어렸을 때 죽다 살아나기 전엔 니처럼 착하고 듬직하고 선한 사람이었다. 저렇게 얄궂게 변할 줄 몰랐다. 나는 절대 아버지처럼 변하면 안 된다. 절대 아버지 닮으면 안 된다.' 어머니의 말처럼 준걸도 아버지의 얄궂은 성격을 닮아가고 있는 걸까? 준걸은 스스로도 선한 사람이라 믿고 살았는데 한 번씩 망나니가 되고 싶은 충동을 느꼈다. 이수임을 향해 복수할 거면 해 보라는 한마디를 남기고 공기 중으로 사라지고 싶은 심정이었다.

"수임 님, 복수는 또 다른 복수를 낳습니다. 그뿐만 아니라 모두가 불행해지면 가장 고통스러운 건 결국 우리 수임 님입니다. 분명히 후회할 겁니다."

"그럼 어떻게 해요? 난 이제 어떻게 살아야 해요?"

"지난 시간 돌아보며 후회하는 것부터 멈추세요. 후회하고 복수한다고 되돌아오지 않습니다. 미래만 생각하세요. 그럴 거면 수임 님이 변해야 해요. 지금부터라도 모든 선택과 결정은 본인의 힘으로 하셔야 해요. 새로운 사람을 만나서 새롭게 시작해 보세요."

"그럴 수 있을까요? 이혼한 여자가 또 남자를 만날 수 있을까요?"

그녀의 목소리가 점점 작아졌다.

"그럼요, 앞으로는 갈수록 이혼율이 높아질 겁니다. 지금까진 여자들이 대부분 참고 살았지만 앞으로는 불행한 결혼생활은 참지 않고 이혼을 선택할 겁니다. 그러니 그건 흉이 아니에요. 그리고 순결에 대해서도 점점 더 관대해질 겁니다. 제 생각으로는 몇 년 후엔 속 궁합 먼저 맞춘 후에 연인으로 발전하는 시기가 올 거라 예측하고

있어요. 그때는 처녀막의 유무를 따지는 꼰대는 사람 취급 못 받는
세상이 되겠죠.

　이수임 님 지금도 충분히 젊고 매력 있으세요. 얼마든지 새로운
사람을 만날 수 있을 겁니다. 그 전에 누군가에게 의지하고 기대는
마음부터 버리고 온전히 한 사람의 인격으로 일어서 보세요. 그러면
행복은 따라올 겁니다."

　내담자는 준걸의 눈을 찬찬히 바라보았다. 이제야 준걸의 외모가
눈에 들어온 듯 준걸을 아래위로 스캔해 보았다.

　"선생님은 결혼하셨어요?"

　"아니요. 아직 못했습니다."

　"선생님처럼 잘난 남자가 왜요?"

　의외라는 표정을 역력히 드러냈다.

　"글쎄요. 그게 문젠 것 같습니다. 당연히 솔로가 아닐 거란 생각들
을 하나 봅니다. 지금의 수임 님처럼요."

　준걸이 멋쩍게 웃어 보였다.

　"결혼엔 관심이 없으신가 보다."

　"글쎄요. 인연이 닿으면 언젠간 하겠지요."

　"부모님은 결혼하라고 안 하세요?"

　"저희 어머니도 제가 너무 잘났다고 생각해서 웬만한 여자는 다
마음에 안 드신가 봐요. 그런데 그게 무슨 상관입니까? 제가 함께
살 여잔데 제가 선택해야죠."

　"그래도 모친이 반대하면요?"

　"사람은 스무 살이 넘으면 부모로부터 독립해야 합니다. 내가 같이

살 여잔데 어머니 마음에 들면 좋겠지만 안 들어도 제 배우자입니다. 제가 책임질 제 삶인데 반대하셔서도 저는 결혼할 겁니다. 저희 어머니도 제 허락 안 받고 아버지와 결혼했잖아요."

"역시 잘생긴 쌤이 유머도 있고 생각도 멋지네요."

내담자는 처음으로 소리 내어 웃었다.

준걸은 가슴에 못 하나를 또 집어 삼킨 듯 속으로 울부짖었다. '가여운 내 여자를 그렇게 비참하게 버린 이준걸. 나쁜 새끼.' 해우소에서 복수에 눈먼 여자를 설득하기 위해 이토록 당당한 발언을 할 자격이나 있는지, 이렇게 이율배반적일 수가.

2005년 준걸의 아파트

드레스룸과 욕실이 연결된 안방에 일매와 신혼방을 차리고 안방을 마주보고 있는 작은방은 서재로 사용하려고 했었다. 준걸의 어머니가 현관 입구에 작은 방을 쓰고 남아 있는 방은 준걸의 아이가 태어나면 놀이방으로 만들어 주려고 했었다.

일매와의 결혼이 무산된 후 50평이 넘는 방이 네 칸인 아파트의 안방은 준걸이 쓰고 있다. 혼자 안방을 차지하는 게 의미가 없다고 거절했지만 어머니는 준걸에게 큰 방을 선물하기 위해 넓은 아파트를 분양받았다고 고집을 피웠다.

준걸은 넓은 방에 들어설 때면 발자국에 맞춰 늘 따라오는 허상에 시달려야 했다. 목이 늘어난 셔츠에 앞치마를 두르고 귀 뒤로 넘긴 머리칼이 얼굴로 흘러내리며 '선배'라고 부르던 그 앵두 같은 입술. 무의식에 갇혀 있던 삶에도 버리지 못했던 그녀. 심장 하나쯤 뜯어내는 아픔으로 버려야 했던 그 여자 일매. 간단없이 시달려야 했던 우울증. 준걸은 우울감이 찾아올 때면 일에 집중했다. 낮에 상담했던 녹음기를 꺼내 컴퓨터로 옮기는 작업을 집으로 가져왔다.

저장 과정에서 무심코 파일 하나를 클릭했다. "내는 돈과 명예가 더 중요합니다. 그것들만 있다면 세상 무서울 게 없다고 생각했습니다. 그래서 그 사람이 떠나도 붙잡지 않았어요. 그 사람을 붙잡으면 내 명예는 포기하고 살아야 하는데 그걸 포기할 수가 없더라고요. 그래서 그 사람 떠나도 사실은 크게 안 슬플 거라 자신했어요. 그런데 돈도 명예도 다 의미가 없네요. 당장 죽고 싶은데 돈이 무슨 소용 있겠습니까?" 준걸은 멈춤 버튼을 누르고 거울 속을 들여다봤다. 엄마의 반대 때문에 일매를 버린 것인지 그런 과거를 가진 여자를 받아들이는 게 기실 자신의 명예를 더럽히는 것이어서 엄마 핑계를 댄건 아닌지……

아버지 병문안을 갔을 때 이대로 아버지가 숨을 거두길 바랐다. 사무치게 그리운 그녀를 버리게 만든 아버지라는 사람을 단 한 번도 용서한 적이 없었다. 아버지에 대한 역겨움을 분노 안에 가두고 숨 거둘 날만 기다리는 자신의 속마음을 숨기고 살아갈 뿐이다. 어머니 또한 아버지의 죽음을 간절히 바라고 있을지도 모른다.

새벽에 오피스텔에서 일매를 쫓아낼 때 그녀의 두 눈은 눈물 대신 슬픔이 들어차서 정신 줄을 놔 버릴 것만 같은 낯빛이었다. 마지막 그녀의 눈이 준걸의 뇌리에 박혀서 일상생활 중에도 간단없이 떠올랐다. 꿈에서도 그 눈빛을 한 일매가 나타나면 자다가도 배 속이 뒤집히는 고통에 시달려야 했다.

준걸은 미래에 대한 희망도 기대도 없었다. 가여운 그녀를 버리고 얼마나 더 버티면 잊을 수 있는지, 잊고 나면 행복한 날들은 보장되어 있는지.

준걸은 쓰레기봉투를 챙겨와 두 번째 책상 서랍을 열었다. 각종 카드 명세서를 바로 버리지 않고 모아 두는 버릇이 있었다. 준걸은 한꺼번에 명세서를 꺼내어 책상 위에 흩어 놓았다. 수많은 명세서를 하나씩 찢어서 쓰레기봉투에 넣었다.

2003년 일매에게 주었던 삼백이 들어 있던 체크카드 명세서가 눈에 들어왔다. 첫 번째 이용 금액 혜원고시원 20만 원, 두 번째도 혜원 고시원, 세 번째도……. 준걸은 허둥대기 시작했고 눈은 바빠졌으며 심장은 터질 듯 소음을 내고 있었다. 어두운 숲을 배회하던 무의식을 수면 위로 끌어올리자 오열하기 시작했다. 명세서를 가슴에 끌어안고 미친놈처럼 울부짖었다. 준걸은 잃어버린 과거를 되찾기 위해 휴대폰과 지갑을 챙겨 밖으로 나갔다.

학교 주변에서 본 적 있는 고시원을 찾아 다녔다. 상호는 분명하지 않지만 기억에 있던 고시원이었다. 예상했던 위치에 도착하자 '혜원고시워'라는 'ㄴ'자가 떨어진 낙후된 간판을 확인하고 안도했다. 준걸은 한달음에 고시원으로 올라갔다. 프런트 안을 보니 누군가 책상에 엎드려 자고 있었다. 급한 마음에 사무실 안으로 들어갔다.

"실례합니다."

복학생으로 보이는 총무는 꺼벙한 눈으로 준걸을 아래위로 훑더니 이곳에 올 사람이 아닌 것 같은데 왜 왔냐는 표정으로 쳐다봤다. 책상에서 일어서서 준걸 앞까지 걸어오는 모습이 나무늘보처럼 느려 터졌다.

"여자들은 몇 층을 사용하나요?"

"네? 여긴 남녀 구분 없는데."

총무는 졸음을 쫓기 위해 눈을 비비며 하품을 했다.

"박일매라는 여자분 몇 호실입니까?"

총무는 느릿하게 장부를 꺼내서 뒤적이더니 고개를 저었다. 나무늘보 앞에서 준걸은 초조함을 감추지 못하고 간절하게 얘기했다.

"작년엔 분명히 있었어요."

총무는 귀찮은 듯 지난 장부를 뒤적이는 시늉을 했다. 왼편 복도 끝에서 담배 냄새와 비누 냄새가 뒤섞인 늙수그레한 남자가 걸레보다 못한 수건으로 머리를 탈탈 털며 사무실 안으로 걸어왔다. 준걸에게 가까워지자 찌든 니코틴 냄새가 코를 찔렀다. 거대한 재떨이가 말을 걸었다.

"누구를 찾는다고요? 박일매?"

"일매를 아세요?"

재떨이는 야비한 웃음을 입가에 물고는 실실거리며 말을 했다.

"그럼요, 알고말고요. 그렇게 이쁜 아가씨가 이런 썩은 내 나는 고시원에 살았는데 모르는 사람이 어딨겠어요? 암만 봐도 이런데 올 사람 같지는 않았는데, 근데 형씨는 누구요?"

준걸은 재떨이의 질문에 질문으로 대답했다.

"지금 박일매 씨는 몇 호실에 있습니까?"

"벌써 나간 지가 언제더라? 반년 넘었나? 아니 일 년 넘었나?"

"우리 고시원에 살았다는 그 이쁜 아가씨 말입니까?"

나무늘보가 자신의 턱수염을 손등으로 문지르다가 흥미로운 표정으로 입을 열었다.

"그래, 옥수로 섹시한데 청순하기도 했다. 내는 처음에 연예인이 촬영하러 온 줄 알았다 아이가."

재떨이의 눈이 빛났다.

"내도 얘기만 들었는데 하필 내 오기 전에 나가 삤노. 아, 아까버라."

뭐가 아깝다는 건지 재떨이가 들고 있는 걸레로 나무늘보의 입을 막아 버리고 싶은 심정으로 준걸은 사무실을 빠져 나왔다.

"내가 먼저 침 발랐는데 니 오기 전에 있던 총무가 먼저 잡샀다."

늘보에게 재떨이가 거들먹거리며 말했다.

"진짭니꺼? 그람 내도 기회 있었겠네요."

늘보의 작은 눈이 번뜩였다.

"지랄, 내도 몬 묵었는데 니가 우찌 먹노? 우리 일매가 내랑 몇 번이나 눈이 마주쳤는지 아나? 그 총무 새끼만 아니었어도 내가 먼저 까대기 치는 건데."

"와요? 그 총무가 몬 묵게 했습니까?"

"아니, 내는 원래 넘 묵던 건 주도 안 묵는다. 온니 새것만 딱 새것만 첫 개시한다. 한 번 묵고 나면 바로 버린다. 여자라는 족속은 원래 길게 먹으면 들러붙는 성질이 있어가."

재떨이는 엉덩이를 살랑거리며 걸레로 귀를 닦으며 사무실 밖으로 나왔다. 고시원 입구에서 열린 프런트 창문을 통해 늘보와 재떨이의 대화를 듣고 있던 준걸은 분노했다. 난도질로 짓밟힌 일매의 영혼이 자신의 귀로 들어와 심장을 관통해서 빠져나간 것 같았다. 내면의 분노가 악을 부르고 가학의 충동은 이성을 마비시켰다. 선을 망각한 준걸의 눈빛은 칼날보다 매서웠다.

방으로 걸어가는 재떨이를 따라갔다. 그의 어깨를 잡아서 뒤로 돌리려고 손을 뻗었는데 그만 빗자루처럼 뻣뻣한 머리카락에 손가락이 걸리고 말았다. 누가 봐도 끄덩이를 잡는 모습이었다. 준걸은 멈추지 않고 그대로 잡아당겼다. 재떨이는 쿵 소리와 함께 그대로 엉덩방아를 찧었다. 느려터진 늘보가 쿵 소리를 듣고도 10초 정도 지난 후에 사무실 밖을 내다봤다. 준걸은 재떨이를 발로 밟으며 늘보에게 소리쳤다.

"당신도 처맞고 싶으면 이쪽으로 오세요."

늘보는 연신 고개를 저으며 전광석화처럼 사무실 안으로 들어가 문을 잠갔다. 이 순간만큼은 늘보가 아닌 다람쥐였다. 재떨이는 몸을 움츠리고 옆으로 누워 바닥에 붙어 있었다. 자동차에서 분리된 타이어에 빗자루와 걸레가 다 얹어 있는 꼴을 하고선 준걸의 매를 온전히 다 맞고 있었다.

준걸은 내담자들의 분노와 폭력에 대해 설득력 있는 언변으로 치유능력을 인정받는 자신이 한없이 가식적인 모순덩어리로 느껴졌다. 평정심을 찾기 위해 바닥에 붙어 있는 재떨이를 일으켰다. 그는 이 제 얼굴을 맞을 거란 두려움에 두 팔을 뻗어 필사적으로 얼굴을 막았다. 준걸의 손이 재떨이의 머리로 향하자 그가 걸레로 머리를 감쌌다. 준걸이 헝클어진 머리를 손으로 빗질해 주자 재떨이가 두려움 가득한 눈으로 준걸의 시선을 더듬었다.

"아저씨, 말씀 함부로 하시면 큰일 나요."

준걸이 점잖게 말한 후 지갑을 열었다.

"살려 주세요. 전, 사실 그 아가씨 잘 몰라요."

지갑 안에 들어 있던 10만 원짜리 수표 세 장을 꺼내서 재떨이의 손에 쥐어 주었다.

"이걸로 파스 사서 붙이고 미장원도 다녀오세요."

재떨이는 수표에 시선을 고정한 채 준걸에게 굽신거리며 자기 방으로 들어갔다. 늘보는 프런트 창으로 그 모습을 지켜보다 속으로 되뇌었다. '내가 맞았으면 저 돈 내 껀데. 나도 그 여자 모르지만 말씀 함부로 했는데.'

후미진 골목으로 들어선 준걸은 참고 있던 울음이 터져 나왔다. 오른손을 뻗어 벽을 짚고 오른팔에 이마를 묻은 채 아이처럼 엉엉 울음을 토해냈다. 억눌렀던 감정이 폭발하자 자신이 일매에게 한 짓이 얼마나 잔인했는지 깨닫게 되었다. 부모 잘못 만나 불행하게 살아온 가여운 여자를 준걸 부모가 짓밟았고 자신이 그 핑계로 지옥으로 내몰았단 생각에 접어들었다. 예비 강간범들이 득실대는 고시원에서 얼마나 무서움에 떨었을까? 지금은 어디서 비참한 생활을 하고 있을지 당장 찾지 않으면 자신에게 숨 쉴 자격을 빼앗아야 된다는 생각에까지 이르렀다.

준걸은 학교 후배에게 전화를 걸었다. 준걸과 헤어졌던 시기에 휴학계도 제출하지 않고 학교를 그만두었다는 소식을 들었다. 지금은 어느 누구도 일매와 연락이 닿지 않는다는 절망적인 대답만 돌아왔다.

준걸은 집으로 와서 반쯤 정신이 나간 카오스 상태에서 어머니 방을 뒤졌다. 몇 년 전 아버지의 뒷조사를 하던 류 씨 아저씨의 연락처를 찾기 위해서다. 아마 그 아저씨가 일매의 집안도 뒷조사했을 것이다. 화장대 서랍을 열어 작은 수첩을 찾았지만 눈에 띄지 않았다. 휴대폰에 저장시킨 뒤 수첩을 버렸을지도 모른다. 준걸은 어머니의 휴대폰이라도 훔치고 싶은 심정이었다.

준걸은 차를 몰고 아버지 병원으로 내달렸다. 병실 문을 열자 간병인이 졸고 있었고 어머니는 보이지 않았다. 준걸은 아버지 곁으로 가서 잠들어 있는 얼굴에 시선을 고정했다. 준걸은 알고 있었다. 간병인을 두고도 매일 병원에 출근하다시피 하는 어머니가 아버지의 회복을 기원하는 것이 아닌 오히려 회복될까 봐 염려하는 마음으로 곁을 지킨다는 사실을. 지금은 준걸도 같은 마음이다. 회복돼서 온전히 돌아온다면 그땐 자신이 아버지를 죽일지도 모르겠다는 마음이 들었다. '아버지 그냥 이대로 눈 감으세요. 하나밖에 없는 아들을 살인자 만들기 싫으면.' 준걸이 되뇌고 있는 사이 병실 안에서 벨소리가 울렸다. 어머니 폰이었다. 간병인이 깜짝 놀라 잠에서 깨어났다.

"언제 오셨어요?"

"저희 어머니는요?"

"아, 잠시 나가셨는데요. 음료수 드시면서 좀 기다리세요."

그가 눈곱을 후비며 냉장고 쪽으로 걸어갔다.

"휴대폰은 제가 가져다 드릴게요. 수고하세요."

준걸은 어머니의 휴대폰을 들고 나온 뒤 병실 문을 닫았다. 전화 목록에서 류 씨를 찾았다. 한 번에 찾을 수 있었고 번호를 외웠다. 그때 마침 어머니가 복도에서 준걸을 불렀다.

"전화도 없이 갑자기 찾아오면 어떡하노? 백화점 갈려고 했는데 휴대폰을 두고 가서 다시 왔다."

"휴대폰 여기 있어요. 전화벨이 울려서요."

준걸은 내달리던 조급함을 숨기고 휴대폰을 내밀었다.

"걸아, 근데 왜 왔노? 아버지 걱정돼서 온 거가?"

"아뇨, 어머니가 걱정돼서요. 간병인도 있는데 매일 안 오셔도 되잖아요."

준걸은 뇌리 속에 저장해 둔 류 씨의 번호를 잊어버리지 않게 한 번 더 되새겼다.

"엄마는 개안타. 그래도 매일 아버지 상태를 봐야지 마음이 놓인다 아이가."

준걸은 속으로 생각했다. '네, 혹시 상태가 좋아질까 봐 걱정되시죠?'

"그럼, 어머니 건강부터 잘 챙기세요. 전 어머니 얼굴 봤으니 이만 갈게요."

어머니의 대답도 듣지 않고 준걸은 병원을 빠져나왔다. 차키를 병실에 놓고 온 준걸은 찾으러 가지 않고 택시를 잡았다.

준걸은 서면 마리포사 2층에 자리한 아이지 커피숍에서 카푸치노 두 잔을 미리 주문했다. 10분 뒤 입구에서 두리번거리며 걸어오는 낯선 사내, 준걸을 발견하자 알 수 없는 미소를 지으며 준걸 앞에서 멈춰 섰다.

남의 뒷조사를 하는 사람이라면 의례 검정 양복에 용문신이 손목까지 뻗어 있고 얼굴엔 엑스자 정도의 칼자국이 흉터로 남아 있는 험한 외모를 상상했었다. 그런데 의외로 영업 사원 같은 말끔한 차림새가 어색하게 느껴졌다.

"준걸 씨, 멋지게 잘 컸네요."

"절 어떻게 아세요? 아니 언제부터 아셨어요?"

준걸은 긴장을 풀지 않고 질문했다.

"그러게요. 언제부터 알게 됐을까요?"

준걸은 류 씨 아저씨의 느물거리는 인상에서 신뢰감 따위는 찾아보기 힘들었다.

"됐어요. 그건 중요한 게 아니고요. 약속대로 어머니께는 비밀로 하셨지요?"

"그건 오늘 결과물에 따라서 달라지겠죠. 아직까지는 비밀입니다."

소리 없이 입만 크게 웃고 있었다.

"결과물? 금액을 말씀하시는 거죠? 얼마든지 드릴게요. 입 다물어 주시고 부탁 하나만 완벽하게 해결해 주세요."

"곱게 자란 우리 도련님께서 저 같은 놈한테 부탁하실 게 뭐가 있을까요?"

"박일매 좀 찾아 주세요."

류 씨 아저씨는 전혀 놀라지 않는 눈빛이었다. 카푸치노 거품을 윗입술에 잔뜩 묻히고는 혀로 핥아냈다.

"찾아서 뭐하시게요?"

"일매를 아직도 감시하고 계시죠?"

눈치 빠른 준걸이 류 씨를 노려보았다. 류 씨는 허둥대는 표정으로 카푸치노를 계속 홀짝였다. 준걸은 머그잔을 뺏어 테이블 위에 쿵 소리 나게 내려놓았다.

"어허, 얌전한 도련님이 이렇게 거칠게 나오면 나도 협조할 수 없지."

그는 직업에 어울리는 불량스러운 표정으로 한껏 약을 올렸다.

"얼마를 원해? 돈이면 다 되잖아. 이미 일매가 어디서 뭐 하는지는 아는 것 같으니 입을 열려면 얼마가 필요한지부터 말해."

"마마보이에 애송이로만 보였는데 남자 맞네. 우리 도련님."

"얼마요?"

준걸은 버럭 따지듯이 물었다.

"내가 돈에 움직이는 놈은 맞지만 그래도 그건 아니지?"

"무슨 뜻입니까? 설마 어머니에 대한 의리는 아닐 테고."

"의리는 무슨 의리? 그런 건 아니지요. 도련님의 어머님이 보기보다 무서운 분이셔서 내가 배신한 걸 알면 날 쥐도 새도 모르게 죽일지도 모른다는 뭐 그런 노파심이겠지요."

231

커다란 비밀을 은밀히 간직한 표정이었다.

"배신? 나에게 일매의 안부를 전하는 게 배신이라면 비밀로 합시다. 찾아도 내가 찾은 거고 류 씨 아저씨 만난 것도 비밀로 하겠습니다."

류 씨는 이미 적어 온 계좌번호가 적힌 메모지를 내밀었다.

"내 이름이 아닌 다른 사람 통장입니다. 입금할 때도 도련님이 아닌 다른 사람 이름으로 입금해 주셔야 합니다."

준걸은 자리에서 일어나 류 씨의 멱살을 잡았다.

"이런 떠그랄, 수작 부리지 마라. 지금 당장 은행으로 같이 가자. 원하는 금액 다 찾아 줄 테니까 바로 불어라."

"우와, 진짜 그 어머님의 그 아들 맞네. 준걸 씨 어머님도 고상하다가 화나면 불같이 돌변해서 내가 오줌을 몇 번이나 지렸는지 압니까?"

준걸은 류 씨를 끌고 밖으로 나왔다. 가까운 은행으로 가서 류 씨가 요구한 액수만큼 돈을 인출했다. 류 씨가 가져온 가방을 열며 안으로 돈을 넣으라는 눈빛을 보냈다. 준걸은 가방 안에 돈을 넣자마자 가방을 빼앗았다.

"지금 바로 일매한테 나를 데려다 놔라. 그럼 이 가방은 일매를 찾는 순간 그 거지같은 손아귀에 넣어 줄 테니."

류 씨는 코웃음을 쳤다.

"엄마보다 더 무서운 놈일세."

"닥치고 어서 안내해라."

"얌마, 어린 놈이 혀가 자꾸 짧아지네."

"돈 많은 분이 형님인 거 모르나? 당신이 이 짓 해서 얼마를 벌었는지 모르지만 지금은 내가 더 돈이 많으니까 내가 형님 하자."

류 씨는 다시 고분고분한 영업 사원의 자세로 돌아갔다. 그리고 택시를 잡아 탔다. 양정에 위치한 에코 여성 전용 고시텔 앞에 내렸다.

"들어가 보십시오. 행님."

류 씨가 빈정거리며 말했다.

준걸은 가방을 들고 고시텔 안으로 들어갔다.

가방을 챙겨서 택시에서 내리는 준걸의 민첩함에 류 씨는 혀를 내두르며 택시 안에서 준걸을 기다렸다. 10분쯤 지나자 준걸이 고시텔을 나왔다. 택시 안에 있는 류 씨에게 가방을 던지자 그가 가방을 받아들고 오른손으로 총 쏘는 시늉을 하며 준걸에게 윙크를 했다.

"쉿, 오늘 일은 무덤까지."

준걸은 빨리 꺼지라는 눈빛을 보냈고 택시가 좌회전해서 사라질 때까지 노려보고 있었다. 준걸은 크게 심호흡을 한 후 외관을 뚫어져라 쳐다봤다. 여성 전용이라는 간판이 그렇게 고마울 수가 없었다. 준걸은 고시텔 안으로 다시 들어갔다. 여성 전용이라 그런지 사무실 총무도 여자였다. 더 없이 반가웠다.

"일매 씨는 휴대폰이 없으요. 저녁에 아르바이뜨 마치고 나면 오니까 그때 다시 오이소."

총무는 까칠하게 답했지만 입가엔 웃음이 피어올랐다.

"그냥 여기서 기다리겠습니다."

"이보이소. 잘생긴 총각, 여긴 여성 전용 고시뗼이라서 남자가 이렇게 들와 있으모 큰일 칩니더."

"감사합니다."

준걸은 인사를 꾸벅 하고 고시텔 밖으로 나왔다. 입구엔 계단이 다섯 개쯤 있었는데 세 번째쯤에 엉덩이를 걸치고 앉았다. 저녁이 되어 여자들이 고시텔로 들어설 때마다 준걸은 벌떡 일어서서 인사를 했다. 인물이 멀쩡한 남자가 쭈그리고 앉아 있다가 인사를 하는 모습에 여자들은 호들갑을 떨었다.

"총무 이모, 저 총각 누구에요?"

"일매 씨 찾아온 총각인데 가라 케도 안 가고 저래 계단에서 주인 기다리는 똥개마냥 쭈그리고 앉아 있네."

총무는 준걸의 넓은 어깨를 보며 감탄했다.

"저렇게 잘생긴 똥개가 어딨노? 개로 치자면 핏불 테리어 정도는 되겠네."

옆에서 40대 중반의 아줌마가 거들었다.

"문디야, 핏불 떼리언가 뭐시긴가는 사냥개 아니가? 사람도 물어 직이는 개새끼 아니가? 골덴 리트리번가 그게 멋지지. 개로 치면 그 개 정도는 되겠다."

"이모야, 핏불이면 어떻고 골덴이면 어떻노? 저런 멋진 개한테 물려 봤으면 좋겠네. 그나저나 일매 씨는 와 찾는고? 애인이가?"

아줌마는 고개를 쭉 빼서 준걸의 동태를 살폈다.

"저 총각 걸치고 있는 옷 좀 봐라. 전부 맹품 아니가? 설마, 저래 있는 집 머스마가 여기 사는 여자랑 붙어먹을 일이 뭐가 있노?"

"왜요? 일매 씨도 옥수로 이쁜데요."

옆에 서 있던 진짜 고시생이 대꾸했다.

"그래도 천애고아에 아무것도 없는 여자가 인물만 잘나면 뭐하노? 그 반반한 세숫대야 때문에 놈팽이한테 잘못 걸려서 신세만 안 조져도 다행이지."

일매가 사라질까 봐, 엄마가 손을 써서 빼돌렸을까 봐 준걸은 잠시도 고시텔을 벗어날 수가 없었다. 밤 10시가 되자 초조함이 절정에 달한 준걸은 고시텔 안으로 다시 올라갔다. 아찔한 현기증이 따라 오고 있었다.

"일매 왜 이렇게 안 와요?"

"그르게, 오늘은 좀 늦네. 어쩔 땐 8시에도 오고 9시에도 오는데……."

"어디서 일하는지 아세요?"

"내사 우예 아노? 잘생긴 총각, 그리 오줌 마려븐 강세이메로 설레바리 치지 말고 고마 사무실로 들온나. 내가 커피 한 잔 끼리 주께."

준걸은 다시 고시원 밖으로 나왔다. 손끝이 떨려 오고 가슴 밑바닥에서 뜨거운 무언가가 올라왔다. 숨이 넘어갈 지경이었다. 정강이를 걷어차인 듯 고통스러운 표정으로 그 자리에 주저앉았다. 어둠이 집어삼킨 골목길을 바라보며 쏟아지는 생각들을 바닥에 펼쳐놓았다. 어머니에게 전화를 해서 일매한테 무슨 짓을 했냐고 물어야 할까? 류 씨를 납치해서 자백을 받아내야 할까? 일매가 실종된 것 같다고 경찰에 신고해야 할까? 펼쳐놓은 생각들이 허공에서 둥둥 떠다니는데 고시원 쪽으로 다가오는 한 여자가 시야에 들어왔다. 한눈에 봐도 늘씬한 키와 아무렇게나 묶은 머리가 딱 일매였다. 준걸은 달려가서 일매의 얼굴을 확인한 후 뜨거운 포옹을 했다. 일매는 백마에서 자신을 밀어버렸던 왕자가 갑자기 등장했지만 놀라지도 않았고 감동받지도 않았다.

"일매야, 내가 잘못했다."

"선배님이 여긴 어떻게?"

일매는 얼굴로 흘러내린 머리카락을 귀 뒤로 넘겼다.

"미안하다. 정말 미안하다."

준걸은 오른손으로 일매의 뒷머리를 붙잡고 왼쪽 볼을 자신의 오른쪽 얼굴에 끌어당기고 엉엉 울었다. 다시는 놓치지 않겠다는 의지를 담은 손끝 덕분에 일매는 숨이 막혔다.

"선배님, 저 힘들어요."

"그래, 안다. 얼마나 힘들었을지. 이젠 걱정 마라. 같이 가자."

"아뇨. 숨 막혀서 힘들다고요."

준걸은 급히 일매를 손아귀에서 풀어 주었다.

"일매야. 같이 가자. 이제 여기서 안 살아도 된다."

"왜요? 어딜 같이 가요? 전 여기가 좋은데요. 여성 전용이라 편하고 언니들도 다 잘해 줘요."

자신을 보면 눈물을 흘리며 모든 걸 내맡길 줄 알았는데 너무도 태연한 일매의 반응에 준걸은 몹시 당황스러웠다.

"근데 선배님은 여기에 무슨 일로 오셨어요?"

선배에서 선배님으로 바뀐 호칭이 이렇게 서러운 것인가? 이제 일매에게 준걸은 선배님으로 강등되어 한때 자신의 남자였던 어두운 과거에 함께 묻어 둔 채 이토록 낯선 낯빛이라니? 준걸의 심장에 날

카로운 무언가가 사정없이 꽂히고 있었다.

"일매야, 니 여기 있으면 안 된다."

"왜요? 여기 무슨 문제 있어요?"

이렇게 순진하고 착한 여자에게 준걸은 무슨 짓을 했던가? 그렇게 잔인하게 내다 버리고 다시 찾으러 와서 용서를 비는 꼴이 스스로가 파렴치한으로 느껴졌다. 준걸은 무릎을 꿇었다.

고시원 안에서는 총무 아줌마와 몇 명의 여자들이 외제차를 타게 생긴 왕자님이 성냥팔이 소녀에게 무릎을 꿇는 진풍경을 감상했다.

"선배님, 일어서세요. 사람들이 쳐다봐요."

일매는 창피한 눈으로 고시텔 안을 살폈다.

"용서해 줄 때까지 못 일어서겠다."

"뭘 자꾸 용서하래요? 대체 뭘 잘못했는데요?"

일매는 모든 기억을 잃어버린 사람처럼 대꾸했다.

"니하고 헤어진 것. 니를 버린 것. 니를 쫓아낸 것."

"괜찮아요. 선배님. 그런 거라면 너무 익숙해서 크게 상처 될 것도 없어요. 그러니까 일어나세요."

일매는 웃으면서 말했지만 상처받은 눈빛은 숨길 수가 없었다.

준걸은 일매가 악을 쓰거나 따귀를 때릴 거라고는 예측하지 않았지만 이토록 태연할 줄은 몰랐다. 적어도 자신의 가슴에 안겨 원망의 눈물을 흘릴 줄 알았는데 이리도 상처에 대해 의연한 것이 더 가슴 아팠다.

처음 일매를 안았을 때 그녀의 모든 상처를 사랑으로 봉합해서 치유해 주리라 다짐했는데 서서히 아물던 상처를 자신의 손으로 단번에 뜯어서 헤집어 놓았다. 준걸은 그 자리에서 차라리 죽고 싶은 심정이었다.

"선배님, 그만 돌아가세요. 전 너무 늦어서 들어가 봐야 해요."

일매는 준걸을 일으켜 준 뒤 무릎부터 신발 위까지 손으로 먼지를 떨어내 주었다. 그리고 깍듯이 인사하고 돌아섰다.

"저 먼저 들어갈게요. 조심히 가세요."

준걸은 일매가 사라진 계단에 앉아 초점 없이 허공을 바라보았다. 심장에서 피가 빠져나가는 기분이 들었다.

준걸은 정신을 잃었는지 잠이 들었는지도 모를 만큼 무중력 상태로 계속 앉아 있었다. 새벽에 고시텔 총무가 잠에서 깨어난 목소리로 준걸을 흔들었다.

"옴마야, 잘난 총각, 여기서 자고 있었나? 와 그라는데? 일매 씨랑 무슨 사인데?"

"우리 일매 어딨어요?"

정신이 혼미한 채 준걸은 질문을 했다. 총무는 다시 고시원으로 들어갔다. 10분쯤 지나자 일매가 뛰어 나왔다. 일매는 총무와 함께 준걸을 부축해서 일매의 방으로 옮겨다 놓았다. 준걸은 어렴풋이 좁은 방에 누운 기억이 났고 일매의 얼굴이 또렷이 보였다가 다시 희미해졌다.

준걸은 소스라치게 놀라서 잠에서 깨어났다. 일매는 보이지 않았다. 준걸이 방문을 열고 사무실 쪽으로 걸어갔다. 창문 안을 들여다보니 일매는 총무 아줌마와 함께 잠들어 있었다.

"일매 씨 인나 봐라. 잘생긴 총각 인자 일어났나 보다. 일매 씨도 어여 자기 방에 가 봐라."

일매가 벌떡 일어나서 준걸을 데리고 방으로 들어갔다.

"알고야, 우리가 여자들만 살아서 절대 남정네는 안 들라 주는데 길쭉하고 잘생긴 총각이 하도 애처러버가 한 번만 딱 한 번만 눈감아 준대이. 어여 드가서 할 것 있으면 퍼뜩 하고 가라."

방문을 닫고 좁은 방에서 일매의 얼굴을 찬찬히 살폈다.

"선배, 어서 가세요."

일매는 준걸의 시선을 피했다.

"그래 선배님이 아니고 선배 맞다."

"저 이제 겨우 잘 지내고 있어요. 그러니 그냥 돌아가세요. 어차피 우린 안 된다면서요."

"미안하다. 일매야, 내가 잘못했다."

"이제 더 이상 상처 안 받고 살아갈 자신이 생겼어요."

일매는 자신의 목소리가 젖어들자 헛기침으로 눈물을 몰아냈다.

"결혼하자."

"그 얘긴 예전에도 했잖아요. 혼인신고부터 하자고, 근데 그런 말도 다 의미 없는 거 알면서 왜 그래요? 선배네 부모님이 허락 안 해 주실 거예요. 그니까 부모님이 좋아할 만한 진짜 좋은 여자 만나서 결혼하세요."

일매는 목 주변이 뻐근해졌다.

"진짜 좋은 여자? 그런 여자가 어딨는데? 나한테 좋은 여잔 니밖에 없다. 그걸 너무 늦게 알아서 미안하다. 일매야, 부모님 반대가 무슨 상관 있노? 니 없으면 내가 죽을 거 같은데. 그래도 마지막으로 엄마 허락은 받아 낼게. 물론 끝까지 반대해도 난 상관없다. 그때 했어야 할 혼인신고 지금 당장 하자."

"선배, 전 정말 괜찮아요."

일매는 침대 머리맡에 주저앉았다. 그리고 하고 싶은 말을 모두 쏟아내고 싶었지만 속으로만 되뇌었다. '혼인신고 해 봐야 이혼신고 하면 다시 남이 되는 거잖아요. 선배가 날 버린 게 울 엄마가 날 버린 거보다 더 이해가 안 되지만 내가 처녀가 아니어서 선배 말고 다른 남자들과 잔 것 때문이라면 지금도 선배 여자 될 자격 없어요. 선배한테 버림받고 여태 아무하고도 안 잔 거 같아요? 아니요, 남자들은 필요할 땐 늘 자기 마음대로 날 가져요. 그리고 다 쓰고 나면 또 자기 마음대로 날 버렸어요. 가질 때도 버릴 때도 내 의견은 안중에도 없고 내가 받는 상처 따윈 관심조차 없었어요. 그중에서 가장 날 비참하게 버렸던 사람이 바로 선배예요. 이렇게 다시 찾아 주면 넙죽 절이라도 해야 하나요?' 일매는 소리 없는 비명을 질렀다.

준걸은 다시 무릎을 꿇고 일매의 가슴에 자신의 얼굴을 묻었다. 일매가 몸을 빼내려고 하자 그녀를 안고 있던 팔에 힘을 주었다.

"일매야, 같이 가자."

"선배, 저 때문에 부모님과 불화 생기는 건 제가 원치 않아요."

"그런 생각 하지 말고 내만 믿어라."

"믿음? 그게 얼마나 무서운 건데요. 믿음이 크면 클수록 배신의 아픔은 더 커져서 난 이제 아무도 사랑할……."

준걸의 입술로 일매의 입을 막았다. 다시 받아들이는 게 두려웠을 뿐 이미 일매도 준걸을 힘껏 끌어안았다. 일매는 참아 왔던 눈물을 왈칵 쏟아냈다. 준걸도 눈가에서 뜨거운 것이 밀려 나왔다. 두 사람은 누구의 눈물인지 콧물인지도 모른 채 서로의 입속으로 깊이 빨아들였다.

준걸은 10만 원을 총무에게 건넸다.
"일매 방에 있는 모든 건 다 버려 주세요. 그동안 감사했습니다."
"옴마야, 성냥팔이 소녀가 아니고 신데렐라였네. 우리 일매 씨가."
준걸은 일매가 사용한 것을 전부 버리길 바랐다. 고시텔에서 사용한 모든 것, 그중 옷가지 하나도 들고 나오지 못하게 했다.
준걸은 L백화점에서 일매의 옷과 가방을 사고 택시를 잡았다. 해운대에 있는 C호텔에 체크인한 뒤 일매가 샤워할 때까지 기다리고 있었다.
일매는 꿈을 꾸는 듯했다. 좁고 어두운 닭장 같은 곳을 벗어나 최고급 시설이 갖춰진 욕실에서 머리를 감고 있다는 게 믿기지 않았다. 준걸의 등장은 언제나 그랬다. 그는 돈이 많았고 아낌없이 썼으며 추억은 돈으로 살 수 없지만 돈은 수많은 추억을 만들어 낼 수 있음을 실현해 보여 준 사람이다. 시나브로 좋았던 기억과 아름다웠던 추억만 떠오르고 있었다. 일매는 무드셀라 증후군에 빠져 또다시 행복의 스위치를 눌렀다.
샤워를 마친 일매에게 룸서비스로 나온 음식을 먹게 한 뒤 잠시 호텔을 빠져나왔다. 제일 먼저 휴대폰 가게에 들러 일매가 사용할 휴대폰부터 자신의 번호 뒷자리와 같게 하여 개통했다. 그리고 급히 어머니에게 전화를 걸었다.

"걸아, 와?"

"어머니, 지금 어디에 계세요?"

"엄마는 지금 병원이지. 이제 집에 갈라고."

"제가 지금 병원으로 갈게요. 병원 입구로 좀 나오실래요?"

준걸이 택시에서 내리자 어머니가 입구에 나와 있었다. 어머니는 불길해하는 표정이었다.

"걸아, 무슨 일 있나? 벤치에 좀 앉아 봐라."

준걸은 벤치로 걸어가는 도중에 어머니의 뒷모습을 보며 입을 열었다.

"어머니, 저 일매랑 결혼할 거예요."

"걸아, 무슨 소리고? 그 아이 아직 만나나?"

어머니는 뒤돌아서서 준걸의 눈을 응시했다.

"이제, 찾았어요. 더 이상은 제 자신을 속이면서 살 수가 없어요. 일매 없으면 전 죽을지도 몰라요."

"걸아, 그 아인……."

어머니는 말문이 막혔다.

"알아요. 다 알아요. 근데 상관없어요. 제가 죽는 것보단 일매의 과거를 용서하는 게 나아요. 어머니도 제발 한 번만 제 편이 되어 주시면 안 돼요?"

"아버지랑 그 짓을 한 여자여도 상관없을 만큼 니 사랑이 대단한 거 같제? 그 감정이 영원할 거라 믿나?"

"지금 당장 죽을 것 같은데 영원까지 생각할 겨를이 없어요."

준걸은 언성을 높여 대꾸했다.

"걸아, 내가 니랑 인연을 끊는다 해도 그 애 못 놓겠나?"

어머니는 절망과 분노가 뒤섞인 눈빛으로 돌변했다.

"죄송해요. 어미니. 아들 한 번만 살려 주세요."

어머니의 눈빛에서 살기가 느껴졌다. 준걸은 그 자리에서 무릎을 꿇었다.

"어머니, 제발 저 한 번만 살려 주세요."

"내가 반대하면 니를 죽이는 거가? 아니면 인연을 끊는 거가?"

"어머니가 끝까지 반대하시면 전 일매를 포기할 겁니다. 그 대신 저는 죽은 목숨이겠지요."

무릎 꿇는 남자에게 모성애가 발동한다는 사실을 아는 준걸은 새벽에 이어 또다시 무릎을 꿇었다. 일매는 무릎이 통했지만 어머니는 자신이 없었다. 기실 연 끊을 각오를 하고 병원으로 달려온 것이다.

"그래, 허락할게. 내 아들이 죽음을 목전에 두고 있는데 허락 못 할 에미가 어딨겠노? 우리 아들 죽일 수는 없잖아. 그렇다고 연을 끊으면 내가 못 살긴데 져 줄게. 져 주고 말고. 그래야 에미지."

어머니는 한숨과 울음의 중간쯤 되는 목소리를 냈고 힘겹게 감정을 누르는 낯빛이 역력했다.

어머니의 표정에 신경 쓸 겨를이 없는 준걸은 기쁜 소식을 안고 호텔로 한달음에 달려갔다. 일매는 크게 기뻐하지는 않았다. 아마 두려움이 커서 그럴 것이라 짐작한 준걸은 밤새 일매를 안아 주었고 일매와의 성관계는 참기로 했다.

다음 날 준걸은 출근을 했고 일매는 휴대폰을 받았는데 처음 걸려온 전화가 준걸의 어머니였다. 준걸이 어머니에게 일매의 번호를 가르쳐 준 거라 생각하고 일매는 조심스럽게 통화를 이어 갔다.

"일매야, 걸이 에미다."

"네, 사모님 안녕하세요."

"사모님은 무슨? 이제 어머니라고 불러야지."

"네, 어머님."

"걸이한테는 비밀로 하고 내 좀 잠시 만나자. 약속 지킬 수 있제?"

일매는 준걸 어머니와 만나기로 한 장소로 나갔다.

"일매야, 아니 아가야, 여기."

일매는 엄마의 영향을 받아 엄마뻘의 아줌마를 만나면 종속적인 관계에 익숙해져 있다.

"안녕하세요. 어머님."

비굴할 만큼 허리를 굽혀서 인사를 했다.

준걸 어머니는 속으로 되뇌었다. '이 가스나는 어머님 소리가 자연 스럽게 나오네.'

"걸이는 모르제? 말 안 하고 나온 거 맞나?"

"네 어머님, 선배는 아니 준걸 씨는 몰라요. 제가 마트 간다고 했 거든요."

"그런데 병원은 무슨 일로? 어머님 어디 편찮으세요?"

일매는 어머니의 안색을 살폈다.

"내가 아니고 준걸 아버지. 니 시아버지 입원 중이시다. 며느리가 될 건데 인사는 드려야지."

병실로 가기 위해 엘리베이터를 탔다. 양면 거울에 비친 일매의 얼굴에는 긴장감이 맴돌았고 그 모습을 지켜 본 어머니의 눈빛은 야비함이 가득했다.

병실 문을 열고 그녀가 먼저 들어섰다. 마침 눈을 뜨고 초점 없는 눈동자로 허공을 응시하던 준걸 아버지가 아내와 눈을 맞추었다.

"여보, 준걸이 결혼한다고 했지요. 며느리가 인사 드리러 왔어요."

준걸 아버지는 시선을 일매에게로 옮겼다. 이쯤에서 벌벌 떨다 쓰러질 상황을 기대한 어머니는 일매의 표정을 살폈다. 일매는 공손하게 어머니한테 숙였던 자세보다 더 깊이 고개를 숙였다. 그냥 바닥에 머리를 박을 듯 허리를 접었다.

"처음 뵙겠습니다. 아버님, 저는 박일매라고 합니다."

준걸의 아버지는 일매를 지그시 바라보다 눈동자에 경련이 일었다. 호흡도 가빠지고 들숨과 날숨이 뒤죽박죽 엉켰다. 문 앞에 서있던 간병인이 간호사를 호출했다. 그리고 어머니도 숨 넘어 갈 듯 일매를 노려보았다. '처음 뵙겠습니다. 아버님? 이 정신 나간 년이 처음 뵙는다고?'

일매는 상태가 나빠진 아버님을 걱정하며 어머니의 어깨를 두 손으로 감쌌다.

"어머님, 간호사가 곧 올 테니 너무 걱정 마세요."

졸도까진 아니어도 크게 충격 받을 며느리의 얼굴을 보기 위해 아들 몰래 여기까지 불러들였는데 어쩌도 이리 천진한 표정을 지을 수가. 그녀는 자신이 먼저 정신 줄을 놓고 비명을 지를 것만 같았다.

"일매야, 니 먼저 나가라. 집으로 돌아가라고."

어른의 말을 너무도 잘 듣는 일매는 아버님을 향해 고개를 한 번 숙이고 어머님을 향해 고개를 한 번 더 숙인 후 병실 밖으로 빠져나왔다. 기가 막힌 어머니는 병실 소파에 기대어 앉아 넋이 나간 표정이었다. 간호사가 조치를 취해도 상태가 나아지지 않자 담당의를 호출했다.

'할배, 저 여자 누군지 알겠나?'

'몸보시 했던 그 아이 아니가?'

'그 많은 보시녀들 중 한 명인데 우찌 기억을 하노? 신기하네.'

'그런데 저 아이가 우리 아들하고 결혼한다는 게 사실이가?'

'그렇다잖아. 그래서 인사 왔다잖아.'

'우리 아들 우짜노? 이제 우리 아들 우짜노? 애비한테 몸 바친 여자가 귀한 내 아들하고 산다는 게 말이 되나? 우리 아들은 알고 있는 기가?'

'할배 마누라가 저 여자 데려온 거 보니까 할배 아들도 당연히 알겠지. 반대도 옥수로 했을 긴데,'

'우리 아들 우짜노? 우리 걸이 인제 우짜노? 동자야, 니는 왜 내가 몸보시 하도록 만들었노?'

'만들긴 누가 만들어? 내 나이가 열 살인 거 모르나? 열 살짜리가 무슨 몸보시를 원하노? 그라고 원래 몸보시 뜻은 그게 아닌데 다 할배가 좋아서 여자들 따 묵다가 마누라한테 벼락 맞았으면서 끝까지 내 탓하노?'

'그냥 벌로 좀 죽여 도. 제발 죽여 도.'

'내도 그럴 힘은 없다.'

'그라모 우찌해야 내가 죽을 수 있겠노?'

'몰라, 할배 마누라가 그때 실패만 안 했어도 한 방에 죽는 긴데 인제 내도 모르겠다. 할배 옆에 있어 봐야 재미도 없고 이제 진짜 딴데 가서 붙을란다.'

'가지 마라. 동자야, 제발 가지 마라. 내 좀 죽이든 살리든 우찌해주기 전엔 내를 버리지 마라.'

동의 없이 떠나는 동자를 힘껏 불러 보지만 무용한 비명은 입 밖으로 새어나오기도 전에 목 안에서 꺼져 버렸다.

일매의 가족에게도 알리지 못한 결혼식이 일매에겐 슬픈 날이 될 듯하여 준걸은 혼인신고만 하고 신혼여행을 떠나기로 결정했다. 대연동에 38평짜리 아파트를 구입했고 신당으로 사용했던 주택은 재개발 아파트가 들어서며 보상을 많이 받았다. 준걸과 어머니가 살던 평수 넓은 아파트는 어머니 뜻에 따라 전세를 내놓고 어머니는 고향인 울산으로 이사했다.

2006년

헤어졌던 시간을 보상받기 위한 시간들이었다. 준걸과 일매는 서로를 위해 존재했다. 준걸의 하루는 일매에게 월급 통장을 채워 주는 기쁨을 누리기 위해 일하는 시간으로 채워졌고 일매의 하루는 퇴근해서 돌아올 남편을 위해 준비하는 시간으로 채워졌다.

준걸의 퇴근은 두 사람을 온전히 하나로 만들어 주었고 둘은 다음 날 준걸의 출근 시간까지 잠시도 떨어져 있지 않았다. 서로를 소유하고 소유당하며 집착하고 집착당하길 얼마나 애타게 갈망했던가.

봄 햇살이 거실 창가를 뚫고 소파에 내려앉으면 소파에 누워 사랑을 나누었고 더운 여름에 에어컨을 틀고도 땀에 젖도록 사랑을 나누었으며 비가 오면 빗소리에 맞춰 사랑을 나누었다. 추운 겨울엔 서로의 온기가 온몸을 데우며 사랑을 나누었고 둘은 그렇게 다시 특별한 하나가 되었다.

2007년

준걸과 일매는 여전히 달콤한 신혼을 즐겼다. 매일 밤 부부관계를 했고 내내 껴안으며 쓰다듬었다. 일매는 준걸의 손길이 닿는 모든 곳이 성감대가 되었고 준걸이 전희라는 악기로 멋진 연주를 하면 일매는 황홀한 신음으로 보답했다.

출근 후에도 아내가 그리워 하루에도 몇 번씩 전화하는 다정한 남편이었고 퇴근 시간엔 설렘으로 남편을 맞이하는 행복에 젖은 아내였다.

2008년

성관계 횟수는 일주일에 두세 번으로 줄었지만 하루에 세 번 이상 전화를 했고 안부를 묻고 사랑한단 말을 하고 쥐가 내릴 때까지 팔베개를 해 주며 잠이 드는 건 여전했다.

2009년

성관계 횟수는 일주일에 한 번으로 줄어들었고 일매가 차려 놓은 저녁 식탁 앞에서 준걸의 갑작스러운 저녁 약속이 생겼다는 전화를 받는 날이 생겨났다. 그런 날엔 새벽에 보냉 주머니에 우유를 넣는 아줌마와 마주치며 귀가를 했고 밤새 기다린 일매 앞에 무릎을 꿇고 각서를 쓰기도 했다. 애절했던 무릎은 그렇게 의미 없이 자주 꿇었고 무릎의 맹세도 감흥도 시들해지고 있었다.

2010년

현저히 줄어든 관계 횟수에 서운함을 느낄 아내를 배려해 주말엔 분위기를 바꿔 보려 색다른 모텔이나 호텔, 심지어는 차 안에서도 유사성행위를 시도했고 두 사람은 서로를 위해 많은 것을 노력했다.

준걸의 진지하고 점잖은 성격도 서서히 변모해 갔다. 느물거리고 야한 농담도 곧잘 하게 됐고 그런 모습에도 일매는 잘 웃어 주고 가끔은 받아치는 중년의 아저씨에게 잘 어울리는 아줌마로 연륜이 쌓여 가고 있었다.

2011년

결혼 후 준걸은 의도적으로 어머니와 일매를 만나지 못하게 했었다. 어머니 생일날엔 준걸 혼자 울산에서 식사를 대접했고 명절엔 일부러 여행을 떠났고 일매가 불편해할 것을 배려해 어떻게든 안부 전화만 1년에 한두 번 나누게 했으며 만날 일은 결코 만들지 않았다.

그러던 어느 날 준걸이 일매와 처음으로 다투게 된 사건이 발생했다.

"일매야, 이번 달 어머니 생신 땐 같이 울산에 가자. 이젠 챙겨드릴 때가 된 거 같다."

"그럼 선물은 뭘로 해 드리지?"

일매에게 고민하는 기색이 어렸다.

"글쎄, 니가 전화 드려 봐."

통화를 마친 일매가 얘기했다.

"선배, 어머니가 오지 말라고 하시는데? 울산까지 차 막힌다고."

"그래서 니는 뭐라고 했는데?"

"알겠다고 했지. 생신 축하드린다고 했다."

일매는 상냥하게 답했다.

"그렇다고 안 간다고 말씀 드렸나? 그래도 뵙겠다고 했어야지."

준걸은 어이가 없는지 말까지 더듬었다.

"선배, 어른 말씀인데 어떻게 거역하노?"

"일매야, 니는 애가 맹한 거가, 생각이 없는 거가? 어떻게 어머니 말씀을 곧이곧대로 받아들이노?"

준걸은 자신도 모르게 언성을 높였다.

"선배, 지금 뭐라고 했는데? 맹하다고?"

일매는 안방 안 욕실로 들어가 문을 잠갔다. 준걸은 문 앞에서 바로 사과했지만 기어이 아내의 눈에서 눈물을 뽑아냈다.

"일매야, 내가 잘못했다. 그런 뜻이 아닌데 실수했다. 어서 나온나. 나와서 얘기하자."

"난 선배 그런 모습 무서워서 못 보겠다."

"일매야, 문 좀 열어 봐."

일매는 눈물을 뚝뚝 흘리면서 문을 열었다.

"미안하다. 내가 미쳤나 보다. 그래, 어머니 만나지 말자. 아직도 불편할 텐데 내가 생각이 짧았다."

준걸은 초심을 잃은 자신에게 화가 났다. 일매와 함께라면 그녀의 행복을 위해 자신의 목숨도 바칠 거란 맹세를 했었다. 자신의 편협함으로 아내를 울렸다는 자책에 가슴 한곳이 무너지는 기분이 들었다. 다시는 미소를 잃지 않도록 더욱 노력하리라 다짐했다.

2012년

준걸은 퇴근해서 집으로 돌아와 외출복을 입은 상태로 요리를 하고 있는 아내의 뒷모습을 발견했다. 베이지색 골지 니트 원피스를 입고 커피색 스타킹을 신고 있었다. 준걸은 식탁에 앉아 그녀의 실루엣을 감상하며 요리를 기다리고 있었다.

"선배, 조금만 기다리면 된다."

뒷모습을 물끄러미 바라보다 스타킹에서 시선이 멈추었다. 올이 풀려서 구멍이 났으면 좋겠다고 생각했다. 그러다 준걸은 실천에 옮겼다. 일매 뒤로 가서 원피스 치마 안으로 손을 넣어 스타킹에 구멍을 내고 그대로 잡아 당겼다. 올이 빠르게 풀려져 발등 위로 내려갔다. 일매를 싱크대 쪽으로 엎드리게 한 뒤 극도의 흥분 상태에서 삽입을 시도했다.

"선배, 이러지 마라. 무섭다."

일매는 순간 준걸 아버지가 떠올랐다. 몸보시를 명령하던 날 스타킹을 찢던 기억이 뇌 속을 파고들었다.

"잠시만 조금만 참으면 된다."

준걸은 일매의 만류에도 기어이 삽입을 했다. 일매가 울면서 주저앉자 준걸은 일매를 일으키고 안아 주었다.

"미안하다. 내가 왜 그랬지?"

"선배, 무섭게 왜 그라노? 이런 거 처음이다. 진짜."

일매는 준걸에게 '선배도 아버님하고 똑같다'라고 말할 뻔했다.

'또 처음이가? 도대체 그놈의 처음은 언제까지 처음일 건데?' 준걸은 속으로 되뇌며 일매를 안은 손을 풀지 않았다.

"일매야, 미안하다. 나도 이런 충동은 처음이다. 스타킹에 올이 풀리니까 너무 섹시해서 그만."

준걸은 올이 풀려 있었다고 거짓말을 했다.

"선배, 강간당하는 기분이었다. 다신 그러지 마라."

그 이후에도 준걸은 구멍 난 스타킹을 입은 여자를 보면, 아니 입고 있던 스타킹에 올이 나가면 자신도 모르게 흥분했다.

사람들의 마음을 치유하는 직업을 가졌음에도 자신의 증상에 대해선 해결책이 없었다. 굳이 원인을 찾으려 한다면 사춘기가 찾아왔던 유년기 시절에 아버지의 신당에서 스타킹을 발견했던 사건 때문이 아니었을까. 준걸은 그 스타킹이 어머니의 것이 아닌 신도들의 것임을 알게 된 뒤 큰 충격을 받았고 어머니가 아버지와 신도들의 성관계 사실을 알고도 모른 체 했다는 게 더 납득되지 않았다.

맞아 본 놈이 때린다고 누군가로부터 외상을 당했다면 그것에 대한 복수심이 생겨난다. 결국 타인에게도 위해를 가해서 자신의 외상을 극복하려는 본능을 지니게 된다. 그 충격적인 사건은 어머니가 외상을 당한 것이고 엄연히 따지면 준걸은 제3자이다. 아버지의 성관계 장면을 목격한 것도 아니고 신당에서 들리던 신음소리가 성관계와 직결된 사실조차 몰랐었다.

다만 스타킹을 발견한 뒤로 성에 대해 무지했던 시기에 모든 것은 짐작뿐이었다. 그 충격적인 사건의 증거물인 올이 나간 스타킹이 왜 하필 자신의 성적 판타지가 되었을까? 이성적 사고를 마비시키는 도

파민의 지나친 증가로 통제력을 상실하게 만드는 스타킹이란 암세포를 어떻게 제거해야 할까? 그 누구에게도 털어놓을 수가 없었다. 상담받는 것조차 본인 직업에 대한 큰 모순 같아서 어떻게든 들키지 않고 살아가기를 바랄 뿐이었다.

2013년

"일매야, 우리도 이제 아이 가질까?"

준걸은 퇴근 후 저녁을 먹고 시선은 티비에 고정한 채 말을 했다.

"아이? 좋지."

일매는 상냥하게 대답했다.

"근데, 이상하다. 여태 피임한 적 없는데 왜 안 생기지?"

준걸은 무심하게 말을 던졌다.

"그러네, 검사라도 받아야 하나?"

일매는 처음으로 임신한 적 없는 자신의 몸에 대해 생각했다. 과거에 이기적이고 무식했던 남자들은 콘돔이란 걸 사용한 적이 없었다. 모텔을 들어설 때 프런트에서 받아 온 콘돔을 사은품으로 받은 풍선 따위로 취급하며 손도 대지 않았다. 심지어 인성 좋고 자상한 남편 준걸조차 콘돔을 사용한 적이 없었다. 어쩌면 주원과 관계할 시절엔 임신이 되길 바란 적도 있었다. 임신 핑계로 결혼을 할 수 있을 거란 어리석은 기대를 품었지만 아마도 주원의 아이를 갖게 되었다면 엄마가 먼저 손모가지를 끌고 수술대에 눕혔을 것이다. 그 생각을 하니 몸서리가 쳐졌다.

놀라운 건 한 번도 임신한 적이 없다는 사실에 대해 이제야 의문점을 갖게 됐다는 사실이다. 그동안 얼마나 둔감했던가? 일매는 입술을 깨물고 오른손으로 아랫배를 쓰다듬었다. 단 한 번도 생리를 거른 적이 없었던 자신의 몸에 대해 이제야 눈 가리던 망각에서 깨어난 듯 두려움이 밀려왔다.

"일매야. 올해부터 아이 갖는 걸 목표로 삼고 열심히 달리자. 해 보고 안 되면 검사 받아 보지 뭐."

"나한테 문제가 있나?"

일매가 깊은 한숨을 쉬었다.

"아니, 정자에 문제가 있을 수도 있지."

아내의 염려를 덜어주기 위해 밝은 목소리로 기꺼이 공범자가 되었다.

"그러니 같이 검사해야지. 근데 일매야. 정자 검사는 어떻게 하는 줄 아나?"

"몰라, 어떻게 하는데?"

두려움을 걷어내지 못한 일매의 눈동자가 준걸의 눈을 더듬었다.

"병원 안에 보면 은밀한 방이 있는데 딱 비디오방 크기 정도 되는 방에서 야한 동영상을 틀어준다네. 그러면 자위해서 정액을 받아 낸다드라."

"헉, 진짜? 너무한 거 아니가? 진짜 그 방법밖에 없나?"

일매는 미간에 힘이 들어갔다.

"어, 근데 원래는 부부가 같이 들어가서 아내의 도움을 받아서 정액을 받아 냈는데 요즘은 남편만 들여보낸다네."

준걸은 재미있는 생각이 떠오른 표정으로 웃음을 흘렸다.

"왜?"

"정액보다 침이 더 많이 나와서 정자의 움직임을 정확히 볼 수가 없다고."

"침? 입속에 있는 침? 정액에서 침이 왜 나오는데?"

"우리 일매, 아직도 이리 순진해서 우짜노?"

"아, 그러니까 아내가 입으로 사정을 도와줘서 침하고 같이?"

일매는 연신 고개를 끄덕였다.

"그래, 이왕 말 나온 김에 우리도 테스트해 보까?"

2014년

준걸과 일매는 산부인과를 다녀왔다. 일 년간 노력을 해 보고 임신이 안 되면 정액 검사와 자궁 정밀 검사를 해 보기로 했다. 그런데 앞으로 일 년이란 시간을 준비해 봐야 소용없다는 걸 두 사람은 잘 알고 있었다.

의사가 배란일을 종이에 적어 주면 그날에 맞춰 숙제를 했다. 준걸은 배란일에 맞춰 부부관계 하는 걸 숙제라는 단어로 표현하는 의사에 대해 불편함을 느꼈다.

준걸과 일매는 숙제 날 외엔 별다른 관계를 시도하지 않았다. 일매는 숙제가 끝나면 등을 돌리고 코를 고는 준걸의 뒷모습을 보며 잠들기도 했고 아침에 눈뜨면 무뚝뚝하게 혼자 있고 싶어 하는 남편의 모습에 서운할 때도 있었다. 그것은 준걸뿐만 아니라 남자들의 타고난 기질이기에 준걸은 아내가 충분히 이해할 거라 믿었고 일매는 누군가에게 당하는 소외감이 익숙했기에 서운함을 드러내지 않았다.

그렇게 특별했던 부부 사이도 평범이란 단어에 물들어 갔고 때론 시들며 가끔은 서로의 소중함을 잊은 채 같은 일상이 반복되고 있었다.

일 년간 열심히 숙제를 했지만 매달 비슷한 시기에 생리가 찾아왔다. 정자 검사 결과는 정상이었다. 문제는 역시 일매에게 있었음을 감지하고 일매는 순차적으로 검사를 시행했다. 마지막 검사인 나팔관 조영술에서 일매는 고통스러운 경험을 해야 했다. 나팔관이 막혀서 생살을 뚫은 고통으로 검사를 마쳤고 검사실에서 걸어 나오다 준걸의 팔에 안겨 쓰러졌다. 그동안 나팔관이 막혀서 수정 자체가 불가능했었다. 의사는 나팔관 검사를 하면 막혔던 자리를 뚫어줘서 자연적으로 임신할 가능성이 희박하게나마 있다고 했다. 그 희박함이 주는 희망고문을 피하기 위해 준걸과 일매는 시험관 시술을 결정했다. 일매는 배란일에 맞춰 난포 주사를 자기 몸에 스스로 찔러야 했고 힘든 과정을 겪어야 했다.

바다에서 도시로 난파된 배가 떠밀려 왔고 땅이 갈라지며 사람들은 높은 빌딩으로 도망쳐 간다. 큰 파도는 계속해서 높은 빌딩을 삼켰고 더 높은 곳으로 오르던 나는 계단에서 무언가 발견한다. 속싸개에 싸인 갓난아기다. 조심스레 아기를 내 품에 안고 계단 위로 오른다. 계단이 끝나는 지점에 옥상으로 통하는 철문이 있고 나는 힘껏 문을 민다. 옥상에서 더 높은 옥상을 찾아 밧줄을 던지고 속싸개에 싸인 아기 얼굴을 확인한다. 그리고 속싸개를 내 허리에 두른 채 밧줄을 타고 옆 건물로 날아오르려는 순간 총성이 울린다. 나는 옆 건물 옥상으로 무사히 진입했고 허리에 묶은 속싸개를 풀고 아기를 확인한다. 아기의 머리에 총상이 있다. 나는 비명을 지른다.

준걸이 일매를 깨웠다. 생생하고 또렷하게 기억에 남은 악몽의 잔재가 잠에서 깨어도 쉬이 사라지지 않자 일매는 큰소리로 울었다. 준걸은 일매를 안아 주며 시험관 시술은 성공할 거라고 위로했다.

시험관 시술을 하고 입원한 다음 날 일매는 부작용 때문에 복수가 차올랐다. 마치 만삭의 임산부처럼 배가 부풀어 올랐고 숨 쉬는 것조차 버거워했다. 그 모습을 본 준걸은 아이를 포기하자고 했고 일매도 더 이상의 시험관 시술은 큰 두려움으로 다가왔기에 먼저 아이를 포기하자고 말을 꺼내 준 준걸이 고맙기까지 했다.

하지만 시간이 지날수록 준걸이 아이를 원하는 걸 알게 되었고 일매도 그 간절함으로 병원을 찾았다. 시험관 시술은 같은 부작용을 낳을 수 있다는 말에 나팔관 개통 수술을 선택했다. 다시 막힐 확률이 높아서 의사들이 잘 권하지 않는 수술이지만 일매의 경우는 시험관이 더 위험했기에 나팔관 개통 수술을 시행하기로 했다. 다행히 난소의 상태는 좋은 편이라 기대를 걸어 보기로 했다.

나팔관 개통 수술은 성공적이었고 자연 임신을 위해 두 사람은 배란일마다 열심히 숙제를 하였다.

2015년

여느 때처럼 준걸은 출근을 했고 일매는 장을 보기 위해 마트로 향했다. 마트 입구에서 카트기를 꺼내는데 낯익은 누군가가 일매에게 시선을 고정하고 있었다.

"이게 누고? 박일매 아니가?"

"민수 오빠? 민수 오빠 맞제?"

일매는 반가운 마음에 눈물이 왈칵 쏟아질 뻔했다.

"그래, 가시나야. 진짜 오랜만이네. 여전히 세숫대야 좋네. 잘 살고 있었나 보네."

"어, 나 시집가서 잘 살고 있다. 오빤, 오빠는 어떻게 사는데?"

"시집갔나? 겁나 대박인데. 우리 일매가 시집도 가고."

민수는 누군지도 모르는 일매의 남편에게 형체 없는 질투를 느꼈다. 그때 만일 일매를 버리지 않았다면 본인이 일매의 남편이 되었을까? 일매가 곤란한 질문을 하자 질투와 함께 찾아온 상념을 재빨리 걸어갔다.

"오빠야, 근데 그때 고시원에서 왜 갑자기 사라졌는데?"

"뭐라 씨부리는지 모르겠다."

모든 걸 망각한 눈빛으로 대답했다.

"오빠, 지금 바쁘나? 우리 커피 한잔 할까?"

"내 지금 겁나 바쁘다. 전화번호 뭐꼬?"

일매는 민수에게 자신의 전화번호를 찍어 주었다. 민수는 일매와 인사를 하고 돌아서면서 일매의 번호를 '고시원 쪼가리'라는 이름으로 저장을 했다. 민수는 세월이 흐르고 시대가 변했어도 여전히 무식했고 아직도 겁나를 입에 물고 살았다.

민수는 폭력 가정에서 자라 왔고 고등학교 졸업을 앞두고 가출을 했었다. 그리고 고시원 총무로 생활하면서 큰 꿈을 키워 왔다. 번듯한 가게를 차리는 게 꿈이었다. 오로지 그 목표 하나만 가지고 돈을 모으기만 했지 쓰는 방법은 몰랐다. 그렇게 지독하게 악착같은 20대를 보내는 와중에 천사 같은 일매를 만났고 일매에게 자신의 꿈도 접어 둔 채 모든 걸 바쳤다. 고시원비도 대신 내 주었고 일매에게는 모든 걸 아낌없이 다 주고 싶어 했다. 그런 천사가 배신을 했다. 그녀는 천사가 아니었고 헤픈 여자였다. 짧지 않은 시간을 투자했는데 그 시간이 아까웠고 화가 났던 민수는 어느 날 샤워 중인 일매에게 성폭력을 행사하고 일매의 돈을 훔쳐서 고시원을 떠났다.

우연히 일매를 만나고 나니 미안한 마음이 앞섰지만 결혼해서 잘 산다는 안부에 질투라는 감정이 고개를 내밀었다.

휴대폰에서 고시원 쪼가리를 찾아서 버튼을 눌렀다.

"여보세요?"

"내다."

"민수 오빠?"

일매의 목소리엔 반가움이 들어찼다.

"일매야, 집은 어디고?"

"마트 뒤편에 있는 아파트에 산다."

"시집은 언제 갔는데?"

"몇 년 됐다. 근데 오빤 어떻게 사는데?"

일매는 달뜬 목소리로 재촉했다.

"나는 겁나 열심히 살지."

"아직 결혼은 안 했고?"

일매의 질문이 계속 이어졌다.

"어, 일한다고 바빠가 결혼은 아직. 니는 아는 몇 명이고?"

'왜 사람들은 결혼했다 하면 애기는 몇 명인지 성별은 어떤지를 물어볼까?' 일매는 민수에게 오빠까지 그런 질문을 하느냐고 따져 묻고 싶었지만 더 급한 질문부터 꺼냈다.

"오빠야, 정말 궁금하다. 왜 그때 말도 없이 떠난 건데?"

민수는 숨을 한 번 크게 내쉬고 귀찮은 듯 말을 뱉었다.

"니는 결혼해서 잘 산다면서 그게 아직도 궁금하나?"

"응, 진짜 궁금하다. 오래전 일이지만 난 그때 한참 동안 오빠를 기다렸거든."

일매의 목소리가 젖어 들었다.

"와? 내같이 골빈 놈을 와 기다리는데?"

"무슨 소리고? 내가 힘들 때 오빠가 날 지켜 주고 위로해 주고 얼마나 큰 힘이 됐는데. 오빤 나한테 은인이다. 아주 큰 은인."

"문디 가스나, 그러면 은인한테 놀러 온나. 내 조만간 갈빗집 오픈한다."

"어디서 하는데?"

"대연 사거리에 국가돼표."

"아, 대연 사거리면 우리 아파트랑 가깝네. 언제 오픈하는데? 꼭 갈게."

일매가 남편을 데리고 가게를 다녀갔던 밤에 일매의 남편이 수연 노래방을 혼자 다녀간 것을 민수가 발견했다. 45분쯤 지난 후에 일매 남편은 노래방을 나와서 집으로 향했고 민수는 노래방으로 들어섰다.

"알고야, 우리 국가돼표 사장 오빠야가 우짠 일인교? 또 알바 필요해요? 우리도 손님 없는데 갈비나 썹으러 갈까?"

수연이 호들갑을 떨었다.

"사장님은 없습니까?"

민수가 노래방 안을 두리번거렸다.

"내가 사장인데, 몰랐나? 장사가 안 돼서 도우미까지 투 잡 뛴다 아니가?"

민수는 시큰둥하게 대답하는 수연을 향해 피식 웃었다.

"그럼 우리 사장님 이름이 수연이가?"

"이제 알았나?"

"아무리 가명이래도 너무 안 어울린다."

"지랄, 딱 수연이처럼 생겼는데 뭐라카노?"

두 사람은 자연스레 말을 놓았다.

"좀 전에 나간 사람 여기 왜 왔노?"

수연을 바라보는 민수는 예리한 눈빛으로 변했다.

"와? 그건 와 물어보는데? 노래방에 노래 부르러 왔지. 갈비 먹으러 왔겠나?"

수연은 성가신 표정으로 민수의 시선을 피했다.

"노래 소리 안 들리던데."

"뭐시 궁금한데? 우리 국돼 오빠야가."

수연이 민수를 노려봤다.

"선수끼리 와 이라노? 딱 깨고 말해서 얼마면 되냐고?"

수연의 시선을 피하지 않고 질문했다.

"뭐가?"

"아까 그 양반은 얼마 주고 빠구리 떴냐고? 우리 수연 씨랑?"

"옴마야, 무식하게 빠구리가 뭐꼬? 떡이라고 해야지."

"아까 그 새끼보다 두 배는 줄게."

수연의 귓가에 대고 흥미로운 제안을 했다.

"오늘은 노래는 건너뛰고 계속 떡값만 바로 버네. 이리 재수 좋은 날도 다 있네. 아까 그 오빠야는 20만 원 주고 했다. 우리 국돼 오빠야는 10만 원 만 줘도 내가 특별 서비스까지 해 주께. 아는 얼굴에 두 배는 무슨 두 배고?"

그녀가 활짝 웃자 눈가의 주름이 관자놀이까지 이어졌다.

"뭐? 이십이나 주고 떡쳤다고? 지랄 드릅게 비싸네. 내는 십도 없다."

민수는 빈정거리며 말을 비꼬았다.

"근데 와 두 배 준다 했는데?"

그녀는 따지듯 물었다.

"만 원 정도 하는 줄 알고 이만 원 줄라고 했지."

민수는 능청맞게 웃었다.

"지랄 안 하나? 만 원짜리? 박카스 할매도 이만 원 받는데 내가 어딜 봐서 만 원짜리로 보이노? 내는 십만 원 아래로는 절대 몬 해."

"근데 아까부터 이게 무슨 냄새고? 향수 같긴 한데 왜 비린내가 나지? 싸구려 화장품 쓰지 말고 좋은 것 좀 쓰라."

민수가 코를 쿵쿵거리며 눈을 가늘게 떴다.

"뭐시? 뻬로몬 향수다. 뻬로몬 모르나? 이성을 유혹하는 향수."

수연은 자신의 겨드랑이를 살짝 올려 코로 가져갔다.

"페로몬? 그건 깨소금 같은 거다. 접나 맛없는 음식에 깨소금 떡칠해 봐야 누가 먹노?"

"알고야, 내가 오늘 이 향수 덕에 몇 탕을 뛰었는지 아나? 우리 국돼 오빠야는 돈도 없다면서 깨소금 같은 소리가 나오나?"

"오게이. 십만 원 모이면 다시 온다."

민수는 노래방 계단을 올라오면서 담배를 입에 물었다. '맹한 년, 시집은 잘 간 줄 알았는데 허우대만 멀쩡한 저런 쓰레기랑 사노? 내도 늙은 노래방 도우미랑은 떡 안 치는데 아, 쌩 양아치한테 잘못 걸

렸네. 그 눈치 없는 천사 년이.'

다음 날 민수는 쪼가리에게 문자를 했다. '지금 통화 되나?'

일매는 문자를 확인하자 바로 전화를 걸었다.

"민수 오빠."

"일매야. 어딘데?"

"집이지. 오빠?"

"남편은?"

민수는 조급한 마음을 숨기지 않았다.

"출근했다."

"집으로 놀러갈까?"

"지금?"

"어, 집 구경 좀 하자."

"정말?"

밖에서 만나자고 할 줄 알았는데 망설이는 일매에게 강하게 한마디하고 끊었다.

"문자로 보내라. 주소."

10분도 안 걸렸다. 일매의 주소가 민수의 휴대폰으로 전송됐다. 민수는 어이가 없었다. 남편이 출근한 집으로 과거의 남자를 불러들이는 게 무슨 의미인지도 모르고 허락했을 것이다. 이렇게 맹하니 쓰레기랑 결혼을 하지. 민수는 일매 집 현관 앞에 도착해서 1초의 망설임도 없이 벨을 눌렀다.

"오빠, 왜 집으로 온다고 했는데? 무슨 할 말 있나?"

'역시 맹하다. 할 말 있으면 전화로 하지 집으로 왜 찾아왔겠노?'

민수는 일매를 보자마자 입술을 덮쳤다. 일매는 갑자기 자신의 영역으로 쳐들어온 침입자에게 저항하지 못하고 입술을 내주었다. 민수는 안방을 찾았다. 쓰레기와 부부관계를 나누는 곳에서 일매를 덮치고 싶었다. 민수는 고집스럽게 일매의 입술을 붙잡고 문이 열려 있는 침실을 발견했다. 일매를 번쩍 들어 올려서 침대에 눕혔고 급하게 성관계를 마무리했다. 한때 자신의 여자였던 헤픈 여자 일매에게 사정을 했고 헤픈 여자가 함께 쓰는 남편의 침대 시트에 정액을 묻히며 카타르시스를 느꼈다.

사정과 동시에 욕망의 전율에 빠진 민수는 일매의 의뭉스러운 행동에 의문을 갖게 되었다. 이젠 결혼했으니 이러면 안 된다고 거절해야 하는데 조금도 저항하지 않았다는 점. 남편과 함께 쓰는 침실에서는 안 된다고 차라리 다른 방에서 하자고 말할 수도 있는데 역시 거부하지 않았다는 점. 대체 이 여자 뭐지?

"일매야, 결혼 생활에 문제 있나? 왜 다른 남자랑 빠구리 뜨는데?"

민수는 유부녀가 취했어야 할 도리에 대해 무식하고 진지하게 충고했다.

"오빠가 덮쳐서 나도 황당하다."

민수가 보기엔 진심으로 황당해하는 표정이 아니었다.

"그러면 안 된다고 해야지. 왜 그냥 가만히 있었는데?"

"내가 얘기해도 오빠가 멈출 것 같지가 않아서."

일매는 손목에 시계를 착용하며 답했다.

"그래도 여긴 너거 남편하고 자는 곳이잖아. 여기서는 안 된다고 말해야 되는 거 아니가? 그냥 대주면 우짜는데?"

민수는 자신의 충고가 똥 싼 놈이 방귀 뀐 년을 나무라고 있는 듯했고 맞아죽을 놈이 쥐어 박힐 년에게 입바른 소리를 하는 것도 알고 있었다.

"그러게. 침대 시트나 갈아야겠다."

태연하게 시트를 잡아당기는 일매에게 남편한테 의심 받지 않으려면 시트를 갈아야 한다는 건 알고 있어서 다행이란 얘기를 하려다 참았다. 민수의 아랫도리는 바람 빠진 풍선처럼 쪼그라들었고 절대 해선 안 될 얘기를 털어놓고 말았다.

"일매야, 그때 고시원에서 니 샤워할 때 강간한 사람 누군지 아나?"

민수는 칼날 같은 비밀을 뽑아들고 휘둘렀다.

"오빠가 그 일을 어떻게 아는데?"

휘두르는 칼날에도 눈 한 번 깜빡이지 않고 일매가 물었다.

"내가 그랬으니까."

"맞나?"

일매는 왜 그랬냐고 따져 물을 줄 알았는데 조금도 놀라지 않았다. 그 모습에 더 놀란 민수는 섬뜩함마저 느껴졌다. 지금까지 민수가 알던 일매란 여자는 자신이 얼마나 이쁜지 모르는 여자, 더럽게 눈치 없는 여자, 맹한 여자, 무섭도록 착한 여자였다. 그런데 지금은 다르게 보였다. 청순한 이면에 매혹적인 스킬로 절정을 맛보게 해주는 여자, 눈치 없는 척 맹한 가면을 쓰고 머릿속으로 계산기를 두드리는 여자, 자신이 무슨 짓을 해도 스스로는 착하다고 합리화시키는 여자. 만면의 미소를 머금고 침대 시트를 걷어서 세탁기에 넣고 있는 이 여자 대체 뭐지?

"오빠, 그만 가는 게 좋겠다. 오늘 밤엔 우리 숙제하는 날이라서 울 선배 일찍 퇴근할 거야. 저녁 차리려면 지금 마트 가야 된다."

죄책감이라고는 찾아볼 수 없는 해맑은 목소리로 말했다.

"무슨 숙제?"

민수는 두려움을 가득 채운 눈빛으로 물었다.

"그런 게 있다. 총각은 몰라도 된다."

일매가 피식 웃었다.

"그래, 무슨 숙제인지는 모르겠지만 잘해라. 복습도 예습도."

"오빠 여전히 웃긴다. 복습하고 예습은 큰 성과 없는 숙젠데."

민수는 상냥하게 웃어 보이는 일매를 보며 소름끼치는 표정으로 현관문을 나섰다. 좀 전에 남편과 함께 쓰는 침실에서 강간당한 여자가 저렇게 해맑을 일인가. 민수는 일매가 태연하게 시트를 걷을 땐 살짝 돌아버릴 것 같은 기분이었는데 지금은 완전히 미쳐버릴 것 같은 기분이 들었다.

"남편한테 잘해 주라. 밖으로 돌지 않게 단디 붙들고 살아라. 와꾸 장난 아니던데 가스나들 겁나 꼬이겠드만. 니 방심하면 안 된다. 바람 안 피우게 잘해라고."

민수가 현관문을 닫자 일매의 마지막 말이 문틈으로 새어 나왔다.

"우리 선배는 그럴 위인이 못 된다. 세상에 여잔 나밖에 모르는 바본데."

민수가 엘리베이터에서 닫힘 버튼을 누를 때 일매가 다시 현관문을 열고 얼굴을 내밀었다.

"오빠도 잘 지내고 장사 잘해라."

민수는 정말 반가웠다는 표정으로 배웅하는 일매의 마지막 얼굴을 보면서 불안함을 느꼈다.

혹시 일부러 집으로 끌어들인 건 아닌지, 오늘 저녁 수갑을 든 형사가 강간범을 체포한다고 가게로 쳐들어오게 하는 건 아닌지, 몰카라도 숨겨 놓고 자신의 범죄 현장을 증거로 남기기 위해 침대로 유인한 건 아닌지, 캄캄한 수렁 속으로 빠져드는 것 같았다. 마치 발을 들여서는 안 될 마녀의 영역에서 정액을 검출당한 기분이었다.

일매의 집으로 들어갈 땐 일매 남편이 얼마나 쓰레기인지 폭로하기 위해 들어갔는데 나올 땐 자신의 도발을 쓰레기한테 들키지 않기를 바라면서 아파트 단지를 벗어났다.

얼굴에 물방울이 떨어지자 하늘을 올려다보았다. 비가 내리고 있었다. 쭉 찢어진 구름 사이로 햇빛도 같이 쏟아졌다. 미친 날씨가 민수의 마음을 대변하고 있었다.

준걸의 해우소에서는 두 번이나 자살에 실패한 내담자가 상담을 받고 있었다. 그녀가 갑자기 소파에서 벌떡 일어섰다.

"선생님, 저 한 번만 안아 주면 안 돼요?"

"내담자와 그런 행위는 금지입니다."

"그게 왜 금지예요? 마음이 아픈 환자는 약보다 포옹이 더 좋은 치료법일 수도 있잖아요. 그러니까 상담비가 약값보다 비싸잖아요."

말도 안 되는 내담자의 고집에 준걸은 이서연을 자리에 앉히기 위해 살짝 안아서 등을 토닥여 주었다.

직장 상사와 오랜 기간 내연 관계를 유지하다 버림받은 후로 자살을 시도했던 여자다. 준걸이 안아 주자 이서연은 준걸의 허리를 감싸고 마치 왜장을 끌어안고 투신하기 위해 손깍지를 꼈던 논개처럼 손가락에 힘을 주었다. 당황한 준걸이 단호한 말투로 애기했다.

"서연 님, 이제 그만하셔도 됩니다."

"선생님, 사랑해요."

이서연이 준걸의 아랫도리에 자신의 하체를 바짝 붙이자 준걸은 필사적으로 엉덩이를 뒤로 빼며 어정쩡한 자세로 입을 열었다.

"서연님, 전 면담자고 서연님은 상담 받으러 온 분이에요. 그리고 이런 감정을 전이라고 하는 건데 과거에 내연남과 제가 비슷하게 생겼다고 하셨죠? 그래서 그분한테 느꼈던 감정을 저한테 투사하는 겁니다. 이건 진짜 사랑이란 감정이 아닙니다."

"그게 뭐가 중요해요? 선생님도 저 맘에 들잖아요. 쌤 눈빛을 보면 알 수 있어요."

"저는 유부남입니다. 저는 내담자와는……."

이서연이 준걸의 입술을 덮치기 위해 뒤꿈치를 들어올렸다. 그리고 그녀의 혀로 준걸의 입을 막아 버렸다. 준걸은 고개를 돌리고 그녀의 어깨를 힘껏 밀어서 자신의 품에서 떼어놓았다.

"전 내담자와는 이런 관계를 가질 수 없습니다."

"그럼 밖에서 만나면 할 수 있나요?"

오랜 시간 유부남과 놀아난 여자라서 죄책감 따윈 안중에도 없는 위험한 여자라고 준걸은 생각했다.

"전 유부남이에요."

"그게 무슨 상관인데요? 내가 쌤하고 결혼한대요?"

준걸은 그녀가 비정상적인 성욕항진증인 님포마니아가 아닌가 의구심이 들기 시작했다.

"쌤, 저 쿨해요. 여기서 일은 여기서 끝낼게요."

'쿨한 사람이 유부남과 헤어졌다고 자살 시도를 두 번이나 했을까?' 준걸의 팔을 끝까지 붙들고 있는 이서연의 간절한 손길이 거북하고 불결했다. 준걸은 이런 심정을 그녀에게 들킬까 봐 고개를 창가 쪽으로 돌렸다. 직원의 도움을 요청하는 호출 버튼을 누르기 위해 이서연의 팔뚝을 힘껏 밀쳤다. 그때 이서연이 바닥에 넘어졌고 그녀의 긴 손톱이 스타킹에 구멍을 만들어냈다. 구멍은 빠르게 올을 풀어 냈고 준걸의 후두엽은 스타킹에서 멈춰 버렸고 전두엽은 마비되어 버렸다. 준걸이 손을 뻗어 눌러 버린 건 직원 호출 버튼이 아닌 해우소 문의 잠금 버튼이었다.

"정말 쿨할 수 있나요?"

집착이 강해 자살 시도를 한 여자에게 아무 소용없는 질문을 하는 걸 보니 언어 기능 장애까지 준걸의 뇌를 강타한 모양이다.

"오늘 이후 안 나타날게요."

자신을 버렸던 유부남에게 이번이 마지막이니 한 번만 만나 달라 애원했었고 다신 찾지 않겠단 맹세도 수없이 번복했었다. 그러다 다시 매달렸고 또다시 버려진 자신의 처지를 한탄하며 스스로를 죽이려 했었다. 그녀가 유부남인 자신에게 얼마나 치명적인 위협의 존재가 될 수 있다는 걸 예측하면서도 준걸의 손은 멈추질 못했다. 준걸이 스타킹을 찢어버리자 그녀가 치마를 들어올렸다. 치마 안에는 마땅히 있어야 할 팬티가 없었다. '이 여자가 작정을 하고 나를 찾아왔네.' 준걸이 잠시 망설였다. 전희가 시작되기도 전에 신음을 내지르는 이서연의 입을 이번엔 준걸의 입으로 막아야 했다. 어느새 이서연의 손에 준걸의 아랫도리가 지배당하고 있었다. 빠르게 삽입이 이루어졌고 격정의 경지에 오르기도 전에 사정해 버렸다. 당황한 준걸은 그제야 후회가 밀려왔고 자신의 뇌를 쥐어박고 싶었다. 준걸은 스타킹 때문에 역전이를 당하고 말았다. 이서연은 자신의 손아귀에서 놀아난 또 다른 유부남을 비웃으며 입을 열었다.

"선생님, 담엔 더 잘할 수 있을 거예요."

그녀는 말갛게 웃고 있었다.

"다음이요?"

다음이라는 총알이 귓속을 뚫고 뇌로 들어와 유체 속에서 팽이처럼 회전하고 있었다.

"애인 없죠?"

그녀는 찢어진 팬티스타킹을 벗어서 준걸의 책상 위에 올려놓았다. 준걸은 옷매무새를 가다듬은 후 스타킹을 휴지통에 버리고 티슈를 여러 장 뽑아서 스타킹 위에 덮었다. 그리고 허스키해진 목소리로 말했다.

"전 유부남입니다."

"부인 말고 애인은 없잖아요. 오늘부터 우리 1일이에요."

이서연은 세상 가장 찝찝한 뒷말을 남기고 쿨하게 사라졌다. 준걸은 퇴근 전에 상담이 담긴 녹음 내용을 컴퓨터에 옮겼다. 이서연과의 은밀한 대화가 담긴 내용은 비밀 폴더에 넣는 것도 잊지 않았다.

준걸은 너무 짧은 시간에 끝난 사고를 병원 관계자들이 아무도 눈치 채지 못했단 안도감에 유유히 주차장으로 내려갔다. 준걸에게 이서연의 향수 냄새가 뱄는지 움직일 때마다 시트러스 향이 후각에 거슬렸다. 향수 냄새를 지우기 위해 초여름에 차 안에 히터를 틀고 30분 정도 도로를 달렸다. 20분이 지나자 땀이 비 오듯 했고 흐르는 땀이 향수 냄새를 준걸의 몸에서 떼어냈다. 창문을 열어 공기를 바꾸자 안으로 들어온 바람이 향수 냄새를 빠르게 밖으로 내보냈다. 에어컨으로 땀을 식히자 입술에서 짠맛이 느껴졌다. 달리는 차 안에서 이루어진 사우나가 준걸의 체취만 남겨둔 채 쾌적한 퇴근길을 만들어 주었다. 준걸의 체취는 죄책감도 함께 남아서 일매에게 줄 꽃을 사서 집으로 귀가하게 했다.

2016년

쩝쩝한 말을 남겨 두고 사라진 이서연이 정말 쿨하게 연락을 끊었다. 한동안 예약자 명단을 볼 때마다 이서연이란 이름을 발견하게 될까 봐 준걸은 내심 불안했고 초조했는데 반 년 이상 나타나지 않으니 두려움도 서서히 사라졌다.

일매는 2개월 정도 생리가 오지 않자 준걸과 함께 산부인과를 찾았다가 임신 사실을 알게 됐다. 준걸과 일매는 기적처럼 찾아온 태아의 심장소리를 들으며 꿈을 꾸는 기쁨을 만끽했다.

"일매야, 정말 수고 많았다. 그 힘든 과정 다 견뎌 줘서 이렇게 천사가 찾아왔네. 정말 엄마는 위대하다더니 니가 얼마나 기특한지 아나?"

"선배, 우리 아기 태명 지어 도."

아빠의 팔짱에 매달린 아이처럼 일매가 졸랐다.

"일매야, 아니 여보야, 애기 낳아도 선배라고 부를 거가?"

"그땐 누구 아빠, 이렇게 부르겠지."

아이를 품에 안은 날 준걸은 아버지를 완전히 용서했다. 아니 용서하려고 노력했다. 아버지를 미워하면서 자식을 키우면 그 미움이 아이에게 전해질까 봐 좋은 마음으로 아버지를 찾았다. 그리고 장모님도 용서하자고 제안했다. 일매는 잠시 망설였지만 곧 일매답게 수긍했다.

준걸과 일매는 아들 민준이를 데리고 일매의 친정으로 향했다. 친정집 앞에 차를 세우고 일매가 먼저 내려서 대문에 손을 대보았다. 양철 사자 문고리가 달려 있는 회색 대문은 세월에 깎여서 녹슬었고 물리적인 힘에 찍혀서 벗겨져 있었다. 일매는 고장 난 초인종을 누르며 가족들이 이사를 해서 만날 수 없기를 내심 바라고 있었다. 하지만 닫혀 있는 문은 잠겨 있지 않아서 살짝만 밀었는데 삐걱거리는 소리와 함께 덜컹 열려 버렸다.

민준을 안은 준걸이 대문 안으로 먼저 들어섰다. 뒤따라 들어간 일매는 눈시울이 붉어졌다. 마당 평상에는 일매 아빠가 누워 있다가 인기척 소리에 고개를 돌렸을 뿐 일어나지는 않았다. 그 상태로 일매와 눈이 마주쳤지만 전혀 모르는 사람처럼 다시 모로 누워서 눈을 껌뻑였다. 한눈에 봐도 정상이 아니라는 게 느껴졌다.

옥상에서 빨래를 널고 내려오는 엄마가 보였다.

"누구세요?"

"엄마."

일매의 목소리가 무겁게 가라앉았다.

"이게 누고? 매야 아니가?"

흥분된 목소리는 누가 봐도 다감한 친정 엄마의 모습이었다.

"처음 인사드립니다. 이준걸이라고 합니다."

"이 허우대 멀쩡하게 생긴 양반이 우리 사위가?"

"네, 엄마."

"야는 누고?"

"우리 아들 민준이."

"아따, 잘생겼다. 지 외할배 닮아서 인물이 보통이 아니네."

엄마의 호들갑이 점점 불편해진 일매는 바닥으로 시선을 밀어냈다.

"엄마, 아빠는 어떻게 된 건데요?"

"매야, 와 존댓말 하는데? 어색하구로."

10년이 넘도록 집에서 쫓아냈던 딸 소식을 알려고 하지도 않고 찾지도 않았는데 직접 시집 보낸 딸이 오랜만에 집에 놀러온 듯 이렇게 친밀감을 표현하는 엄마를 보니 뱃속이 뒤집히는 느낌과 함께 입 안의 쓴맛이 느껴졌다.

"어서 들어온나. 커피 한 잔 하자."

부엌이 딸린 마루에 들어서니 TV 위에 가족사진이 눈에 들어왔다. 사진관에서 찍은 사진의 배경은 하얀색이고 밤색 이인용 소파엔 다소 어색하지만 엄마와 아빠가 나란히 미소 지으며 앉아 있고 위로 는 더 어색한 표정으로 이현, 세현, 사준이 어정쩡하게 서 있었다. 일매가 함께 살 땐 가족사진은커녕 엄마와 함께 찍은 사진 한 장조 차 없었다. 일매가 빠지고 난 가족사진은 삼 형제가 가득 채웠고 원 래부터 일매는 이 집에 태어난 적이 없었던 유령 같은 느낌을 받았 다. 저 사진 안에 함께 있다면 어느 자리에 서야 할까? 아빠 옆에 앉 을까, 사준의 어깨에 손을 얹고 서 있을까. 어디에도 자신이 채울 수 있는 공간을 찾을 수가 없었다. 엄마의 어깨에 손을 올린 이현의 손 등에 희미한 화상 흉터가 눈에 들어왔다. 일매의 왼팔 안쪽에도 같 은 날 생긴 화상 흉터가 희미하게 남아 있다.

일매가 일곱 살 때 이현과 함께 연탄불 앞에 앉아서 족자(달고나) 를 만들고 있었다. 국자에서 녹은 설탕 위에 소다를 넣고 빨리 굳히 기 위해 일매가 국자를 돌렸고 설탕 일부가 이현의 손등에 떨어지는 바람에 이현은 크게 울음을 터뜨렸다. 이현은 울면서 집으로 뛰어갔 고 곧이어 달려 나온 엄마는 일매의 국자를 빼앗아 일매의 머리를 내려쳤다. 일매는 오른 팔뚝으로 얼굴을 보호하고 왼팔로 엄마를 막 다가 왼쪽 팔뚝 안쪽에 달궈진 국자에서 흘러나온 설탕물 때문에 화상을 입었다. 일매가 대학을 들어간 뒤 알았다. 그건 체벌이 아니 라 린치였다는 사실을.
일매를 향한 엄마의 미움이 남녀가 차별받는 불행한 시대를 살아 왔기에 어쩔 수 없었던 것이라고 여기고 가엽게 생각하겠다고 마음

먹은 뒤 친정집 대문을 넘어섰다. 그러나 엄마는 일매를 제외시킨 가족사진을 이용해서 이제 겨우 꿰매어진 상처들을 다시 헤집고 있었다.

소녀 시절에 주원이 자신에게 저지른 잘못보다 죄인 취급하며 냉담하게 처리했던 엄마를 더 원망했었다. 잊고 있던 지나간 기억의 편린들까지 일매의 심장에 하나씩 꽂히고 있었다. 이곳은 친정이 아니라 악몽이 되살아나게 하는 지옥이었음을 엄마가 깨닫게 해 주었다.

"아빠는 어떻게 된 건데?"

엄마라는 단어는 생략했다.

"작년에 치매가 와서 저라고 있다 아이가. 요양원으로 모셔야 되는데 돈이 없어가 집에서 내가 욕보고 있다. 매야, 너거 아빠가 니를 얼마나 이뻐했는지 알제? 딸도 자식인데 인제 니가 돌봐 드리야 안 되겠나?"

"이현이는?"

'이제 와서 내가 왜 자식인데?'를 또 생략하고 물었다.

"군대 갔다 와서 어학연순가 뭔가 보내 달라 해서 빚내가 보내 줬드만 거기서 양년하고 눈 맞아서 인자는 한국에 안 온단다. 아예 양놈이 돼 버렸는가 아빠 아프다 케도 코빼기도 안 비친다. 비행기 값이 장난이 아니라나 뭐라나? 그게 장남이 할 소리가? 애지중지 키웠더니 외국 나가서 양년한테 뺏기가 아예 얼굴도 못 보고 산다 아이가."

"세현이랑 사준이는?"

일매는 숨을 크게 들이마셨다.

"세현이는 취직될 때까지 여자 친구 집에서 일 도와준다드라."

"여자 친구가 뭐 하는데?"

"그 딸내미 부모가 국밥집 한다는데 거기서 일 도와주고 같이 지 낸다네."

"동거하나?"

밥 먹었나를 물어보듯 사소한 말투로 말했다.

"그게 뭐가 동거고? 그냥 국밥집하고 가까워서 갸 집에서 지내는 거지. 막둥이는 군대 갔다. 가기 전에 누나 한 번 보고 가야 된다고 그래 노래를 불렀는데 니를 어디 가서 찾겠노? 연락처도 모르고 집 도 모르고 그래서 그냥 갔다."

'엄마는 찾으려고 한 적은 있었나? 보고 싶긴 했나? 아니 미안하긴 했나?' 일매는 백 번이고 천 번이고 묻고 싶은 이야기를 꾹 참으며 속 으로만 되뇌었다. '이제 와서 아빠를 책임지라고?' 이 말이라도 꼭 하 고 싶었지만 그 역시 내뱉지 못했다. 일매의 엄마가 일매를 대하는 모습에 추인으로 일관했던 아빠는 무력한 공모자 혹은 침묵하는 공 조자의 죄책감으로 정신 줄을 놓은 것인가? 아니면 일매 따위는 안 중에도 없고 집안의 기둥으로 키워 오던 장남의 부재에 그리움이 사 무쳐서 치매가 온 것인가? 일매는 혼란스러웠다.

일매는 중학생 때 이현의 일기장을 본 기억이 떠올랐다. 엄마의 기 대가, 엄마의 집착이 부담스러워 벗어나고 싶다는 내용이었다. 엄마 의 차별이 장녀를 부재시켰고 극성이 장남을 부재시켰고 차남에 막 내까지 모조리 부재시킨 엄마에게 확정적 고의라는 처벌을 내리기 위해 아빠는 영혼을 내다 팔기로 작정한 건지도 모르겠다. 아빠의

278

영원한 부재 소식도 그리 멀지 않았음을 예측했다.

"이 서방이라고?"

준걸에게 달려가 준걸의 팔을 두 손으로 주물렀다.

"네, 장모님."

"이 서방아, 집은 몇 평이고?"

"네?"

첫 대면에 집 평수를 묻는 장모의 얼굴을 당황하며 바라봤다.

"그래, 이 서방아. 이제 니를 아들로 생각할게. 근데 결혼식 전에 왔어야지. 애기부터 낳고 왔노? 아들 낳고 올라고 미뤘던 기가? 내는 그런 거 신경 안 쓴다. 딸이면 어때서? 요새는 잘난 아들은 사돈 자식이고 못난 아들만 내 자식이라든데 딸이 있어야지 비행기도 타고 집도 넓혀 준다 카드라. 그러니까 딸 낳아도 내는 상관 없데이. 이제 부터 자주 올 기제? 너거는 어디 사노? 집은 몇 평이고?"

엄마는 '몇 평이냐'를 시작으로 긴 수다를 시작했고 '몇 평이냐'를 끝으로 질문을 마쳤다. 재력이 얼마만큼 되는지가 가장 중요했고 평수를 파악하게 되면 머릿속으로 계산기를 두드릴 참이었다.

"네, 민준이 태어나기 전에 좀 넓은 데로 이사했습니다."

"그러니까 몇 평이고?"

"50평입니다."

"능력 좋네. 그러니까 우리 매야처럼 이쁜 색시도 얻었지."

엄마의 계산기가 바빠졌는지 웃음이 입가에 걸렸다.

"우리 지금 가야 된다."

일매는 서둘러 일어서며 준걸의 팔을 당겼다. 준걸은 주춤했지만 민준이가 우는 바람에 빠르게 자리에서 일어섰다.

"장모님, 또 뵙겠습니다. 약소하지만 용돈 준비했습니다."

준걸은 장모에게 하얀 봉투를 건넸다.

"이 서방, 언제 또 올 건데? 매야, 너거 아빠 저래 집에 두면 안 되는 거 알제? 니가 장녀니까 잘 챙겨야 된데이."

엄마는 당연히 받을 돈을 받은 사람처럼 돈 봉투를 잽싸게 받아 들고 겨드랑이 사이에 끼웠다. 대문을 나서는 사위의 뒤를 총총걸음으로 뒤따라갔다.

일매는 민준이를 안고 오른쪽 뒷좌석에 엉덩이부터 조심스레 내려 놓았다. 준걸이 왼쪽 뒷문을 열고 카시트를 정리하자 일매는 민준이를 카시트에 앉혔고 준걸은 빠르게 벨트를 매어 준 뒤 민준의 볼에 뽀뽀를 했다. 그리고 밖으로 따라 나온 일매 엄마에게 공손히 인사를 한 후 운전석에 올랐다. 엄마는 오른쪽 뒷자리 창문을 내리라는 손짓을 했다. 일매가 억지로 창문을 내렸다. 창문 사이로 고개를 반쯤 넣어서 일매와 눈을 맞추려 고개를 이리 돌리고 저리 돌렸다. 일매는 엄마의 눈빛을 외면하려 시선을 아들에게 고정했다. 엄마가 파렴치한 수준으로 뻔뻔하단 사실을 엄마 스스로는 알고 있는지에 대해 의문이 들었다.

"매야, 전화번호 주고 가라."

"내가 전화할게요."

엄마는 골목을 빠져 나가는 차를 바라보며 계속 혼잣말을 했다.

"저 차가 동그라미가 세 개가 있네? 저게 벤츠가, 아우디가? 그게 뭐가 중요하노? 외제차면 됐지. 우리 딸내미가 이제야 장녀 노릇 할라고 나타났네. 저리 잘난 사위를 데꼬 왔으니 나도 인자는 고생 끝이다."

엄마는 사위가 내민 봉투에서 돈을 빼내어 금액을 세고 있었다. 아들에게는 단 한 번도 받아 본 적 없는 봉투였다. 무려 5만 원 짜리 백 장.

일매는 카시트에 앉아서 자신의 검지손가락을 쥐고 있는 민준이를 물끄러미 바라봤다. 엄마에게서 분리된 아이는 분리불안을 느끼는데 그 이유는 아이의 홍채에 비친 엄마는 우주이며 세상의 전부이기 때문이다. 아이가 커서 어른이 될 때까지 엄마는 아이를 사랑으로 키워야 하고 보듬어야 한다.

그런데 일매는 기억이 없던 아기 시절부터 집에서 쫓겨난 시기까지 단 한 번도 부모로부터 따스한 보살핌을 받아 본 적이 없었다. 기억이 비어 버린 시간조차도 일매에게 엄마란 존재는 늘 위협적인 대상이었다. 자신을 사랑하지 않는 주원에게 시집가려고 발버둥 친 지난날도 엄마를 벗어나기 위한 차선책이 아니었을까?

엄마는 같은 여자인 딸을 왜 미워했을까? 그토록 구박한 이유가 무엇일까? 딸을 박대하게 만든 아들, 바로 아들이란 존재 때문이다. 지금 일매의 손가락을 꼭 쥔 채 잠이 든 민준도 아들이다. 이 아들이란 존재 때문에 딸인 자신이 그토록 서럽게 살아온 세월을 생각하니 민준에게 갑자기 정이 떨어지는 느낌이 들었다. 이토록 귀하게 얻은 아이를 미움의 대상에 포함시키는 자신의 뇌 속에 종양이 뿌리내린 채 성장하는 느낌이었다. 민준에게서 자신의 손가락을 빼낸 뒤 고개를 창가로 돌렸다. 아찔한 현기증에 눈을 감았다.

"일매야, 괜찮나? 아버지 병원으로 바로 가도 되겠나?"

"어, 민준 아빠."

준걸은 일매 입에서 선배가 아닌 민준 아빠라는 호칭이 나오자 가슴이 뭉클해졌다. 누군가의 부모가 된다는 게 눈물겹도록 아름답고 벅찬 일임을 아빠가 되지 못했다면 알지 못했을 것이다. 아내를 버렸던 처갓집이지만 내 아내를 낳아 준 분이니 사위의 도리를 다하고 싶었고 자신의 아내에게 큰 죄를 지은 아버지지만 자신의 아이를 낳은 아내의 고귀함을 위해 세상 모든 것에 용서를 베풀 수 있을 것만 같았다.

민준을 낳아 준 아내에게는 평생 사랑으로 보답하고 아껴주겠노라 다짐을 하며 병원으로 차를 몰았다.

준걸은 병실 문을 밀고 들어가려다 잠시 망설였다. 한 치수 작은 신발에 발을 구겨 넣은 듯 어정쩡한 걸음으로 느리게 병실 안에 발을 들였다. 여전히 어머니는 없었고 웬일인지 맑은 정신으로 아버지의 몸을 닦아 주고 있는 간병인에게 인사를 했다.

"안녕하세요. 최 선생님?"

간병인은 냉장고에서 주스 두 병 꺼내 주고는 병실 밖으로 나갔다.

준걸은 한 발짝 더 아버지의 곁으로 다가섰다.

"아버지, 저희 왔어요."

아버지의 동공이 준걸의 시선을 더듬다가 일매가 시야에 들어오자 흰자에 번개 같은 핏발이 섰다. 일매는 개념치 않고 인사를 했다.

처음 병실에 왔을 때처럼 공손히 허리를 굽혔다.

"이 아이는 아버지 손자예요."

민준이가 갑자기 울음을 터뜨리자 준걸이 서둘러 소개했다.

"민준이예요. 이민준. 아버지 손자 잘생겼죠?"

잠시 호흡을 멈추었던 아버지의 숨소리가 다시 거칠어졌다. 민준이 울음이 그치지 않자 일매가 아이를 안고 병실 밖으로 나갔다.

"아버지. 또 올게요. 회복 잘하고 계세요."

준걸의 마음은 아버지 손이라도 잡아 주며 다정하게 얘기하고 싶었지만 몸은 이미 뱉어버린 말에 반드시 책임을 져야 하는 듯 서둘러 병실 밖을 나오고 말았다.

아버지는 눈에 눈물이 그렁그렁 맺혔지만 흘리지는 못했다. 그는 그동안 스스로 호흡 멈추는 방법을 연습했다. 숨을 참다가 실패하고 또 참다가 실패하고 그렇게 호흡 멈추는 시간을 늘려 왔었다. 드디어 급히 호흡이 엉키더니 급기야는 멈추고 말았다. 산소가 충분하지 않다는 신호를 전달 받은 뇌가 호흡을 정지시켰다. 아버지는 스스로 죽이는 방법을 터득하고야 말았다.

"사모님, 아들 내외가 오셨어요. 손주가 진짜 잘생겼네요."

휴게실에서 티비를 보다 준걸 어머니를 발견한 간병인이 달뜬 목소리로 기쁜 소식을 전했다.

"뭐라고요? 지금 뭐라고 했어요? 최 선생님."

준걸 어머니는 불에 덴 듯한 표정으로 되물었다. 반가운 소식을 전달받은 사람이 이토록 불쾌한 낯빛이라니.

"지금 어르신 병실에 준걸 씨랑 며느님이 손자를 데리고 병문안을 오셨는데요."

최 선생은 의아해하며 다시 한 번 큰소리로 말했다.

"자리 좀 비켜 주세요."

준걸 어머니는 지갑에서 5만 원을 꺼냈다.

"사모님, 매번 이렇게 챙겨주셔서 감사합니다."

기쁨을 전달받은 낯빛은 오히려 최 선생이었다.

"2시간 정도 쉬다 오세요."

준걸 어머니는 간병인 최 선생의 품행이 더없이 마음에 들었다. 월급 받는 날과 쌈짓돈을 받는 날 외엔 생기 없는 얼굴과 병든 소처럼 졸린 눈이 특히 만족스러웠다. 코에 꽂은 위관으로 유동식을 주입할 때 역류되지 않도록 지켜보는 것 또한 무성의했고 욕창 방지를 위해 마사지를 해 줄 때에도 시선은 TV에 고정되어 있었다. 그 외의 시간엔 소파와 혼연일체가 된다.

그를 보는 병원 관계자들은 '누가 환자인지 모르겠네'를 들으라는 식으로 혼잣말을 했다. 하지만 준걸 어머니가 가장 흡족한 게 바로 무성의였다. 혹시라도 남편에게 실낱같은 희망을 발견하는 일이 없을 거란 기대에 부응할 수 있는 사람이었다. 성실한 사람으로 대체될 것이 염려되어 그만두지 못하게 매번 주머니를 따로 채워 주었다.

최 선생에게 준걸 어머니는 단 한 번의 잔소리도, 어떠한 요구도 한 적이 없는 최고의 고객이었다. 그뿐 아니라 월급보다 뒷돈을 더 많이 주는 보호자였으며 지갑이 두둑한 만만한 호구의 존재였다.

최 선생은 준걸 어머니의 뒷모습을 엘리베이터가 삼킬 때까지 고개를 주억거리며 바라보고 있었다.

준걸의 아이가 태어나던 날 연락을 받은 어머니는 병원으로 내달렸다. 신생아실 창가에서 손자의 얼굴만 보고 그냥 돌아섰다. 조리원에서 몸조섭을 하고 있을 며느리. 남편과 놀아난 여자. 손자의 엄마. 아들의 아내를 볼 자신이 없어서 그대로 병원 문을 나섰다. 그후로 갖은 핑계를 대고 준걸까지 피하던 참이었다.

사돈이라고 생각해 본 적도 없는 일매 엄마의 뻔뻔함을 그대로 물려받은 일매가 아이를 데리고 병원을 찾아오다니. 자신이 몸 바쳤던 점쟁이, 자신이 낳은 아들의 할아버지에게 인사하기 위해 공손히 두손을 모았을 며느리를 떠올리니 오감이 뒤틀리는 기분이었다.

병실 앞에서 심호흡을 하고 들어섰다. 준걸과 일매는 보이지 않았다. '벌써 다녀갔나?' 뻔뻔한 며느리의 얼굴을 보지 않았다는 안도와 손자를 보지 못했다는 아쉬움이 한꺼번에 밀려왔다. 준걸의 아내를 며느리로 받아들일 자신은 없었지만 준걸의 아들을 손주로 받아들이지 않을 자신은 더욱더 없었다.

남편 곁으로 가서 눈을 들여다봤다. '기분이 어때요? 당신한테 몸 보시했던 년이 낳은 당신의 손자를 보니 기분이 어떻던가요?' 남편의 동공에 반응이 없었다. 평소와는 필시 다른 느낌이었다. 자동반사적으로 손가락을 인중에 갖다 댔다. 다시 왼쪽 경동맥에 손가락을 옮겨 갔다. 여전히 아무런 반응이 없었다. 기다리고 고대했던 순간이 왔다. 드디어 남편이 숨을 거둔 것이다. 그녀는 간호사 호출 벨에 손을 가져가려다 멈추었다. 눈물을 쥐어짜내려고 하니 뒷골이 당겼다.

5분이 지난 후 벨을 눌렀다.

"우리 남편이 숨을 안 쉬는 것 같아요. 제발 빨리 좀 와 주세요."

병원 관계자들은 그동안 손주가 보고 싶어서 숨을 붙들고 있었다고 제멋대로 해석했고 담당의는 안타까움을 담아 진심으로 준걸 어머니를 위로했다.

준걸 어머니는 장례식을 치른 후 여러 해가 지나서야 납골당을 찾았다. 안치단 안에서 웃고 있는 남편의 사진을 물끄러미 바라보고 있자니 지난 기억들이 홍수처럼 밀려왔다.

"준걸이 아버지, 내가 잘못했어요."

그녀는 오열했다. 남편을 향했던 원망의 화살을 자신에게로 방향을 돌리자 진심으로 뜨거운 눈물이 밀려나왔다.

"참고 살지 말걸 그랬어요. 미우면 밉다고 말하고 싫은 건 하지 못하게 말릴걸 그랬어요. 무속인의 삶은 받아들여도 몸보시는 막을걸 그랬어요. 지금 알게 된 걸 그때도 알았다면 우리가 이렇게 불행해지진 않았을 텐데. 미안해요. 너무 늦게 알아서."

그녀는 가장 행복했던 시절을 떠올렸다. 부당 해고를 당한 남편을 대신해 목욕탕에서 일했던 시절이 있었다. 새벽에 밥을 지어 놓고 출근한 뒤 오후에 집으로 돌아오면 남편은 밥이 식지 못하게 놋그릇에 가득 담아 방바닥 중 가장 뜨거운 곳에 놓아두고 이불을 덮어 두었다. 손수 김칫국을 끓여서 아내에게 미안한 마음을 담아 밥상을 차려 주었다. 고단한 삶이었지만 웃음이 끊이지 않는 부부였다.

"이제는 그 아이를 며느리로 받아들일게요. 부모 잘못 만나 그리

살아온 아이를 너무 오래 미워했어요. 이제 당신도 그 아이도 다 용서할게요. 우리 손자도 자꾸 눈에 밟히네요."

그녀가 아무리 가식의 미소를 지어 보여도 숨길 수 없었던 경멸의 눈빛을 그는 읽었을 것이다. 기하급수적으로 늘어나는 돈 앞에 불어나는 탐욕으로 아내의 본분까지 저버린 그녀에게 소외감을 느낀 건 오히려 준걸 아버지였다. 아내가 위선으로 포장한 숱한 시간들을 보상받기 위해 몸보시라는 명분으로 외도를 선택했던 것이다. 남편의 가치를 인정해 주지 않는 아내를 대신해서 자신을 높이 평가해 주는 수많은 보시녀들에게 자신의 가치를 인정받고 싶었다. 살아생전 남편으로서 원한 것은 다른 여자에게 눈을 돌리지 못하게 단속하며 바가지를 긁는 아내의 모습이 아니었을까?

남편이 죽고 나면 류 씨와의 관계도 끝이 날 줄 알았다. 하지만 폭로의 수단으로 이용했던 악연은 그녀를 쉽게 놓아 주지 않았다. 시키지도 않은 일을 스스로 준비해 왔다. 류 씨가 그녀의 손에 쥐여 준 봉투 안에는 친자 확인서 두 장이 들어있었다.

이준걸과 이민준은 친자가 아닐 확률이 99.98퍼센트였고 박일매와 이민준은 친자일 확률이 99.97퍼센트가 나왔다.

그녀는 사고가 정지된 상태로 방 안에 틀어박혔다. 제정신이 돌아오기까지 3일이라는 시간이 걸렸다. 사흘 만에 내린 결론은 모든 걸 덮기로 한 것이다. 이 사실을 준걸이 알게 된다면 가장 불행해질 사람이 바로 자신의 아들인 준걸이다. 준걸을 살리기 위해선 진실을 묻어야만 했다. 대신 눈에 밟혔던 손자는 포기했다. 며느리를 인정하지 않는다는 핑계로 아들과도 연을 끊고 사는 걸 택했다.

일단 결정을 내리자 마음이 급해졌다. 가장 먼저 해야 할 일은 류 씨와 통화를 하는 일이다. 전화기 너머에서 류 씨의 목소리가 들리자 강한 압박이 심장을 조여 왔다.

"이 사실 준걸이가 알게 되면 니 놈도 내 손에 죽는다. 내 아들한테 찾아가면 니는 그날이 제삿날이다. 알겠나? 넉넉하게 입금할 테니까 이제 내한테도 연락하지 마라. 이게 마지막 통화여야 할 기다."

그녀는 류 씨의 답변은 들을 가치가 없다는 뜻을 전하고자 본인의 할 말만 전하고 전화를 끊었다. 곧이어 류 씨에게 문자가 왔다. '명심하겠습니다. 입금 확인 후에 사모님과 준걸 씨 전화번호도 삭제하겠습니다.' 류 씨의 깔끔한 수긍에 심장을 조이던 나사가 느슨해짐을 느꼈다. 그녀는 이미 구겨져 버린 친자확인서 두 장을 갈기갈기 찢어 버렸다.

2017년 준걸의 해우소

간호사를 통해 이서연의 자살 소식을 접한 준걸은 멍하니 앉아 있었다. 자살을 한 번이라도 시도한 사람은 재범률이 높다는 사실을 알면서도 묵과했다. 그날의 성관계를 핑계로 협박을 해 올까 두려웠고 그녀의 갑작스러운 출현을 염려했었다. 환자의 도발을 받아들인 건 전적으로 자신의 탓이었다. 그녀가 나타나지 않는 것에 안도하는 것만이 능사가 아니었다. 끈기를 갖고 우울증을 치료해야만 했다.

예전의 준걸이었다면, 다시 말해 자신에게 가정이 없었다면 죄책감의 소용돌이 속에서 몸서리치게 괴로워했을 것이다.

하지만 종이 한 장만 뒤집으면 생각이란 건 언제든 바꿀 수 있다. 그녀의 존재는 명예로운 삶에 흠집을 남길 수 있고 평화로운 가정에 위협이 될 수도 있다. 치료를 목적으로 발목 잡히는 것보단 차라리 그녀의 죽음이 다행이란 생각에 이르자 괴로움도 사라졌다. 그녀의 예견된 죽음을 방치한 미필적 고의에 의한 자살 방조자에서 범인에게 동화되어 성폭력을 당한 피해자의 심정으로 바뀌었다. 준걸은 컴퓨터 비밀 폴더에 저장해 둔 이서연의 녹음 내용을 삭제했다. 삭제버튼은 죄책감까지 빠르게 제거했다.

"일매야, 민준이 뭐 하노?"

준걸은 아내에게 전화를 걸었다.

"지금 낮잠 잔다."

"자는 모습 좀 찍어서 보내 봐. 오늘따라 더 보고 싶네. 우리 아들."

작가의 말

부모의 행동이 바르지 못하면 아이에게 좋은 본보기가 될 수 없음을 보여 주고 싶은 소설입니다. 거칠고 저질스러운 표현이 많아서 거북할 수도 있지만 마지막까지 흥미로운 소설이길 바랍니다.

그리고……

세상에서 가장 사랑하고 존경하는 신랑과 지혜로운 생각 주머니를 가진 아들 덕분에 행복한 일상에서 글쓰기를 해 나갈 수 있었습니다. 그동안 많은 글들을 접하면서 몇 번의 출간도 있었지만 이렇게 기염을 토하며 쓴 글은 처음입니다. 나의 첫 소설.

저에게 훌륭한 소설이란 감동이 있고 교훈이 있는 책이 아니에요. 화장실에 앉아서 잠시 펼쳤는데 다음 장이 궁금해서 손에서 내려놓기 힘든 소설, 이게 뭔가 하고 잠시 펼쳤는데 그 자리에 멈춰 서서 계속 넘기게 되는 소설, 무엇보다 스마트폰이 쥐여 있던 손에 잠시나마 소설책이 대신 들려 있기를 바라는 마음으로 써 내려갔어요. 저질스러운 표현과 위트에 의도적 포르노그래피가 아닌가 의심이 들겠지만 분명 전하고자 하는 메시지를 전달받기를 저자의 입장에서 간절히 바랄 뿐이에요. 책의 마지막 장을 덮을 때 뭔가 씁쓸한 웃음이 뒤따르기를……

아내가 글 쓴다고 퇴근 후엔 집에서 직접 요리를 해 주고 늘 다정하게 웃어 주는 신랑. "엄마, 이제 그만 쓰고 같이 놀아요"라며 건강을 걱정해 주는 아들.

좋은 사람이고 싶게 만들어 주는 참 좋은 지인들이 있어서 감사합니다. 아픔을 얘기하면 흉이 되고 기쁨을 얘기하면 질투가 되는 세상에서 언제나 함께 웃고 위로해 주는 형님, 언니들, 친구들, 동생들 건강하게 이 땅에서 함께 늙어 가고 싶습니다.

장수영